HEYNE <

W0462341

Das Buch

Bereits seit einem Jahr arbeitet Tammo nicht mehr für die Kriminalpolizei Hamburg. Seit jenem Tag, der sein Leben für immer veränderte. Doch dann steht Jens, sein früherer Vorgesetzter, wieder vor seiner Tür und bittet ihn um Hilfe. Eine Frauenleiche wurde aufgefunden, und eine weitere Frau wird vermisst. Jens weiß, dass er Tammos besondere Fähigkeiten braucht, um die Vermisste zu retten. Durch eine Erkrankung in Kindertagen hat Tammo zwar einen Großteil seines Gehörs verloren, doch seine Augen können Menschen umso besser lesen …

Die Autorin

Anne Wolf, geboren und aufgewachsen in Hamburg, arbeitete als Journalistin, bevor sie sich ganz dem Schreiben widmete. Inspirationen für ihre Romane holt sie sich beim Joggen an der Elbe. Sie lebt mit ihrem Mann und ihren Kindern in Eimsbüttel.

ANNE WOLF

EIN GANZ NORMALER MÖRDER

KRIMINALROMAN

WILHELM HEYNE VERLAG
MÜNCHEN

MIX
Papier aus verantwortungsvollen Quellen
FSC® C014496
FSC
www.fsc.org

Verlagsgruppe Random House FSC® N001967

Originalausgabe 12/2018

Redaktion: Steffi Korda
Printed in Germany
Umschlaggestaltung: Nele Schütz Design / Margit Memminger,
unter Verwendung von © Shutterstock / Christian Horz
Satz: Schaber Datentechnik, Austria
Druck und Bindung: GGP Media GmbH, Pößneck

ISBN: 978-3-453-43946-7

www.heyne.de

Was du liebst, lass frei.
Kommt es zurück, gehört es dir – für immer.

KONFUZIUS

PROLOG

Das Geräusch riss sie genau in dem Augenblick aus ihren Gedanken, in dem ihr Körper anfing wie von allein zu laufen. Es mussten jetzt drei Kilometer sein, die sie hinter sich gebracht hatte. Drei Kilometer, das war der Punkt, an dem alles anfing, sich zu entspannen. Der Kopf, der Körper. Der Moment, in dem das Adrenalin ihr das Gefühl gab, alles schaffen zu können. Egal, was es war.

Schwer atmend blieb Katinka stehen und strich sich ein paar einzelne Strähnen, die sich aus dem Zopf gelöst hatten, aus dem Gesicht. Ihr Brustkorb hob und senkte sich, während sie ihre Kopfhörer rausnahm und sich im Wald umsah. Aber da war nichts, was das Geräusch erklärt hätte. Sie öffnete den kleinen Reißverschluss hinten, auf der Rückseite ihrer Laufhose, zog ihr Handy raus und sah auf das Display. 3,2 Kilometer. *Gut geschätzt*, dachte sie und steckte es zurück.

In der Sekunde hörte sie es erneut. Diesmal klarer. Katinka drehte sich um.

Durch die Baumkronen schien an diesem kalten Morgen Sonnenlicht in gebündelten Strahlen auf die dichte

Blätterdecke am Boden. Und dort, im Dickicht, von wo das Geräusch plötzlich wieder klar und deutlich zu hören war: das Schreien eines Babys. Bildete sie sich das alles nur ein? War es ein kreischender Vogel?

Sie lauschte einen Moment, während sie schwer ein- und ausatmete. Nein, sie hatte sich nicht geirrt. Sie folgte dem Schreien, ging ein Stück zurück in die Richtung, aus der sie gekommen war, und verließ den Weg.

Dann entdeckte sie ihn. Der Kinderwagen stand hinter einer riesigen alten Eiche. Dunkelblau, silbernes Gestell, große Räder. Ein älteres Modell.

Sie spürte den Schweiß auf Stirn und Rücken kalt werden. Langsam ging sie auf den Kinderwagen zu, aus dem jetzt wieder das Schreien kam.

Katinka sah sich noch einmal um. Sie war allein.

Wie konnte man ein Baby einfach im Wald abstellen, fragte sie sich fassungslos, und spürte Wut in sich aufsteigen.

Drei, vier Schritte noch. Jetzt stand sie direkt vor dem Wagen, beugte sich über die Decke, die sich wie ein großes Kissen wölbte, und schob sie etwas zurück.

Doch in dem Wagen lag kein Kind. Dort, wo sie das kleine Köpfchen vermutet hatte, lag etwas anderes. Ein handflächengroßes, dunkles Smartphone.

Noch bevor Katinka sich wundern konnte, hörte sie ein Rascheln direkt hinter sich. Es ging viel zu schnell. Eine Hand, die ein weißes Tuch auf ihr Gesicht drückte, war das Letzte, was sie sah. Mit aller Macht versuchte sie sich zu wehren, aber nur kurz. Das Tuch war stärker. Dieses kleines Stück Stoff nahm ihr die Kraft, die Sicht, den Willen.

Und Katinka spürte, wie sie fiel.

1.

Eine Woche später

Es war dunkel geworden, bevor es hell wurde.

Den ganzen Tag über hatte ein nasser, dichter Nebel über der ganzen Stadt gehangen. Er war in seine Haare gekrochen, seine Jacke, seinen Kopf. Dort, wo es sowieso schon grau war und nie wieder hell werden würde. Dort, wo die Schuld wohnte. Seit mehr als einem Jahr.

Tammo Berg saß in seinem Wohnzimmer in dem alten Ledersessel, in dem schon sein Vater gesessen hatte, und sah aus dem Fenster. In den Altbauwohnungen im Haus gegenüber brannte Licht. In seiner eigenen Wohnung nicht. Wozu auch? Die Bilder von Lenny, die im Regal standen, von Weihnachten, von ihren Urlauben in Schweden, von seinem vierten Geburtstag, seinem letzten, sah er auch so. Wenn er die Augen schloss, wenn er sie öffnete, wenn er im Dunkeln saß. So wie jetzt.

Der Herbst war in diesem Jahr spät gekommen. Bis Ende September war es so warm gewesen, dass man auf dem Balkon zu Abend hätte essen können. Die Leute hatten auf den Stühlen der Bistros, die auf den Fußgängerwegen standen, bis spät in die Nacht gesessen, etwas getrunken und gelacht.

Letztes Jahr war der Herbst früher gekommen. Es war kalt gewesen an diesem verregneten Montagmorgen, Anfang Oktober, der ihm alles genommen hatte. Die Blätter hatten wie eine braun-rötliche, nasse Decke auf dem Weg gelegen. Und dort, wo der Wagen des Mannes hätte halten sollen. Wo er nicht gehalten hatte – trotz des Stopp-Schildes. Dort, wo alles innerhalb von Sekunden vorbei gewesen war.

Der Mann hatte auf sein Handy geschaut. Nicht auf die Straße. Er hatte das Schild nicht gesehen. Und auch nicht den Wagen, in dem Tammo mit Lenny gesessen hatte, der nicht angeschnallt gewesen war.

Die Klingel der Wohnungstür riss ihn aus seinen Erinnerungen. Doch er rührte sich nicht.

Es klingelte erneut. »Tammo, mach auf. Ich weiß, du bist da. Also komm, mach schon auf!«

Jens, sein Chef. Tammo fragte sich, wie er ins Treppenhaus gekommen war. Hatte die Neue aus dem Zweiten wieder die Tür offen stehen lassen?

Es klingelte noch einmal. Dann ein energisches Klopfen. Tammo überlegte, die Audioprozessoren seiner Hörprothesen abzunehmen, um es nicht mehr hören zu müssen. Kein Klopfen, kein Atemgeräusch, keine

Vögel draußen, kein Leben drinnen. Einfach alles abstellen.

Er wusste, was Jens ihm sagen wollte. Das, was er jedes Mal sagte, wenn er herkam. Er solle zurückkommen. Er wäre der Beste. Sein Stuhl würde leer bleiben, bis er wiederkäme.

So leer wie Lennys Bett, dachte Tammo.

Es war seine Schuld. Er hatte es eilig gehabt an diesem Morgen. Lena hatte sich schlecht gefühlt und war nicht aus dem Bett gekommen. Irgendein Infekt, hatte sie gemeint. Tammo hatte angeboten, Lenny in den Kindergarten zu fahren, obwohl er wusste, dass er dann vermutlich zu spät kommen würde. Dabei sollte er ausgerechnet an diesem Tag auf alle Fälle pünktlich sein, um das Schießtraining zu absolvieren, das er schon vor Wochen hätte machen müssen. Jens hatte ihn immer wieder darauf hingewiesen.

Es klopfte erneut. Diesmal stärker.

Tammo holte tief Luft und stand auf. Langsam ging er zur Haustür, drehte den Schlüsselbund zweimal nach links und öffnete sie.

Jens lächelte ihn erleichtert an. Wasser tropfte ihm von seinen Haaren ins Gesicht, über seine Brillengläser. »Hey!«

»Hallo.«

»Ich dachte schon, du hast wieder deine Empfänger abgenommen«, meinte Jens und zwinkerte Tammo zu.

Er war der Einzige, der Tammos Audioprozessoren, die Teil seiner Cochlea-Implantate waren, welche sich hinter seinen Ohren unter der Haut befanden, so nannte: Empfänger.

Jens ging einen Schritt auf ihn zu, nahm ihn kurz zur Begrüßung in den Arm, klopfte ihm auf den Rücken, so, wie sie es immer machten.

Die gleiche Umarmung, das gleiche Klopfen, und doch war es anders. Es fühlte sich seit Lennys Tod wie ein Aufmuntern an, als wollte Jens ihm sagen: *Du schaffst das! Nicht aufgeben!* Aber vielleicht bildete Tammo sich das auch nur ein.

Er nahm seine freie Hand und erwiderte die Begrüßung.

»Hast du einen Moment? Ich wollte dir etwas zeigen«, fragte Jens.

Tammo machte einen Schritt zur Seite. »Komm rein!«

Jens trat in den dunklen Flur und blieb stehen. Wasser tropfte ihm von der Hose auf den Boden und hinterließ kleine Pfützen. Offenbar hatte er keinen Parkplatz direkt vorm Haus gefunden.

»Wollen wir nicht … das Licht anmachen?«, fragte er, während er die pitschnassen Schuhe abstreifte.

Tammo ging vor ins Wohnzimmer und drückte auf den Schalter an der Wand. Dann ging er weiter, durch den großen Raum und setzte sich wieder zurück in seinen Ledersessel.

Jens öffnete den Reißverschluss seines nassen Parka, zog eine Mappe raus und legte sie auf den Couchtisch neben das kleine schwarze Notizbuch, auf dem sich der Staub sammelte. *Sein* Notizbuch, ohne das er früher nie aus der Wohnung gegangen war. In dem er immer alles festgehalten hatte, als Zeichnungen und Notizen: feine schwarze Linien auf beigem Papier.

Jens zog seinen Parka aus, hängte ihn über die Türklinke, trocknete seine Brille an seinem Sweatshirt, setzte sich und sah ihn nachdenklich an.

Einen kurzen Moment erinnerte Tammo die Situation an die Zeit, als sie noch zusammengearbeitet hatten.

Er hatte unzählige Verhöre mit Menschen geführt, die nicht sprechen wollten. Das waren die Situationen, in denen er geholt wurde. Er sah, was andere nicht erkannten. Das war der Grund, warum Jens ihn brauchte: Er brachte Schweigende zum Reden.

Jetzt war er es, der nicht reden wollte. Warum auch? Was gab es schon zu reden? Nichts.

»Wir haben ein Problem«, erklärte Jens nun und beugte sich vor. »Vielleicht hast du es schon gelesen. In einem Waldstück am Stadtrand wurde eine Frauenleiche entdeckt. Eine weitere Frau aus der Umgebung wird vermisst. Aber das ist noch nicht alles. Ich glaube, dass es eine Verbindung zu einem alten Fall gibt.« Er hatte seine Ellenbogen auf den Knien abgestützt und sah Tammo erwartungsvoll an.

Er war offenbar davon ausgegangen, dass Tammo darauf anspringen würde. So hatte er es sich bestimmt auf dem Weg vom Revier hierher vorgestellt. Während er sich ganz sicher im Auto einen Burger reingestopft hatte, weil er es wieder den ganzen Tag nicht geschafft hatte, irgendetwas zu essen.

Mit dem Ärmel seines Sweatshirts fuhr Jens sich über das Gesicht.

Tammo blickte ihn ausdruckslos an. Was wollte er? Einen depressiven Mann, der um seinen toten Sohn trauerte, mit einem neuen Fall ablenken?

Darauf konnte auch nur Jens kommen. Er war einfach noch nie gut in solchen Sachen gewesen, in Gefühlsdingen. Möglicherweise war das auch der Grund dafür, dass er mit Ende vierzig noch Single war. Vielleicht war es ganz gut, dass er es bisher nicht geschafft hatte, dass eine Frau länger als ein paar Nächte bei ihm geblieben war. Diesen Verlust konnte er abends locker mit ein paar Bier wegtrinken, dachte Tammo.

Sein eigener Verlust ließ sich nicht wegtrinken. Er hatte es mehrfach versucht.

Jens wartete noch einen Augenblick, dann stand er auf. »Okay, ich glaube, das war keine gute Idee. Ich dachte, ich …«

»Warum ist es nur *ein* Problem?«, fragte Tammo, während er aus dem Fenster sah.

Jens hielt kurz in der Bewegung inne, dann setzte er sich wieder. »Wie …?«

»Eine Tote, eine Vermisste und eine Verbindung zu einem alten Fall«, zählte Tammo auf und sah Jens jetzt flüchtig an.

»Ach, so. Ja, also, der Fundort der Toten und der Wohnort der Vermissten liegen nur ein paar Kilometer voneinander entfernt. Und es gibt noch etwas. Sie sehen sich verdammt ähnlich. Sarah ist es zuerst aufgefallen. Sie hat ja einen Blick für so was. Aber jetzt kommt es: Sie sehen Sabine Wendlich ähnlich«, Jens machte eine Pause, »unserer Vermissten. Rissen ist zwar ganz am anderen Ende der Stadt, aber es kann trotzdem sein, dass es da eine Verbindung gibt.«

Unsere Vermisste, dachte Tammo.

Seine Vermisste hatte einen anderen Namen. Lena. Er sah auf seine Hand und den Ring. Wie lange war es jetzt her, dass sie gegangen war? Zwölf Wochen? Oder mehr? Tammo schloss die Augen.

Es hatte an dem Tag geregnet, so wie jetzt, und er hatte nichts getan, nur aus dem Fenster gesehen, bis er irgendwann gehört hatte, wie die Tür ins Schloss fiel.

Er sah Lena vor sich, wie sie ihn angesehen hatte. Dieser andere Blick. Sie hatte es einfach nicht mehr ausgehalten – ihn, sein Schweigen, seine Schuld.

Es war damals alles so schnell gegangen, vor ein paar Jahren. Die neue Wohnung, Lenas Übelkeit, der Schwangerschaftstest, Lennys Geburt.

Der Unfall.

Jens nahm die Mappe und schlug sie vor sich auf dem Couchtisch auf. »Die Tote lebte in Kiel. Merle Jansen, 28 Jahre alt, vor drei Wochen von ihren Eltern als vermisst gemeldet worden. Sie hat zwar nicht mehr bei ihnen gewohnt, kam aber regelmäßig sonntags zum Brunch nach Hause. So 'ne Art Tradition. Als sie nicht erschien und auch nicht mehr ans Telefon ging, haben die Eltern bei der Arbeit angerufen, einer Klinik. Da wurde sie auch schon zwei Tage vermisst, die Kollegen hatten aber bis dato nichts unternommen. Vielleicht hatten sie die Nummer der Eltern nicht … keine Ahnung. Die sind jedenfalls daraufhin zu ihrer Wohnung gefahren – sie haben Ersatzschlüssel. Aber dort war sie auch nicht.«

Eltern vermissen ihr Kind, dachte Tammo. *Und es wird nicht wiederkommen. Nie wieder.*

»Die Kollegen aus Kiel haben das Übliche unternommen, sie aber nicht gefunden. Was ja auch kein Wunder ist, wie wir jetzt wissen.« Jens nahm seine Brille ab und strich sich mit der Hand in wellenförmiger Bewegung über die Stirn. Von links nach rechts und wieder zurück. So als wolle er die Anspannung des Tages wegstreichen.

Die feinen Linien um die Augen, den Mundwinkel, waren tiefer geworden. Die Haut sah trocken aus, in seinem Blick lag etwas Schweres, eine Müdigkeit, die Tammo kannte. Erschöpfung, die nicht weniger wurde, egal, wie viel man schlief. Jens machte den Eindruck, als fehle ihm etwas, dachte Tammo, während er ihn betrachtete.

»Der Hund eines Spaziergängers hat sie gestern entdeckt. Sie lag in einem Waldstück kurz vor Volksdorf. Vermutlich hat sie dort schon eine ganze Weile gelegen, Bernd geht jedenfalls davon aus.« Er setzte seine Brille wieder auf, holte Fotos vom Fundort aus einer Klarsichtfolie und legte sie nebeneinander vor sich auf den Couchtisch. »Sie hat ein Brautkleid getragen. Kein neues Modell, eher älter. Die Eltern haben ausgesagt, dass sie das Kleid noch nie gesehen haben. Sarah ist gerade dabei rauszufinden, wo es herkommt. Keine Anzeichen von äußerer Gewalteinwirkung. Die Leiche ist noch bei Bernd in der Gerichtsmedizin. Da sie, wie es aussieht, erst nach ihrem Tod dort abgelegt wurde, gehen wir aktuell nicht von Selbstmord aus.«

Tammo drehte sich ein Stück zur Seite. Das Brautkleid war es, das in ihm etwas bewegt hatte. Der schönste Tag im Leben. Der Ring an seiner Hand.

»Hat sie einen Ring getragen?«

Jens hielt in der Bewegung inne, sah auf die Bilder. »Ähm … warte mal. Nein. Ich glaube nicht.«

Tammo rückte ein Stück näher, betrachtete die Tote. Sie sah Sabine Wendlich wirklich ähnlich, obwohl sie viel jünger war. Aber sie erinnerte ihn noch an etwas anderes, wie sie da lag. Ein Gemälde. Das blasse, ovale Gesicht, die längeren Haare, der Blumenkranz auf ihrem Kopf, das weiße Spitzenkleid, die Blumenkette um ihren Hals. Liebevoll, zart, zerbrechlich. Ja, genau. Gustav Klimt.

»Und das hier ist die Vermisste.« Jens blätterte ein paar Seiten weiter und holte ein weiteres Foto aus einer Folie. »Sie ist morgens in der Feldmark, vermutlich in der Nähe von Stapelfeld, joggen gegangen und vermutlich von ihrer Runde nicht wiedergekommen. Ihr Ehemann war eine Woche auf Klassenfahrt. Er ist Lehrer an einer privaten Grundschule und war mit der Klasse irgendwo an der Nordsee. Sankt Peter-Ording, glaube ich. Als er zurückkam, war sie jedenfalls nicht da. Ihr Wagen steht in der Garage. Das Handy ist ausgeschaltet. Wir haben allerdings Kopfhörer gefunden, von denen ihr Mann meint, dass sie genau solche besitzt. Er hat ausgesagt, dass sie immer Musik hört, wenn sie läuft. Sie sind kaputt. Das Kabel ist an der einen Seite gerissen. Außerdem ist einer der beiden Kopfhörer plattgetreten. Sieht nach einem Kampf aus. Der DNA-Abgleich wird gerade gemacht. Es sind nicht irgendwelche Kopfhörer, sondern strahlungsarme, die mit Luftdruck arbeiten, daher ist ihr Mann sich absolut sicher, dass es ihre sind. Gibt es nicht an jeder Ecke zu kaufen.«

Jens sah sich im Wohnzimmer um. Tammo wusste, ohne hinzusehen, dass er in dieser Sekunde die Bilder von Lenny, von Lena und von ihnen drei zusammen, ansah. Lenny, der nächstes Jahr eingeschult worden wäre.

»Sie ähnelt doch Sabine Wendlich, oder? Bei der wir nicht weiterkamen. Weißt du noch?«, hakte Jens nach.

Natürlich wusste er es. Schließlich hatten sie Monate mit der Suche verbracht. Doch am Ende hatten sie keinen Erfolg gehabt. Obwohl sie mehrmals die Hundertschaft eingesetzt hatten, die Hundestaffel, Hubschrauber, Wärmebildkamera, das ganze Programm. Eine Frau in den Fünfzigern, ein Mittelreihenhaus aus den Sechzigern, Laufband im Keller, Solaranlage auf dem Dach, ein normales Leben.

Nachbarn, Kollegen, Freunde, alle hatten das Gleiche ausgesagt. Die beiden waren glücklich gewesen. Es hatte keinen Ärger gegeben, keine Schulden, keine Sorgen, keinen Grund zu verschwinden.

Und trotzdem war sie eines Tages weg gewesen.

Sabine Wendlich, die mit ihrem Mann eine Reise nach Südafrika geplant hatte, die Koffer waren bereits gepackt gewesen. Die Tickets lagen im Flur auf einem kleinen Regal neben dem Schlüsselbund.

Tammo erinnerte sich noch genau an die Flugtickets, die er im Vorbeigehen gesehen hatte, nachdem Herr Wendlich ihnen die Tür geöffnet hatte. Zwei leere Sitze in einem vollbesetzten Flieger, hatte Tammo gedacht, während er weiter durch den schmalen Flur in das Wohnzimmer gegangen war. Sabine Wendlichs Schwester hatte dort gesessen, auf dem braunen Ledersofa, und den Kopf geschüttelt. Eine gleichmäßige, langsame Bewegung. Den Blick auf den Boden gerichtet, ohne ihn zu sehen. »Ich verstehe das nicht. Sie muss doch irgendwo sein. Ich verstehe das einfach nicht«, hatte sie immer wieder gesagt.

»Wir werden Ihre Schwester finden.«

Diesen Satz, das Versprechen, das er nicht hatte halten können, trug er immer noch mit sich.

Der Fall war zu den Akten gelegt worden. Es hatte keine Spuren oder Hinweise gegeben. Dem Ehemann hatte man nichts nachweisen können.

Doch Tammo hatte das Ganze nicht losgelassen. Irgendwann hatte er nicht mehr schlafen können. Weil er es nicht sah. Zum ersten Mal. Er sah nicht, was los war, was sie übersehen hatten.

Jetzt blickte er Jens an, der so tat, als würden sie im Büro bei einer Teambesprechung sitzen. Es fehlten nur die Kaffeebecher, die Kollegen und der Geruch des Polizeipräsidiums, das gerade renoviert wurde.

»Die Vermisste heißt Katinka Kühn«, fuhr Jens fort. Dem Opfer einen Namen geben, es zu einem Menschen werden lassen. *Schlau*, dachte Tammo. *Er will mich unbedingt zurückhaben. Er will, dass ich sie finde. Jetzt wird er gleich auf die emotionale Ebene gehen.*

»Ihr Mann hat sie vor drei Tagen als vermisst gemeldet, sie ist aber eventuell schon acht Tage weg, seit Mittwoch vergangener Woche. Sie leben am anderen Ende der Stadt. In Rahlstedt, knapp zehn Kilometer vom Fundort der Leiche entfernt. In einem sehr modernen Einfamilienhaus.« Jens zog die Nase hoch. »Fetter Klotz«, ergänzte er. »Keine Kinder … Der Mann ist, wie gesagt, Grundschullehrer.« Jens blätterte kurz, dann fuhr er fort: »Er hat seine Frau am Tag seiner Abfahrt morgens das letzte Mal gesehen, bevor sie loslief. Sie haben sich verabschiedet, dann hat auch er das Haus verlassen. Katinka Kühn ist Architektin. Sie hatte nachmittags einen wichtigen Abgabetermin oder wie man das nennt. Sie sollte einen Entwurf vorstellen. Es passt jedenfalls nicht zu ihr, zu diesem Termin nicht zu erscheinen und sich auch nicht abzumelden. Sie hatte sich sogar sehr darauf gefreut. Das Projekt hat ihr viel Spaß gemacht, sagt ihr Mann. Es ging dabei um die Umsetzung eines neuen Modells von Kindergärten. *Mama & Me.* Bürokomplex mit integrierter Kita. Selbstständige Mütter können da Büroplätze oder Räume anmieten und arbeiten, während die Kinder betreut werden. Na ja. Sie soll jedenfalls sehr zuverlässig sein. Ehestreitigkeiten hatte es laut seiner Aussage nicht gegeben. Auch die Kollegen, die wir befragt haben, konnten dazu nichts sagen.«

Wir. Das Team. Ohne ihn.

»Ach ja, die Putzfrau hatte Herrn Kühn übrigens angerufen, weil sie vor der Tür stand und niemand aufmachte. Sie kommt immer mittwochs, recht früh, bevor die beiden das Haus verlassen. Sie hat keinen eigenen Schlüssel. Frau Kühn war nicht da, obwohl sie sonst immer da ist oder ihr andernfalls per WhatsApp absagt, wenn sie einen Termin hat, im Urlaub ist oder was auch immer ...« Jens sah gedankenverloren auf die Papiere vor sich. »Auf jeden Fall scheint mir ein Zusammenhang zwischen den Fällen wahrscheinlich«, meinte er nachdenklich.

Tammo hob den Kopf ein wenig. Die Frauen hatten wirklich Ähnlichkeit miteinander. Aber der zeitliche Abstand zwischen den Fällen war groß. Wie groß eigentlich? Er versuchte sich daran zu erinnern, wann sie die SOKO »Sabine« gegründet hatten.

Er rechnete zurück. Vor einem Jahr war Lenny gestorben. Vor fünf Jahren war er zur Welt gekommen, im Sommer. Es musste noch davor gewesen sein.

»Wenn es wirklich einen Zusammenhang geben sollte, dann wäre das eine Chance, den Fall Sabine Wendlich endlich aufzuklären!«

Jens versuchte krampfhaft, sich nicht anmerken zu lassen, wie sehr ihn Tammos Erscheinungsbild ängstigte. Dabei wusste Tammo selbst ganz genau, wie er aussah. Er hatte seit dem letzten Treffen vor zwei Wochen abgenommen. Seinen Bart hätte man als cool durchgehen lassen können, wenn man nicht wusste, warum er sich nicht rasierte. Jens hatte offensichtliche Mühe, so zu tun, als wäre Tammo schon immer in einer ausgebeulten Jogginghose und einem offenen Karohemd rumgelaufen.

»Hast du eine Zigarette?«, fragte Tammo unvermittelt.

»Du rauchst?!«

»Ich habe überlegt anzufangen.«

»Hm …«

»Und?«

»Unten im Auto.«

Lena hatte nicht geraucht. Nie. Nicht zu ihren alten Partyzeiten, als sie jedes Wochenende auf dem Kiez waren, im Mojo-Club, in der Mandarine-Bar, in der Amphore, die ganze Palette. Und auch nicht später, als Lenny da war, sie sich lieber hier mit Freunden trafen, zusammen kochten, Wein tranken, darüber lachten, dass sie es nur noch maximal bis Mitternacht schafften, wach zu bleiben.

Tammo hatte jahrelang geraucht. Eigentlich seitdem er von zu Hause ausgezogen war. Und dann hatte er aufgehört. Einfach so. Es war dieser Moment, als er Lennys Herz zum ersten Mal hatte schlagen sehen – auf dem Monitor während der Ultraschalluntersuchung. Ein winzig kleines Herz, eine Erbse, die pochte.

»Ich weiß, ich nerve dich damit, aber überleg doch noch mal, ob du nicht mit jemandem über …«, Jens holte tief Luft, »über Lennys Tod sprechen möchtest. Es könnte dir helfen, glaub mir!«

Tammo sah aus dem Fenster. Wie oft hatte er das schon gehört? Warum sollte er mit jemandem sprechen? Irgendeiner wildfremden Person?

»Worte bringen kein Leben zurück«, erklärte er.

»Nicht Lennys Leben, aber deins!« Jetzt stand Jens auf, ging ein paar Schritte Richtung Esstisch, blieb stehen und sah Tammo an. Das machte er immer, wenn es ernst wurde.

Jens hatte auch eine Familie verloren. Tammos Familie. Für ihn war das hier mal sein zweites Zuhause gewesen. Abgesehen von der Eineinhalb-Zimmer-Wohnung mit den Billyregalen und dem Schlafsofa, das er sich hin und wieder mit Sarah teilte. Oder irgendwelchen Frauen, von denen Tammo aufgehört hatte, sich die Namen zu merken.

»Hör auf, nach Erinnerungen zu suchen. Hilf mir diese Frau zu finden. Sie braucht dich! Ich brauche dich.«

Eine fremde Frau brauchte ihn. Wenn sie noch lebte.

»Ich soll eine Fremde finden, um mich selbst zu vergessen?«

Jens verschränkte die Arme, lehnte sich gegen den Esstisch, an dem sie so oft abends gesessen hatten. Zu dritt. Manchmal zu viert, wenn er jemanden mitgebracht hatte.

»Du sollst das Leben nicht vergessen, Mann! Du bist 44. Willst du hier sitzen, bis dir irgendeine Pflegerin den Po abwischt?«

Ein Lächeln huschte über Tammos Gesicht.

Einen Augenblick war es still.

»Warum merkt der Mann erst nach der Klassenfahrt, dass seine Frau nicht da ist?« Tammo war auf die Kante des Sessels vorgerutscht, hatte seinen Rücken etwas gerader gemacht. Er hatte es sofort gemerkt, als Lena verschwunden war.

Jens ging zurück zum Sofa und setzte sich wieder, diesmal dichter an Tammo. »Genau das habe ich mich auch gefragt!«

2.

Während er Jens in die Küche gehen und die Kühlschranktür öffnen hörte, kam Tammo der Gedanke, dass der Inhalt des Kühlschranks im Grunde nichts anderes war als ein Spiegelbild seines Zustandes. Verwahrlost, vernachlässigt, einsam.

Eine angebrochene, kleine Packung Toastbrot, eine fast komplett ausgedrückte Tube scharfer Senf, ein Marmeladenglas, das in den Glascontainer gehörte, eine verschrumpelte Ingwerknolle, Knoblauch, H-Milch, fettarm. Und ein paar Flaschen Bier – im Gemüsefach.

Jens kam mit zwei geöffneten Bierflaschen aus der Küche zurück. Die eine stellte er auf den Couchtisch, für Tammo, aus der anderen nahm er einen Schluck, der deutlich machte, dass er Durst hatte. Dann wischte er sich über den Mund und stellte seine Flasche ebenfalls auf den Tisch, neben die Mappe.

»Wann vermisst man seine Frau?«, fragte Jens und ärgerte sich wohl im selben Moment über seine unüberlegte Frage, denn er brach ab. »Spätestens, wenn man sich abends ins Bett legt, oder?«, versuchte er es noch einmal.

Tammo griff nach der geöffneten grünen Flasche und nahm einen Schluck.

»Normalerweise schreibt man sich doch mal eine Nachricht oder telefoniert miteinander, wenn man eine Woche weg ist«, überlegte Jens laut. »Es sei denn …«

»Man vermisst nichts«, beendete Tammo den Satz.

»Ja. Genau«, stimmte Jens ihm zu. »Das Haus sieht nach 'ner Menge Asche aus. Vor allem die Möbel. Richtig geil. Skandinavisch. Fenster, die bis zum Boden runtergehen, Betonfußboden und so. Man hat das Gefühl, durch eine von diesen Design-Zeitschriften zu gehen. Egal. Wir checken gerade die Finanzen. Entweder hat einer von denen geerbt oder eine Bank ausgeraubt – so wie die leben. Wie geht so etwas sonst?«

Tammo sah geradeaus, auf den Boden unter die Heizung, dorthin, wo sich der Staub zu einer handballengroßen Wolke gesammelt hatte. Ja, wie ging so was?

»Sarah meinte, es sähe im Haus alles so gewollt aus. Na ja, kein Wunder. Katinka Kühn ist Architektin. Die wird sich sicher einiges dabei gedacht haben, als sie ihr Haus eingerichtet hat.« Jens hielt kurze inne. »Ihr Mann hat was gesagt von Eigenentwurf. Aber da war noch was. Es war … wie hatte Sarah es noch ausgedrückt?« Jens überlegte. »Diese gewollte Ordnung steht in einem Kontrast zu dem Fehlen der Frau. Es ist wie der Einbruch von Chaos in eine geordnete Welt. Ich glaube, so hat sie es formuliert. Oder so ähnlich. Du kennst sie ja«, meinte Jens und zwinkerte Tammo zu.

Ja, Sarah war eine Meisterin der Wortfindung. Tammo kam es immer so vor, als wäre sie nicht von dieser Welt. So, als gehöre sie eigentlich woanders hin. Nicht im esoterischen Sinne, das definitiv nicht, sondern … einfach so. Mit ihrer schmalen, zierlichen Figur und durch ihre ganze Art sich zu bewegen, zu reden, zu denken, hatte er immer den Eindruck, als wäre sie noch gar nicht richtig gelandet auf diesem Planeten. Sarah war für ihn ein Rätsel. Er konnte sie nicht fassen, nicht einordnen. Immer wenn er glaubte zu wissen, was sie dachte, überraschte sie ihn wieder. Er hatte schon lange den Verdacht, dass sie die Intelligenteste von ihnen allen war – aber er hatte es nie gesagt. Das war es auch nicht, was zählte. Sarah war wichtig für das Team, weil sie so anders war. So anders dachte.

Tammo nahm noch einen Schluck. Er hatte kein Abendbrot gegessen, das merkte er jetzt. Das Bier ließ alles leichter werden. Seit Wochen hatte er keinen Alkohol mehr getrunken.

Nachdem Lena gegangen war, hatte er jeden Abend etwas getrunken. Irgendwann ging es nicht mehr. Der Gin war alle gewesen, und ihm hatte die Kraft gefehlt, neuen zu kaufen. Weißwein schlug ihm auf den Magen. Rotwein haute ihn emotional um. Bier, ja, Bier ging noch.

»Apropos Fehlen. Von ihren persönlichen Gegenständen fehlt nichts bis auf das Handy. Und das lässt sich nicht orten«, ergänzte Jens.

»Wie hat der Mann gewirkt?«, wollte Tammo wissen, während er seine Flasche neben sich auf den Boden stellte.

Jens lächelte sein schiefes Lächeln. Tammo wusste, was er dachte. Dass jeder andere gefragt hätte, was er gesagt habe.

Er räusperte sich. »Moritz Kühn. Schwer einzuschätzen. So ein Typ Mensch, der an dir vorbeigeht, und du kriegst es nicht mit. Ein ...« Er überlegte. »So ein völlig ... normales, unauffälliges Gesicht irgendwie. Nichts, was besonders raussticht.«

Tammo war sich sicher, dass er mehr gesehen hätte in dem Gesicht von Moritz Kühn. Er hatte diese Fähigkeit, die Gesichter der Menschen zu lesen. Jens hatte das immer bewundert. Wie Tammo in einen Verhörraum kam und alles Unwichtige auszublenden schien. Selbst kaum etwas sagte. Und dann, ein Satz. Kurz und knapp. Ruhig ausgesprochen, so, als würde er fragen, ob sein Gegenüber noch etwas trinken wollte.

Tammo sah aus dem Fenster und spürte Jens' Blick. Aber da war noch mehr. Er meinte die Angst spüren zu können, die Sorge, er könne genau diese Fähigkeit verlieren. So, wie alles andere, das er verloren hatte.

Jens holte tief Luft und sah wieder auf die Akte vor sich. »Ich weiß ja nicht, ob er sonst auch so eine Schlaftablette ist, aber dafür, dass seine Frau verschwunden ist, finde ich ihn etwas zu ruhig.« Er schüttelte den Kopf. »Du weißt ja, wie die Leute ausflippen können, wenn jemand weg ist. Ob sie nun komplett lethargisch werden, nervös oder hysterisch und uns mal wieder vorwerfen, wir würden nichts unternehmen … Aber dieser Moritz Kühn … der ist … gefühlsneutral.« Jens verstellte seine Stimme und machte Moritz Kühn nach. »Darf ich Ihnen etwas anbieten? Cappuccino? Möchten Sie sich setzen? Ich hole auch gerne Wasser ohne Kohlensäure.« Dann machte er eine Handbewegung nach, die Tammo interessanter fand als alles, was Jens über den Mann der Vermissten erzählt hatte.

»Hat er so gemacht?«, wollte Tammo wissen, hob seine Hand in die Luft, als würde sie schweben, und ließ sie weich zur Seite fallen, sodass jetzt die Handinnenfläche nach oben zeigte.

»Ja. Warum?«

»Hm«, machte Tammo, nickte kurz und sah wieder aus dem Fenster.

»Na ja, jedenfalls war er, um es kurz zu machen, genauso aufgeräumt wie alles in diesem Kasten. Ich weiß, meine Bude ist kein Vergleich, aber das wirkte schon alles sehr … unbewohnt, wenn du weißt, was ich meine. Das hättest du echt sehen müssen!«

Ein Haus ohne Leben. Er wusste, was Jens meinte.

»Mich stört einfach diese eine Woche, in der er auf Klassenfahrt ist, seine Frau angeblich anruft, nicht erreicht, sich nicht wundert, keine Nachbarn fragt, ob sie mal nach ihr gucken könnten.« Jens schüttelte den Kopf. »Dann ihr Handy, das offenbar ausgeschaltet ist. Kein Abschiedsbrief. Und eben dieser Abgabetermin für den Entwurf. Möller & Partner heißt das Architektenbüro übrigens. Sitzen in der Hafencity. Sie hat allerdings auch ein Arbeitszimmer bei sich im Haus. Ihr Mann meinte, dass sie ihre Arbeit liebt. Es hätte zwar in letzter Zeit Ärger gegeben, aber das sei nicht weiter wild. Auf alle Fälle kein Grund, vom Erdboden zu verschwinden.« Jens nahm den letzten Schluck, dann stellte er die leere Flasche auf den Couchtisch, lehnte sich zurück und schlug die Beine übereinander. »Ich glaube, es hat ihn mehr gewundert, dass sie nicht zu diesem Abgabetermin erschienen ist, als die Tatsache, dass sie nicht zu Hause war, als er von der Klassenfahrt zurückgekommen ist«, stellte er fest.

»Woher weiß er, dass sie laufen war, wenn er nicht da war?«

»Sie hatte sich ihre Laufsachen angezogen und war gerade dabei, irgend so eine App auf ihrem Handy einzustellen, als er losmusste. Sie läuft regelmäßig. Momentan eher morgens, vor der Arbeit, weil es abends so schnell dunkel wird. Als er zurückkam, war sie, wie gesagt, nicht da und kam auch nicht später oder nachts nach Hause ... Daraufhin hat er irgendwann nach ihren Laufschuhen geguckt und sie nicht gefunden.« Jens hob die Schultern und ließ sie wieder fallen. »Dann hat er in ihrem Büro angerufen, erfahren, dass sie schon die ganze Woche nicht da war, was aber nicht unbedingt ungewöhnlich ist, da sie eben viel von zu Hause aus macht. Wäre da nicht dieser Abgabetermin. Danach ist er jedenfalls zur nächsten Dienststelle und hat sie als vermisst gemeldet.« Er machte eine kurze Pause. »Wir haben heute die Gegend abgesucht, in der sie gelaufen sein könnte. Nichts. Bis auf die Kopfhörer.« Er stand auf und griff nach der Flasche. »Du auch?«

Tammo schüttelte den Kopf. Er sah Jens hinterher, der durch den dunklen Flur zur Küche ging. Es tat gut, dachte Tammo. Das Bier in seinem leeren Magen und die anderen Gedanken in seinem vollen Kopf.

»Sarah meinte, sie musste sofort an Sabine Wendlich denken, als sie das Foto von Katinka Kühn gesehen hat. Ich muss zugeben, sofort kam mir der Gedanke nicht, aber nachdem sie das meinte, habe ich mir die Bilder noch mal in Ruhe angesehen. Und ich finde, sie hat recht«, erklärte Jens und sah sich im Raum um, während er zurück zum Sofa ging.

In der Ecke lagen Klamotten, die Pflanze auf der Fensterbank war schon lange vertrocknet, auf dem Holzfußboden neben Tammos Sessel standen leere Kaffeebecher.

Er stand auf und öffnete das Fenster, um frische Luft ins Zimmer zu lassen. Es hatte aufgehört zu regnen.

»Tja, und dann ist da eben noch die Tote. Ein Spaziergänger hat sie gefunden«, erzählte er weiter. »In einem Waldstück, neben der B75, wenn man aus der Stadt raus Richtung Ahrensburg fährt und dann links nach Volksdorf abbiegt. Es gibt einen Weg, der ein Stück weit parallel zur Straße verläuft, dazwischen ist ein Graben. Auf der anderen Seite, also in dem Wald, dort, wo sie lag, ist es extrem dicht. Total schwer zugänglich, da muss man sich schon auskennen. Und Kraft haben. Wir haben keine Spuren gefunden von einer Schubkarre oder sonst irgendwas, womit man sie geschoben haben könnte. Allerdings gibt es Fußabdrücke. Größe 47. Wir gehen also von einer kräftigen, männlichen Person als Täter aus«, erklärte Jens.

Er wollte nicht, dass man sie findet, dachte Tammo. *Er wollte sie für sich allein.*

3.

Eine Woche zuvor

Katinka öffnete die Augen und sah nichts.

Es dauerte ein paar Sekunden, bis sie begriff, dass es dunkel war.

Ich bin nicht tot. Das war das Allererste, was sie dachte, als ihr Gehirn unter Schmerzen wieder anfing zu arbeiten. Langsam, wie nach einer Narkose.

Ihr war übel. Aber am schlimmsten waren die Kopfschmerzen. Sie lag auf der Seite. Und sie hörte etwas. Ein leises Klackern, ein monotones Geräusch, das von irgendwoher kam.

Wo war sie? Warum war es so dunkel? Was war das gewesen … im Wald?

In ihrem Kopf explodierte etwas. Der Schmerz war unerträglich.

Vorsichtig tastete sie mit ihren Fingern ihren Hinterkopf ab. Links hinter dem Ohr war etwas, eine golfballgroße Beule.

Sie ließ ihre Hand wieder neben sich fallen und versuchte, etwas in der Dunkelheit zu erkennen. Doch da war nichts.

Bis auf den Schmerz.

4.

Die Herbstsonne schien Tammo ins Gesicht. Er stellte seinen Kaffeebecher neben den Ledersessel auf den Holzfußboden, griff nach den Armlehnen und schob den Sessel einen halben Meter nach hinten. Dorthin, wo die Sonne ihn nicht erreichte. Dann beugte er sich vor und griff nach dem Kaffeebecher. Er wusste nicht, wann Jens gegangen war. Er wusste nur, dass es spät gewesen war.

»Überleg es dir doch noch mal«, hatte Jens an der Tür gesagt. So wie immer, wenn er ging. »Mach doch eine BEM. Kommst ein paar Stunden rum, wir reden über die Fälle. So wie eben. Das lenkt dich sicher etwas ab. Versuch's doch einfach mal!«

Es waren drei Buchstaben, die ihm helfen sollten, wieder weiterzumachen – als wäre nichts gewesen. BEM. Betriebliche Eingliederungsmaßnahme. Das klang schon so scheiße! Allein das war ein Grund, es nicht zu tun.

Er wollte nicht. Das verstand nur keiner. Nicht Lena, nicht seine Eltern, niemand. Jens auch nicht. Aber er war von allen derjenige, der am hartnäckigsten war. Der ihm immer wieder sagte, was alle anderen nur noch dachten. Der so lange klingelte, bis Tammo öffnete und ihn daran erinnerte, dass er nicht allein war, dass er ihn brauchte, nicht nur bei der Arbeit, dass es ein Leben gab, trotz allem. Und manchmal erinnerte er ihn auch einfach nur daran, dass er etwas essen musste. »Mann Alter! Du siehst demnächst aus wie Kate Moss mit Bart!«, hatte er bei einem seiner letzten Besuche gesagt.

Jens gab nicht auf. Obwohl er selbst es schon längst getan hatte.

Tammo nahm den Becher, trank einen Schluck des frisch aufgebrühten Kaffees und sah gedankenverloren auf den Fußboden. Die Sonne schien bis knapp vor seine Zehenspitzen, berührte sie aber nicht. Direkt vor seinen Füßen verlief die Linie. Hell. Dunkel.

Einen langen Augenblick sah er auf dieses Bild. Ihm kam der Gedanke, dass es vielleicht genau so war. Dass er sich nur ein kleines Stück bewegen musste. Und schon wäre er wieder da, wo es hell war.

Er lehnte sich zurück, sah auf den Becher in seiner Hand und wusste genau in dieser Sekunde, dass es nie so leicht sein würde.

Der Becher. Als er den Küchenschrank über der Spüle geöffnet hatte, war es ihm nicht aufgefallen. Er hatte einfach irgendeinen der vielen bunten Becher, die sich im Laufe der Jahre angesammelt hatten, rausgezogen. Wie jeden Morgen.

Aber dieser hier war nicht irgendeiner. Es war der Becher, den Lenny ihm zum Geburtstag geschenkt hatte. Tammo versuchte, sich daran zu erinnern, was er als Letztes mit Lenny gemacht hatte, was sie unternommen hatten. Sie hatten immer irgendetwas unternommen, wenn er am Wochenende keinen Dienst gehabt hatte. Runter an den Elbstrand, Schiffe gucken, warmen Kakao mit Sahne trinken, Lennys Lieblingsgetränk Nummer eins. An die Ostsee, Timmendorf, Frühstücken, Sandburgen bauen. Oder ins Schwimmbad. Das mit den Wellen. Immer zur vollen Stunde Seegang. Immer zur vollen Stunde ein Kind, das ausflippte vor Freude. Das nichts anderes wollte, als »Da rein!«.

Er sah all das vor sich. Er sah nur nicht, was sie gemacht hatten an dem letzten Wochenende, das sie zu dritt verlebt hatten. Er ahnte, dass er es einmal gewusst hatte. Und das machte ihn fertig.

Langsam stand er auf und schlurfte zu dem Sideboard im Flur, auf dem immer sein Kalender lag. Ach, nein, das war ja der falsche, fiel ihm ein. Er ging zurück, ins Wohnzimmer, zum Regal. Es war ja letztes Jahr. Warum hatte er nicht daran gedacht? Vermutlich, weil es sich nicht so anfühlte.

Er griff nach einer der weißen Kisten, zog sie aus dem quadratischen Regalfach und wühlte darin, bis er hatte, was er suchte: Die Filofaxblätter des letzten Jahres.

Während er das Gummiband abnahm, das er um die Blätter gewickelt hatte, setzte er sich aufs Sofa. April, Mai … August, September. Jetzt blätterte er langsamer, bis er das Wochenende, das in seiner Erinnerung fehlte, gefunden hatte.

Kein Eintrag. Tammo sah aus dem Fenster über das Dach des gegenüberliegenden Hauses hinweg in einen wolkenfreien, kalten Himmel.

Er sah Lenny vor sich, immer wieder, wie er ihn anlachte, seine großen Augen, die dunklen, langen Wimpern.

Tammo ließ die Blätter neben sich auf dem Sofa liegen und stand auf, ging wieder in den Flur, stellte sich mit gesenktem Blick vor den Spiegel, der über dem Sideboard hing.

Er spürte das beginnende Beben in seiner Brust, versuchte, den Weinkrampf zu unterdrücken, schaute auf seine Strümpfe, auf die vom Sitzen völlig ausgebeulte Jogginghose, die er seit Wochen trug, den alten Norwegerpulli über dem Karohemd, von dem er nicht wusste, wann er ihn zuletzt gewaschen hatte.

Langsam hob er den Kopf – und sah jemanden, den er nicht kannte.

Er sah aus wie ein abgemagerter Drogenabhängiger. Wie jemand, der dringend Hilfe brauchte, der sich nicht selbst helfen konnte. Da war nichts mehr von dem smarten, introvertierten Typen mit den dunkelbraunen Haaren, auf den die Frauen mal reihenweise gestanden hatten.

»Wer bist du?!«, schrie er sein Gegenüber an.

Er versuchte, seinem eigenen Blick standzuhalten, aber es gelang ihm nicht.

»Es muss aufhören. Es muss einfach endlich aufhören«, dachte er laut, griff sich seine grüne Fjäll-Raven-Jacke vom Garderobenhaken, setzte die blaue Wollmütze auf, schlüpfte in die Stiefel, zog den Schlüsselbund aus dem Türschloss und verließ die Wohnung.

Das Lenkrad des alten Volvo war kalt. Der Motor lief, die Lüftung stand auf höchster Stufe. Die Scheibe war beschlagen. Tammo griff in seine Jackentasche und zog ein altes Taschentuch heraus. Es wurde nicht besser. Sobald er über das Glas gewischt hatte, beschlug es sofort wieder.

Er beugte sich zur rechten Seite vor und öffnete das Handschuhfach, in der Hoffnung, dort diesen Schwamm zu finden, mit dem er sonst immer die Feuchtigkeit im Wagen bekämpft hatte. Mit der rechten Hand wühlte er in dem Fach, bis er etwas Kleines, Rundes fühlte. Er griff danach, lehnte sich wieder zurück und sah hinunter auf seine Hand. Eine Kastanie. Er schloss die Hand wieder und starrte auf die Scheibe, die langsam klarer wurde.

Sie waren im Sachsenwald spazieren gegangen. Die Sonne hatte geschienen. Lena hatte den Bollerwagen mitnehmen wollen, ihm war es zu anstrengend gewesen, das schwere Ding vom Dachboden zu holen und ins Auto zu tragen. Im Wald hatte Lenny irgendwann nicht mehr gehen wollen. Lena hatte gesagt: »Jetzt weißt du, warum ich den Bollerwagen mitnehmen wollte.« Und er hatte gesagt, dass er lieber Lenny durch den Wald zurückträge als den blöden Wagen durchs Treppenhaus. Lena hatte die Augenbrauen hochgezogen und die Kastanien, die sie gefunden und auf einem Baumstumpf gesammelt hatten, in den kleinen Eimer geworfen.

Tammo strich mit dem Daumen über die Schale der Kastanie. Hinter ihm hupte jemand. Langsam steckte er die Kastanie in die rechte Jackentasche.

Die Scheibe war frei. Er legte den Gang ein und fuhr los.

Während der Fahrt blickte Tammo immer wieder in den Rückspiegel. Zu der leeren Rückbank.

Lenny hatte seine Zipfelmütze aufgehabt, die graue mit der kleinen roten Rakete an der Seite. Ja, es war ein schöner Tag gewesen. Einer, von dem er erst jetzt wusste, wie besonders er gewesen war.

Als er wieder nach vorn auf die Straße schaute, war es zu spät. Die roten Rücklichter des Wagens direkt vor ihm fuhren nicht, sie standen. In letzter Sekunde riss

Tammo das Lenkrad zur Seite, nach rechts. Im Augenwinkel sah er eine Bewegung. Ein dumpfes Geräusch. Ein Fahrradfahrer? Sein Herz raste.

Irgendjemand stand an seinem Fenster, links neben ihm, und klopfte gegen die Scheibe.

»Alles in Ordnung?« Ein junger Typ auf einem Rennrad in Sportkleidung. Vermutlich ein Fahrradkurier.

Tammo holte tief Luft, sah sich um und nickte. »Ja, danke«, sagte er schließlich, obwohl er wusste, dass der Mann es nicht mehr hören konnte. Er war längst weg.

Dann öffnete er die Tür und stieg aus. Ein paar Leute waren stehen geblieben und betrachteten das, was einmal sein rechtes Vorderlicht gewesen war. Er hatte den Wagen gegen einen der unzähligen Metallbügel gesetzt, die die Straße vom Bürgersteig trennten.

Kein Mensch. Nur Metall und Plastik. Er stieg wieder ein, setzte ein Stück zurück und fuhr weiter.

Es musste etwas passieren. Egal, was. Das Leben, er, das, was geschehen war – das ging alles nicht mehr. Vollbremsung oder Gas geben. Etwas anderes war nicht möglich. Und für beides hatte Tammo keine Kraft.

Also fuhr er einfach weiter. Irgendwohin.

Man konnte sich sehr lange treiben lassen, mitten in diesem verrückten Verkehr. Doch irgendwann musste man sich entscheiden. Es sei denn, es war einem egal, dass man auf die Autobahn Richtung Berlin fuhr. Tammo war es egal. Trotzdem fuhr er so lange im Horner Kreisel herum, bis er das Gefühl hatte, ihm würde übel.

Tammo bog ab. Nicht auf die Autobahn. Auf eine vierspurige Straße mit alten Bäumen.

Die Kastanie. Der Spaziergang. Der Wald. Die Frau, die joggen gegangen war.

Tammo wusste, wo er hinwollte. Auf der Wandsbeker Chaussee bog er nach rechts ab.

Die Stadt hörte einfach auf. Ohne große Vorankündigungen. »Schleswig-Holstein« stand auf einem Schild mit Landesflagge, an dem er vorbeifuhr. Dahinter lagen ein Ponyhof und Felder. Rechts und links plötzlich Natur. Dann, etwas später, ein Ortseingangsschild.

Tammo bog nach ein paar Grundstücken intuitiv rechts ab. Er hatte sich die Strecke, die Katinka Kühn eventuell gelaufen war, am Abend zuvor auf der Karte auf seinem Handy angesehen. Sie musste sich irgendwo hier befinden. Zwischen Dorf und Stadt. Mitten in der Idylle.

Jens war schon lange weg gewesen, als Tammos Blick an der Mappe hängen geblieben war, die vor ihm auf dem Couchtisch gelegen hatte.

Er hatte sie nicht angerührt, war in die dunkle Küche gegangen, die Lena eigentlich hatte streichen wollen. Vor einem Jahr. Unter der Fensterbank, auf der kleine Plastiktöpfe mit vertrocknetem Basilikum und Petersilie standen, lagen noch die unausgepackten Folien,

Pinsel in verschiedenen Stärken, eine Farbrolle und zwei Eimer mit weißer Farbe, die sie hatte anmischen wollen. Hellblau. Wie der Himmel, wenn die Sonne scheint, hatte sie gesagt.

Er hatte sich noch ein Bier aus dem Kühlschrank geholt, das vorletzte, und sich wieder in seinen Ledersessel gesetzt. Als die Flasche leer war, hatte er sie gegen die Mappe getauscht.

Tammo parkte seinen Wagen in einer Seitenstraße, holte sein Handy aus der Jackentasche und sah sich auf der Karte seinen Standort an. Dann ging er weiter geradeaus, bis das Dorf endete, und lief einen straßenbreiten Weg zwischen mehreren Feldern entlang, die von Knicken umrandet waren.

Die Kastanie in seiner Jackentasche hielt er fest. Die ganze Zeit.

Vielleicht hatte Jens recht. Vielleicht war es wirklich einfacher, eine fremde Frau zu suchen, als sich selbst zu vergessen.

5.

Katinka kam wieder zu sich. Reflexartig tastete sie mit der Hand hinten am Bund ihre Hose ab. Dort, wo sich die kleine Tasche befand, in die sie immer ihr Handy steckte, wenn sie laufen ging. Der Reißverschluss war geöffnet. Leer.

Sie versuchte sich zu erinnern. Der Wald, sie war joggen … und dann … da war etwas. Sie hatte aufgehört zu laufen, ihr Handy aus der Tasche genommen, genau, daran erinnerte sie sich. Nur warum?

Trotz der lähmenden, erdrückenden Übelkeit und der Kopfschmerzen raffte sie sich auf, tastete sich durch den dunklen Raum, in dem es wie in einem alten, abgestandenen Keller roch, bis zur Tür. Da war noch ein anderer, latenter Geruch, der ihr auffiel, den sie aber nicht sofort deuten konnte. Er hatte etwas Süßliches, wie Fallobst. *Der Duft nach süßem Apfel*, dachte sie.

Der Türgriff war eiskalt. Mit jedem Millimeter, den sie die Türklinke runterdrückte, starb ihre Hoffnung. Die Tür war abgeschlossen.

Sie rüttelte an ihr, schlug mit den Fäusten gegen die Tür, bis sie ihre Handballen nicht mehr spürte, schrie, bis ihre Kopfschmerzen sie aufhören ließen und ihr Schrei in ein verzweifeltes Weinen überging. Alles tat weh.

Wer hatte sie hier eingesperrt? Warum war sie hier, in diesem dunklen, muffigen Loch?

Sie spürte die Tränen über ihr Gesicht und die Nase hinunterlaufen, während sie die Wand abtastete. Da war etwas, ein alter runder Lichtschalter. Einer, den man drehen musste. Es machte leise klick. Dann war es hell.

Mit vorgehaltener Hand versuchte sie, sich an das Licht zu gewöhnen, den Raum durch einen Spalt zwischen ihren Fingern zu erkennen. Er war relativ klein und mit einem schlichten, dunklen altmodischen Metallbett, einem dazu passenden Schrank, wenn sie es richtig sah, einem altrosafarbenen Waschbecken und einem Stuhl ausgestattet. In einer Ecke befand sich ein halb zugezogener, dunkelgrüner Vorhang, dahinter eine weiße Toilette. Sie war offenbar im Nachhinein eingebaut worden. Langsam nahm sie die Hand von ihrem Gesicht und sah sich mit leicht zugekniffenen Augen um.

Geblümte Tapete in Braun- und Gelbtönen. Vermutlich aus den Siebzigern.

Aber das war es nicht, was ihr das Gefühl gab, jemand würde ihr den Boden unter den Füßen wegreißen. Es war eine quadratische Fläche ohne Tapete direkt vor ihr an der Wand. Gefüllt mit Kalksandsteinen. Ein zugemauertes Fenster.

Deshalb war es so dunkel, schoss es ihr durch den Kopf. Panik stieg in ihr auf, breitete sich wie ein Fieber langsam aus.

Das Geräusch fing wieder an. Katinka drehte sich nach rechts und entdeckte in der Ecke hinter dem Vorhang direkt unter der Decke eine alte Lüftung. Sie hatte wieder begonnen, Luft in den Raum zu schleusen. Von draußen. Dorther, wo kein Weg hinführte.

Wer auch immer sie hier eingesperrt hatte, er war verrückt.

Immer wieder dachte sie nur diesen einen Satz.

Er ist verrückt.

6.

Es gab drei Strecken, die sie regelmäßig lief, hatte Moritz Kühn ausgesagt.

Sechs, acht und zwölf Kilometer. Zwölf lief sie eigentlich nur am Wochenende oder wenn sie frei hatte. In der Woche, vor oder nach der Arbeit, lief sie eine der kürzeren Runden. Also sechs oder acht. Dies hing davon ab, wie viel Zeit sie hatte, wie sie sich fühlte und wie schnell es dunkel wurde. Da Katinka Kühn an dem Morgen, als sich ihr Mann von ihr verabschiedete, noch wichtige Termine hatte, nahm dieser an, dass sie auf alle Fälle die kleine Runde gewählt hatte.

Wenn sie denn während des Laufens verschwunden war. Es konnte genauso gut sein, dass es danach – zu einem ganz anderen Zeitpunkt – passiert war. Was dagegen sprach, war die Tatsache, dass sie nicht mehr gesehen worden war. So stand es in dem Bericht. Keine Nachbarn, keine Kollegen, niemand hatte sie seitdem gesehen. Aber was hieß das schon, dachte Tammo. Nichts.

Moritz Kühn hatte ein Alibi für die Zeit nach acht Uhr an diesem Morgen. Er hatte 25 Zeugen.

Aber vor acht Uhr? Da gab es nur eine Zeugin. Seine Frau.

Tammo näherte sich einem kleinen Wäldchen, das links des Weges lag, der jetzt leicht abschüssig war und eine Kurve beschrieb. Er folgte dem immer noch sehr breiten Weg.

Kurz bevor das Wäldchen endete, lagen Sägespäne quer über dem Weg. Tammo meinte, den Geruch des frisch gesägten Holzes riechen zu können. Gerade, als er noch einmal aufs Handy schauen wollte, um zu sehen, wohin der Weg führte, den Katinka Kühn eventuell gelaufen war, hörte er hinter sich ein lautes Motorengeräusch. Ein riesiger Trecker näherte sich in rasantem Tempo. Tammo machte ein paar Schritte zur Seite. Das Bild war verwirrend. Ein neuer, hochmoderner, riesiger grüner Trecker mit einem alten, kleinen Mann am Steuer.

Der Mann hob die Hand zum Gruß.

Tammo winkte kurz zurück. Mit der Kastanie in der Hand. Er sah dem Trecker nach, der einen leeren Anhänger hinter sich herzog.

Der Weg führte wieder geradeaus, vorbei an weiteren Feldern. Mehrere kleine Apfelbäume standen hier in einer Reihe. Die meisten Äpfel hatte niemand gepflückt und nun lagen sie verstreut im hohen Gras; einzelne rote Kugeln hingen noch an den kahlen Ästen. Tammos Magen knurrte. Er hatte nicht gefrühstückt. Im Ledersessel, zu Hause, wenn er sich in seinen Erinnerungen bewegte, im Kreis drehte, war das egal. Aber hier bekam er Hunger.

Das dezente Rauschen der Fahrzeuge auf der Autobahn fiel Tammo erst jetzt auf. Es verteilte sich so gleichmäßig in der Landschaft, dass es schwer war einzuordnen, von wo genau es kam. Die A1 konnte nicht weit entfernt sein.

Er ging auf einen Baum zu und versuchte, mit ausgestreckten Armen an einen der letzten Äpfel zu gelangen. Es klappte.

Als er hineinbiss, lief der Saft aus dem kleinen, roten Apfel seinen Mundwinkel und seine Hand hinunter. So viel Saft in so einem winzigen Apfel, dachte Tammo. Er ließ die Kastanie in der Jackentasche los, beugte sich leicht vor und wischte sich mit der Hand über den Mund. Der Apfel schmeckte besser, als er erwartet hatte. Er biss noch drei, vier Mal ab, dann warf er den Rest weg und zog erneut an einem der dünnen Äste, bis er einen weiteren erwischte.

Während er aß, ging Tammo in Gedanken die Laufstrecke durch. Sie führte von Katinka Kühns Haus aus ein paar Straßen runter, an einem kleinen Waldstück entlang, einem Freibad, mehreren Pferdehöfen – hier, wo er jetzt stand und kaute – vorbei, den Weg, den er gegangen war, zurück und wieder links zum Ortsausgang. Dann an der Straße entlang, die er gefahren war, bis zurück zu ihrem Haus.

Er warf das Gehäuse neben sich ins Gras, wischte die nasse, klebrige Hand an der Hose ab und blickte auf den Weg. Tammo stellte sich vor, Katinka Kühn würde an ihm vorbeilaufen, in ihren Sportsachen, Joggingschuhen, und er würde ihr hinterhersehen, wie sie sich langsam entfernte, kleiner wurde, verschwand.

Etwas passte nicht in das Bild. Da war etwas, was seine Vorstellung störte, aber er konnte es nicht greifen.

Es war kühl. Tammo steckte die Hände wieder in die Jackentasche und ging weiter.

Dass sie hier verschwunden war, erschien ihm wahrscheinlicher als mitten in einem Wohngebiet. Natürlich hätte ein Kleintransporter anhalten und sie in den Wagen ziehen können. Dafür hätte man eventuell zwei Männer benötigt. Und einen Moment, in dem kein Auto, Radfahrer oder Fußgänger vorbeikam. Hier war niemand. Bis auf den Bauern auf seinem Riesentrecker.

»Allein, allein« – der Refrain von *Polarkreis 18* lief in seinem Kopf in Endlosschleife, während er weiterging und feststellte, dass es hier okay war, allein zu sein. Ein anderes Alleinsein als zu Hause. Leichter als mitten in der Stadt, wo so viele Menschen waren. Ihm kam der Gedanke, einfach hier zu bleiben. Er fühlte sich gut an.

Auf der rechten Seite verlief der Knick weiter, hinter dem sich ein Feld an das nächste reihte. Auf der linken Seite hörte das Feld auf und ein Stück Wald begann, von dem man ahnen konnte, dass es nicht sehr groß war.

Schlecht zugänglich, dachte Tammo und erinnerte sich an das, was Jens gesagt hatte.

Die tote Braut. Sein toter Sohn. Die Kastanie in seiner Hand.

Ihm wurde schwindelig.

Er blieb stehen und sah in den Wald, in den kein Weg führte und der ein anderer Wald war als der, von dem Jens gesprochen hatte.

Tammo verließ den breiten Sandweg und stieg über die jungen Triebe, die dicht an dicht aus dem Boden schossen, über alte, morsche Stämme voller Moos, Efeu und Brombeerzweige hinweg. Es sah fast genauso aus wie auf den Bildern vom Tatort, die er sich gestern Abend noch angesehen hatte, immer wieder.

Es roch nicht so wie in dem Wald, in dem er mit Lenny und Lena gewesen war. Nicht so, wie in seiner Kindheit – die Wälder in Schweden, das kleine rote Holzhaus mit den weißen Fenstern, das er so gemocht hatte. Seine Eltern hatten es nach ihrer Trennung verkauft. Seitdem war er nicht mehr dort gewesen.

Er ging weiter und stellte sich – obwohl es ein anderer Wald war – vor, eine Frau hier durch dieses Dickicht zu tragen, was ihm unmöglich erschien. Es war schwer genug, allein hier durchzukommen.

Tammo hielt sich an einem dünnen, jungen Stamm einer Birke fest und versuchte, tiefer in den Wald vorzudringen. Nach ein paar Metern blieb er stehen und sah sich um. Ein Stück vor ihm lag ein entwurzelter, dicker Baumstamm, der vermutlich während eines Sturmes umgefallen war. Er setzte sich mit dem Blick zum Weg, den er von hier aus nur erahnen konnte.

Während er mit dem rechten Daumen sanft über die Schale der Kastanie in seiner Jackentasche strich, holte er Lenny aus seinen Erinnerungen, ließ ihn durch das Gestrüpp gehen, einen Ast aufheben, der kein Ast war, sondern ein Schwert, ließ ihn gegen einen bösen Drachen kämpfen, ihn besiegen und auf den Drachen klettern, zu ihm. Er reichte ihm die Hand, ließ ihn sich neben sich setzen, nahm ihn in den Arm. Lenny legte seinen kleinen Kopf an seine Schulter.

Und er weinte.

Irgendwann holte er tief Luft, nahm die Kastanie aus seiner Tasche und legte sie auf den Baumstamm.

Über sich, irgendwo, hörte er einen Vogel oder zwei.

Tammo stand auf, ging ein paar Schritte, doch dann blieb er stehen. Es ging nicht.

Er ging zurück, nahm die Kastanie und steckte sie wieder ein. Dann kämpfte er sich zum Weg zurück.

Nach ein paar Hundert Metern verlangte der Weg eine Entscheidung. Rechts oder links. Geradeaus befand sich ein eingezäuntes Naturschutzgebiet. Ein verwittertes Schild wies darauf hin, ein metallenes darauf, dass Hunde an der Leine zu führen waren.

Tammo holte sein Handy raus und sah sich erneut die Karte an, als er den Motor hörte. Er blickte auf und erkannte den Trecker, der jetzt nicht mehr so schnell fuhr. Der Anhänger war voll beladen mit Holz. In dicke Scheiben geschnittene Stämme. Der alte Mann nickte nur kurz.

Plötzlich wusste Tammo, was nicht in das Bild gepasst hatte.

Er riss den Arm hoch, rief dem Mann zu anzuhalten, doch der hörte ihn nicht.

7.

Ein leises Quietschen schlich sich in ihren Traum. Es wurde ein Teil davon, bis sie merkte, dass es nicht hierhergehörte. Eine quietschende Tür im Wald.

Langsam öffnete sie die Augen. Sie lag wieder auf der Seite, was ihr sofort auffiel, weil sie sonst nie so schlief.

Kräftige Beine in einer blauen Jeans, die sich auf sie zubewegten. Schlagartig war sie wach. Sie war nicht im Wald. Sie war in diesem Raum.

Innerhalb des Bruchteils einer Sekunde presste sie die Augen wieder zu, legte ihre rechte Hand darüber, um ganz sicher zu gehen, dass er wusste, dass sie ihn nicht sah, nicht sehen konnte. Auf keinen Fall, das wäre ihr Tod, dachte sie und setzte sich mit einem Ruck auf. Liegend war sie zu sehr Opfer. Sie musste sitzen, um sich wehren zu können, falls er auf sie zukam.

Katinka zog die Beine an, ließ die Hand über ihren Augen und verharrte in dieser Position – regungslos.

»Wie … wie geht es Ihnen?«, fragte der Mann jetzt, den sie nicht sah, mit tiefer, unsicherer Stimme.

Die Frage war so absurd, so unpassend, so überraschend, dass sie nicht wusste, was sie sagen sollte.

»Haben Sie Kopfschmerzen?«

Sie schüttelte leicht den Kopf, ansonsten blieb sie völlig bewegungslos. Und doch raste ihr Herz wie verrückt.

»Ich hab hier sonst etwas, falls Sie es brauchen.« Er ging ein paar Schritte von ihr weg, um kurz danach zurückzukommen, stellte etwas neben ihr ab. Der Stuhl?

»Ich lege Ihnen hier ein paar Kopfschmerztabletten hin und etwas zum Trinken. Und Essen. Sie haben ja bestimmt Hunger. Oder?«

Stille.

»Sie brauchen keine Angst zu haben. Sie … können mich ruhig ansehen.«

Stille.

»Das mit der Beule, das tut mir leid. Das wollte ich nicht«, erklärte er.

Er klang ehrlich.

Oft genug hatte sie Menschen zugehört, die das, was sie sagten, nicht meinten, die freundlich lächelnd logen. Das Wichtigste, was man in Firmen, in denen es um viel Geld ging, haben musste, war Menschenkenntnis. Jede Promotion, jeder Abschluss dieser Welt war sekundär. Wer spielte welches Spiel? Wenn man das erkannte, war man sicher, hatte sie gedacht.

Bis zu dem Abend vor zwei Wochen, als Andreas, ihr Chef, von dem sie immer so viel gehalten hatte, sie plötzlich in der Tiefgarage abgefangen hatte. Er, von dem sie niemals gedacht hätte, dass er so etwas tun würde.

Ein Satz. Ein Blick. Mehr nicht.

»Du hast nichts gesehen.«

Dann war er in sein Auto gestiegen und weggefahren.

Er hatte sich schmieren lassen. Den Auftrag für das neue Großprojekt an den Generalunternehmer vergeben, dessen Geschäftsführer ihn regelmäßig zum Segeln einlud, aufs Mittelmeer. Auf eine Megayacht, auf der es zum Nachtisch junge Mädchen gab. Sehr junge. Wie in einem schlechten Film. Nein, schlimmer, hatte sie noch gedacht.

Sie hatte die Bilder durch Zufall auf seinem Rechner gesehen, als sie ihm nur kurz etwas bringen wollte. Die Unterlagen waren gegen die Maus gestoßen, der Bildschirm aus seinem Schlaf erwacht. Er hatte ihr gezeigt, was sie nicht hatte sehen sollen. Ihr Blick war ein kleines Stück nach rechts gewandert, zu dem Foto in dem silbernen Rahmen. Zwei Kinder, ein Hund, ein Haus. Eine glückliche Familie, hatte sie gedacht.

Er war ihr entgegengekommen, als sie sein Büro verließ, und sie hatte gewusst, was er wissen würde, sobald er sich wieder an den Schreibtisch setzte.

Sie hatte alles gesehen. Und am nächsten Tag würde sie mit seiner Frau zum Yoga gehen.

Aber der Mann hier – er klang ehrlich. Welches Spiel spielte jemand, der sie entführte, einsperrte und sich um sie Sorgen machte? Was wollte er von ihr?

»Sie sind mir aus dem Arm gerutscht und ihr Kopf … er ist gegen die Autotür gekommen. Das war keine Absicht.«

Als wäre es in der gleichen Sekunde, in der er es sagte, noch einmal passiert, fing ihre Beule am Kopf an zu schmerzen und zu pochen.

Er hatte sie angefasst, als sie bewusstlos war. Die Übelkeit wurde schlagartig schlimmer. Er hatte sie getragen. Natürlich. Warum überraschte sie das jetzt? Aber … sie hatte ihre Laufsachen an, sie war nicht nackt, versuchte sie sich zu beruhigen.

»Die Tablette … Sie … haben Sie eine Unverträglichkeit? Eine Allergie?«

Sie schüttelte stumm den Kopf.

»Es ist Ibuprofen. 400. Ich kann … also, wenn Sie sie nicht vertragen, dann kann ich Ihnen auch etwas anderes holen.«

Stille.

»Ich komme dann später noch mal wieder.« Pause. »Da im Schrank … da sind frische Sachen für Sie. Es müsste passen. Also … ich … ich gehe dann mal.«

Sie hörte, wie er zur Tür ging, schwere Schritte, es quietschte wieder.

»Bis nachher.«

Die Tür wurde wieder geschlossen, ein Schlüssel umgedreht. Schritte, die sich entfernten, dann wieder eine Tür. Stille.

Katinka öffnete langsam die Augen. Sie war allein. Langsam ließ sie ihre Beine los, streckte sie aus, hob ihre schwarze Joggingjacke an und sah auf die Schleife mit dem Doppelknoten auf ihrem Bauch. Erleichtert atmete sie aus. Er hatte sie nicht ausgezogen. Diese spezielle Schleife machte sie immer in das Band der Laufhose, da es so glatt war, dass es sich ständig öffnete und sie beim Joggen störte. Sie ließ die Jacke wieder los.

Rechts neben ihr, direkt am Bett, stand der Stuhl. Darauf ein altes Tablett aus Plastik. Ein Plastikteller mit zwei Scheiben Schwarzbrot. Eine mit Käse, eine mit Schinken. Kleine Gewürzgurken. Ein leerer Becher. Eine Flasche stilles Wasser, auch aus Plastik. Zwei Tabletten. An der Wand, neben der Tür, standen weitere Wasserflaschen.

Sie roch den kalten Schweiß in ihren Laufsachen.

Vorsichtig stand sie auf, ging zum Schrank und griff nach dem kleinen Knauf. Ein modriger Geruch kam ihr entgegen. Als sie sich das erste Mal in diesem Raum umgesehen hatte, war sie gar nicht auf die Idee gekommen, den Schrank zu öffnen. Sie war viel zu sehr mit sich selbst beschäftigt gewesen. Mit sich, ihrem Kopf, ihrem Magen – der verschlossenen Tür, dem zugemauerten Fenster.

Katinka hielt sich rechts und links an den Türen des Kleiderschrankes fest. Jedes der vier Fächer auf der rechten Seite war bis oben gefüllt, jeder Bügel auf der linken Seite mit einem Kleidungsstück versehen. Sie schob einen der Bügel ein Stück beiseite und suchte nach dem Schild am Nacken der geblümten Bluse. 38. Ihre Größe. Woher wusste er das?

Ihr Blick wanderte nervös von einem Kleidungsstück zum nächsten. Blusen, Morgenmantel, Pullover, Unterwäsche, Strümpfe, darunter Hausschuhe.

Keine Jacke. Keine Mütze. Keine Straßenschuhe.

Er spielt kein Spiel, dachte sie. *Er will, dass ich bleibe.*

Mit zitternden Händen schloss sie die Schranktüren wieder.

8.

M*atthies* stand auf dem ovalen, getöpferten Namensschild neben dem Klingelknopf.

»Brennholz?«, fragte der alte Mann, den Tammo sofort wiedererkannte, kauend.

Der Trecker stand auf dem Hof. Ein grüner Riese. Aus dem Korridor des großen Bauernhauses zog der Geruch von Mittagessen nach draußen. Hausmannskost.

»Nein. Ich wollte nur wissen …«, begann Tammo und fragte sich, was er hier eigentlich machte. Er durfte überhaupt nicht hier sein und irgendwelche Befragungen durchführen!

»Ja?« Herr Matthies hielt sich im Türrahmen fest und sah ihn fragend an. Seine Mund waren heruntergezogen und in seinem Blick lag etwas Mürrisches.

»Wenn man hier die Straße runterfährt und zwischen den Feldern langgeht, dann kommt linkerhand doch dieses Stück Wald. Ungefähr da, wo Sie an mir vorbeigefahren sind. Da wurden vermutlich kürzlich Bäume gefällt. Ich habe Sägespäne auf dem Weg gesehen. Haben Sie die gefällt?«

»Ich nicht, mein Schwiegersohn. Warum?« Er war fertig mit dem Kauen und wirkte unruhig. Offenbar hatte er gerade erst angefangen zu essen.

»Ich würde gern wissen, wann das war.«

Der kleine Mann in der dreckigen, alten Latzhose und dem dicken, blauen Seemannspullover zog seine Augenbrauen hoch.

»Mein Name ist Tammo Berg. Ich ... ich arbeite für die Kripo. In Hamburg.« Er machte mit dem Kopf eine Bewegung zur Seite, dorthin, wo das gelbe Ortsschild vermutlich irgendwo stand. »Wir suchen eine Frau, die eventuell hier ... in der Feldmark joggen war.«

»Aha.«

»Sie ist nicht zurückgekommen ... vom Laufen.«

»Verstehe«, sagte der Mann, obwohl er es nicht tat. »Und ... was hat das mit den ollen Bäumen zu tun?«

»Die haben sie gesucht, Heiner! Hattest du mir doch abends noch erzählt!«, schrie jemand mit vollem Mund aus der Küche. Seine Frau, vermutete Tammo.

»Ja, ja, stimmt«, lenkte Heiner Matthies jetzt ein und sah nachdenklich zu Boden. So, als würde dort die Erinnerung liegen. Irgendwo zwischen dem Sand, den er mit reingetragen hatte, unter seinen Gummistiefeln. Sein Gesichtsausdruck hatte sich verändert. Er schien nachzudenken. »Wann war das denn? Ich meine die Frau, wann war die denn hier laufen?«

Tammo versuchte sich zu erinnern, welcher Wochentag heute war. Dann zählte er die Tage rückwärts.

»Und Sie sind von der Polizei?«, fragte der Mann und betrachtete ihn aus zusammengekniffenen Augen, als wäre er sich sehr sicher, dass Tammo alles Mögliche war, nur kein Polizist.

»Ja. Das war Montag, letzte Woche. Morgens, gegen acht, eventuell auch kurz danach.«

Der sagt mir nichts, dachte Tammo und rechnete damit, dass ihm gleich die Tür vor der Nase zugeschlagen wurde.

»Lassen Sie mich mal überlegen. Montag sagen Sie? Ne, da ist die da sicher nicht langgelaufen. Vielleicht außen rum, aber nicht den großen Weg. Da war vor und hinterm Wald alles gesperrt. Den ganzen Vormittag. Um sieben Uhr dreißig haben die angefangen. Dirk hat mit den Jungs die Bäume runtergeholt. Die hatten alle Sturmschäden.«

»Ah. Und ... könnte ich ... diesen Dirk, also, ich meine Ihren Schwiegersohn, könnte ich den vielleicht mal fragen, ob ihm da eine Joggerin aufgefallen ist? Vielleicht haben er und ... die Jungs sie ja gesehen?«

Tammo stellte sich ein paar kräftige, junge Männer vor, die aufhörten zu arbeiten. Die, wie auf einem Foto, eingefroren stehen blieben, als sie die Joggerin bemerkten, wie sie langsam näherkam. Schlank, gut durchtrainiert, in eng anliegender Sportkleidung. Junge

Männer, die sich gegenseitig Blicke zuwarfen und ihr nachschauten.

Herr Matthies räusperte sich, steckte seine Hände in die Hosentaschen, sagte »Hm. Moment«, drehte sich um und verschwand nach links irgendwo in dem Korridor, der mindestens so breit war wie Tammos Wohnzimmer.

»Große Hoffnung würde ich mir an Ihrer Stelle nicht machen. Da laufen ja ständig irgendwelche Leute rum«, hörte Tammo ihn sagen.

Ständig, dachte Tammo.

»Haben Sie etwas zum Schreiben?«

»Ja, ich … ich tippe die Nummer in mein Handy.«

Herr Matthies kam zurück, zog eine Lesebrille aus der Brusttasche seiner Latzhose, hielt sie sich so, wie sie war – zusammengeklappt –, vor die Augen und las eine elfstellige Nummer vor, dann steckte er die Brille, die er vermutlich aus einem dieser drehbaren weißen Plastikständer eines Drogeriemarktes hatte, wieder in die Latzhose.

»Danke«, sagte Tammo, speicherte die Nummer unter »Dirk und die Jungs« und entschuldigte sich für die Störung.

Der Alte hob die Hand, nickte und schloss wortlos die Tür.

Tammo ging quer über den Hof, der mit unterschiedlich großen, runden Feldsteinen gepflastert war.

Direkt hinter dem verrosteten Gartenzaun entdeckte er ein Holzschild. »Kartoffeln, Brennholz, Fleisch, Lagerräume.« Er blieb stehen und betrachtete das riesige, alte Backsteingebäude. Es gab viel Platz. Aber wo waren hier Lagerräume? Vorn, an der Straße, befand sich der Wohntrakt. Alte Gardinen hinter alten Fenstern. So breit, wie der Korridor war, schätzte Tammo, dass mindestens die Hälfte des Gebäudes als Wohnraum diente. Die Lagerräume mussten sich also dahinter befinden oder links, zum Hof gelegen. Dort, wo er mehrere grüne Holztüren gesehen hatte, hinter denen vermutlich Ställe waren – ohne Tiere. Er hatte weder Kühe gesehen noch gehört oder gerochen. Oder befanden sie sich in dem Nebengebäude? Oder auf einer Weide, irgendwo? Vielleicht war das Schild ja auch alt und es gab hier kein Fleisch mehr zu kaufen. Oder Lagerräume zu mieten. Was lagerte man überhaupt bei einem Landwirt?

Er kramte seinen Autoschlüssel aus der Jackentasche, schloss auf, setzte sich in den kalten Wagen und sah auf die Scheibe, die schon wieder leicht beschlagen war. Er startete den Wagen, stellte die Lüftung auf höchste Stufe und beobachtete, wie die Scheibe langsam, Stück für Stück, klarer wurde.

Er dachte an seinen Dachbodenraum und fragte sich, was dort eigentlich alles stand. Warum hob man Dinge auf, von denen man nicht einmal mehr genau wusste, was es überhaupt war? Sachen, die niemand vermisste.

Die kleine Lampe neben dem Tacho leuchtete auf. Der Tank war fast leer.

Umständlich zog er sein Handy aus der Jackentasche, gab die PIN ein und öffnete die App mit der Landkarte. Eine Weile starrte er auf den kleinen blauen Punkt, der zeigte, wo er sich befand.

Langsam wischte er mit dem Zeigefinger ein kleines Stück über die Karte, bis er den Feldweg entdeckte, den er entlanggegangen war. Und Katinka Kühn – vielleicht.

Er schloss die Seite und drückte auf das Telefon-Symbol. Dann ging er auf Kontakte.

Es klingelte nur ein Mal.

»Ja?« Eine viel zu laute, kräftige Stimme. Eher ein Donnern.

Tammo nahm den Hörer ein Stück von seinem linken Ohr weg. »Guten Tag. Mein Name ist Tammo Berg. Ich habe Ihre Nummer von Ihrem Schwiegervater. Es geht um die Bäume … Sie haben für ihn ein paar Bäume gefällt. Vor einer Woche.«

»Ja. Und?«

»Ich wollte Sie fragen, ob Ihnen etwas aufgefallen ist. Eine Joggerin. Groß, schlank, längere braune Haare, Anfang vierzig. Sie läuft den Weg regelmäßig. Hier …«, er sah aus dem Fenster der Autotür, das auch beschlagen war, »an den Feldern entlang.« Tammo hob seinen linken Ellenbogen und wischte mit der Jacke über die

Scheibe, was sinnlos war. »Haben Sie sie eventuell gesehen – an dem Tag?«

»Warum wollen Sie das wissen?«

Tammo hörte auf zu wischen und ließ den Arm wieder sinken. *Weil die Schuld eines anderen Menschen von der eigenen ablenkt*, dachte er und sagte: »Sie wird vermisst.«

»Ah«, hörte er Dirk jetzt weniger laut als eben sagen.

Ein paar lange Sekunden sagte keiner etwas. Dann durchbrach Tammo die Stille. »Haben Sie … sie dort laufen sehen?«

»Nö«, hörte er den Mann sagen, und beinahe zeitgleich klatschte Vogeldreck direkt vor ihm auf die Scheibe. Er sah auf den hässlichen, schmierigen Fleck und wunderte sich, dass es ihn überraschte, was Dirk gesagt hatte. Wenn es stimmte.

»Sie sehen ja meine Nummer … wenn Ihnen doch noch etwas einfällt oder einem Ihrer … Kollegen, dann … rufen Sie mich bitte an.«

»Arbeiten Sie bei der Polizei?«

Tammo zog den schwarzen, schmalen Hebel neben dem Lenkrad ran und für einen viel zu kurzen Moment spritzte der Rest des Fensterreinigers auf die Scheibe. Die Scheibenwischer bewegten sich von rechts nach links und wieder zurück und verteilten alles mit einem grässlichen Quietschen.

»Ja, bei der Kripo«, sagte er und verabschiedete sich knapp, während er überlegte, wie er es schaffte, wieder mehr zu sehen.

An der Hauptstraße, die durch das Dorf führte, war er auf dem Hinweg an einer kleinen Tankstelle vorbeigefahren. Tammo stieg wieder aus und schloss das Auto ab. Vielleicht gab es dort ja Fensterklar oder wie das Zeug hieß, dachte er und marschierte los.

Die Tankstelle erinnerte Tammo an Zeiten, in denen er noch keinen Führerschein hatte. Sie war das komplette Gegenteil von denen, die er aus der Stadt kannte. Klein, alt, schlicht und reduziert auf das Wesentliche. Zwei Zapfsäulen, ein kleines Kassenhäuschen, fertig.

Tammo drückte die Glastür auf, grüßte kurz und sah sich die wenigen Flaschen mit blauer Flüssigkeit in dem weißen Metallregal an. Hinter dem Tresen stand ein schmaler Mann in einem grauen Kittel, der seinen Gruß schüchtern und kaum hörbar erwiderte.

»Was suchen Sie denn?«, fragte er nach einer kurzer Weile.

Und Tammo dachte: *Eine Frau, die nicht mehr nach Hause gekommen ist*, während er seinen Blick weiter über die Artikel in dem Regal schweifen ließ. Dann drehte er sich um und erklärte: »Dieses Zeug, um die Scheibe wieder sauber zu bekommen.«

Der Mann sah nach draußen – wo kein Auto stand –, während er hinter seinem Tresen hervorkam und auf Tammo zuging. »Fürs Auto?«

»Ja, für meinen Wagen. Ich … Er steht da hinten.«

»Konzentrat oder …«, der Mann bückte sich und hob einen kleinen Plastikkanister an, »fertig gemischt?«

Bevor Tammo sich entschieden hatte, öffnete sich hinter ihnen die Glastür und ein junger Typ kam herein.

»Moin, Ben!«, grüßte der Tankwart ihn, doch es kam nichts zurück außer ein kurzer Gruß mit der Hand.

Tammo drehte sich kurz um. Der junge Mann trug einen dieser alten, grünen Parkas mit Kapuze, die es früher bei der Bundeswehr gegeben hatte, weite Jeans und dreckige Stiefel. Seine braunen Haare waren schulterlang und ohne erkennbares Konzept gestuft. *Aus einer anderen Zeit*, dachte er, *genau wie die Tankstelle.* Nur der Name passte nicht in das Bild. Ben.

»Sie können es sich ja noch mal in Ruhe überlegen«, bot der schüchterne Tankwart an und stellte den Kanister vor seinen Füßen ab.

»Ja, danke …«, murmelte Tammo gedankenverloren, während er beobachtete, wie Ben sich die Zeitschriften ansah und sein Gewicht nervös von einem Fuß auf den anderen verlagerte, so als müsse er dringend auf die Toilette.

Tammo bückte sich nach dem Kanister und ging zur Kasse. Ben würde sicher keine der Zeitschriften mit den nackten Frauen aus dem Regal nehmen, solange er hier war.

»6,98 Euro«, hörte er den Tankwart sagen und zog sein Portemonnaie aus der Jackentasche.

»Moment, es … Ich brauche noch etwas«, sagte Tammo und ging einen Schritt zurück, sodass er direkt neben Ben stand, der aufhörte sich zu bewegen.

Ohne sagen zu können, warum, spürte Tammo plötzlich den Drang Kontakt aufzunehmen, Ben für einen kurzen Augenblick anzusehen. Sein Gesicht, den Ausdruck seiner Augen – ohne den Vorhang aus Haaren, hinter denen er sich verbarg.

»Entschuldigung, darf ich mal?«, fragte Tammo und griff nach einer der Zeitschriften, die sich direkt vor Ben befanden, sodass dieser ein Stück zur Seite gehen musste. Tammo beugte sich vor, nahm irgendetwas mit Autos, bewegte den Kopf leicht zur Seite und blickte für einen sehr kurzen Moment in Bens angespanntes Gesicht. Er hatte die linke Hand vor dem Mund und knabberte auf dem Daumennagel herum. Seine Augen flackerten hin und her.

»Ist die gut?«, wollte Tammo wissen, so als wären sie alte Freunde und hielt ihm die Zeitschrift hin. »Kennst du die?«

Ben schüttelte den Kopf, und als Tammo dachte, er würde diese alte Tankstelle verlassen, ohne noch einmal seine Stimme zu hören, sagte Ben: »Nein, die nicht.« Tief, sicher, ruhig.

»Hm«, machte Tammo und legte die Zeitschrift wieder weg. »Dann vielleicht lieber so eine?« Er griff nach dem *Playboy*.

Ben begann wieder von links nach rechts zu schaukeln und nickte.

»Gut. Dann nehme ich die.«

»Aber … die ist teuer«, hörte er den Jungen sagen, der keiner mehr war und der jetzt auf eine andere Zeitschrift zeigte. »Die … nicht so.«

Tammo drehte sich zu Ben um, der ihn jetzt ansah. Er hatte etwas Trauriges an sich. Vergessen, allein, dachte Tammo. Einsam.

»Oh, danke … dann die. Super Tipp!« Er tauschte die Zeitschriften. Die andere war dünner, kein Hochglanz, insgesamt billiger.

»Kennst du dich hier eigentlich aus?«, fragte Tammo. »Ich meine die Ecke hier«, schob er nach und sah raus.

Ben hob den Kopf und nickte.

»Ich suche eine Frau«, sagte Tammo und beobachtete, wie Ben unsicher auf das Cover der Zeitschrift sah. Tammo folgte seinem Blick. Blanke Brüste.

»Eine Joggerin. Sie soll da hinten«, er zeigte mit dem Kinn in die Richtung, in der sich der Weg zu den Feldern befinden musste, »langgelaufen sein. In der Feldmark. Vor einer Woche … an dem Tag wurden an den Feldern Bäume gefällt. Ist dir vielleicht … etwas aufgefallen?«

Bens Blick wanderte zum Boden. Dann sah er Tammo an. Nicht mehr verlassen und einsam. Nachdenklich.

»Männer laufen da … keine Frau«, sagte er.

»Ah«, machte Tammo und nickte. »Hast du sonst noch irgendetwas gesehen? Etwas, das anders war als sonst?«

Ben schüttelte den Kopf.

Der Tankwart schenkte sich einen Kaffee aus einer Thermoskanne ein. Eine große, silberne mit einem schwarzen Hebel, auf den man drücken musste. Tammo entdeckte die gestapelten weißen Plastikbecher. Und die Dosenmilch.

»Könnten Sie mir bitte auch einen machen? Ohne Milch«, bat er. Etwas Schlimmeres als Dosenmilch konnte er sich in einem Kaffee nicht vorstellen. Dann lieber schwarz.

»Magst du auch einen?«

»Er trinkt keinen Kaffee«, erklärte der Tankwart, bevor Ben antworten konnte.

Tammo sah sich um. Im Regal entdeckte er Tetra Paks mit Schoko- und Vanillemilch und Wasser in Plastikflaschen.

»Kakao?«

Ben nickte.

Tammo machte einen Schritt auf das Regal zu, griff nach einem der braunen Tetra Paks und gab es ihm.

»Danke«, sagte der leise, sah kurz zu dem Tankwart und ging so plötzlich, wie er gekommen war. Hinter ihm fiel die Glastür zu.

Tammo sah ihm nach. Dann nahm er den Plastikbecher und trank einen Schluck des schwarzen Kaffees, der in seiner Vorstellung besser geschmeckt hatte.

»Kommt er öfter her?«

Der Tankwart nickte. »Ja, jeden Tag. Er guckt sich die Zeitschriften an und geht dann wieder, streunert durchs Dorf. Was soll er auch sonst machen? Findet ja eh keine Lehrstelle ohne Schulabschluss. Ein lieber Kerl. Auch wenn hier manch einer was anderes behauptet.«

»Aha. Was denn?«, hakte Tammo nach.

Der Mann zog die Schultern hoch. »Ach, egal was. Sobald irgendetwas passiert, behaupten die Leute, er war es.«

»Und was passiert hier so?«, fragte Tammo und sah nach draußen, wo nichts los war.

»Kleinigkeiten. Einmal war ein Reifen aufgestochen, vor ein paar Jahren hing die Katze von Frau Reher im Baum. So was.«

Kleinigkeiten, dachte Tammo und nahm noch einen Schluck. Dann stellte er den Becher wieder auf den

Tresen, neben das Gerät für die EC-Karten-Zahlung. »Wie heißt er denn weiter?«

»Ben Schwankmann«, lautete die knappe Antwort, und Tammo wusste, was jetzt kommen würde. »Sind Sie Privatdetektiv?«

Tammo überlegte. »Nein. Ich arbeite … für die Kripo«, sagte er und sah auf den Kanister und den Plastikbecher. »Was macht das zusammen? Mit dem Kakao?«

Auf dem Rückweg ging er eine andere Strecke. Eine Abkürzung, wie er hoffte, denn inzwischen hatte er ziemlichen Hunger und große Lust auf einen Kaffee – einen richtigen.

Die Straße, die er gewählt hatte, führte zu einer Neubausiedlung, deren Häuser sich teilweise noch im Bau befanden. Nur wenige waren bereits bezogen worden. Überall sah man Sandhügel, Reste von Baumaterialien, Bagger.

Kein Haus glich dem anderen. Tammo fragte sich, warum es hier – in der Neubausiedlung – so auffiel, dass jedes Haus anders war und keins zum nächsten passte. Es war doch sonst auch nicht alles gleich. Trotzdem schrie es einen hier förmlich an, das Ungleiche.

Vielleicht verhielt es sich ja auch mit Ben so, dachte Tammo, während er weiterging.

9.

Die Abwesenheit des Schmerzes war das Erste, das sie wahrnahm, als sie aufwachte. Es war eine große Erleichterung.

Das Gefühl hörte jedoch abrupt auf, als sie die Augen öffnete. Sie war immer noch hier, in diesem Raum. Eingesperrt.

Die Zeit, die sie nicht messen konnte, war gefüllt mit einer Frage, die ihr niemand beantwortete. Warum war sie hier?

Hatte er den Auftrag bekommen, sie hier festzuhalten? Wenn ja, warum? Von wem?

Sie versuchte sich zu erinnern, aber es funktionierte immer noch nicht. Da war eine Lücke. Und sie wusste nicht, wie groß die Lücke war.

Es waren Schritte, die sie den Atem anhalten ließen. Aber es waren nicht seine. Sie waren leiser.

Katinka atmete wieder aus. Sie ließ den Türgriff nicht aus den Augen, während sie sich auf dem Bett aufsetzte, nach hinten rutschte, sich an die Wand lehnte, ihre Beine umklammerte. Jede Sekunde bereit, die Hände wieder auf ihre Augen zu legen.

Doch die Tür wurde nicht geöffnet. Irgendjemand stand hinter dieser Tür, die vermutlich mindestens hundert Jahre alt war, und regte sich nicht. Katinkas Herz pochte, sie roch ihren kalten Schweiß. Angstschweiß.

Nichts passierte.

Dann entfernten sich die Schritte wieder, der Boden knarrte leicht, eine Tür wurde geschlossen.

Sie war wieder allein.

10.

»Wie kommst du darauf?«, wollte Jens wissen, nachdem Tammo den Anruf auf seinem Handy nach dem x-ten Mal Klingeln doch angenommen hatte.

Er hatte Jens eine Nachricht geschickt, nachdem er den Inhalt des Kanisters in die dafür vorgesehene Öffnung gekippt, die Motorhaube mit einem lauten Knall wieder geschlossen und sich in seinen alten, kalten Volvo gesetzt hatte.

Katinka Kühn muss eine andere Strecke gelaufen sein. Gruß, T., hatte er getippt.

Er zog den schwarzen Hebel neben dem Lenkrad ran, bis die Flüssigkeit endlich herausschoss und sich auf der verschmierten, dreckigen Scheibe verteilte.

»Ich war da … Der Weg, der an den Feldern entlangführt, war an dem Tag an einer Stelle abgesperrt. Da wurden Bäume gefällt. Der Knick ist zu dicht, als dass sie da hätte durchgehen können, um dann einen Bogen über das Feld zu machen und ein Stück weiter wieder auf den Weg zurückzukommen. Wenn sie hier laufen war, wird sie vermutlich umgedreht sein und hat dann einen anderen Weg genommen. Möglicherweise Richtung Autobahn. Da kann man auch lang. Der Weg endet bei dem Möbelhaus, das direkt an der A1 liegt. Möbelhaus irgendwas … Komm gerade nicht drauf. Vielleicht hat sie einen Bogen gemacht, ist dort lang und wieder zurück … wäre eine Möglichkeit.« Tammo schob den Hebel ein Stück hoch, der Scheibenwischer setzte sich in Bewegung.

»Ich dachte, ich sage dir das, dann könnt ihr die Ecke noch mal genauer anschauen.«

»Ja … klar. Auf alle Fälle«, sagte Jens mit spürbarer Verwunderung in der Stimme.

Einen Moment sagte keiner etwas. Tammo beobachtete, wie die Scheibe langsam sauberer wurde. Er hielt den Schlüssel, der steckte, fest. Bereit, ihn umzudrehen.

»Ach, noch etwas. Da ist … Es gibt hier einen Jungen im Dorf. Ben Schwankmann. Er ist offensichtlich etwas zurückgeblieben … in der Entwicklung. Der Tankwart meinte, er hätte nichts zu tun und würde jeden Tag hier durch die Gegend ziehen.«

»Und?«

»Ich weiß nicht … Er machte einen sehr introvertierten Eindruck … und … vielleicht … vielleicht hat er etwas gesehen.«

»Ich schaue mir gleich mal auf der Karte an, welche Strecke sie noch genommen haben könnte. Und zu dem Jungen schicke ich Sarah … oder einen von den anderen. Danke für den Tipp! Bist du wieder dabei?«

Tammo drehte den Schlüssel um, der Motor sprang an.

»Nein. Ich wollte mir das hier nur mal ansehen.«

»Okay, aber du weißt …«

»Ja, ich weiß«, unterbrach Tammo ihn. Dann beendete er das Gespräch, legte das Handy auf den Beifahrersitz, auf dem schon lange keiner mehr gesessen hatte, und betrachtete das braune, abgesessene Leder. »Ich weiß. Der Stuhl bleibt leer.«

Die Postkarte klemmte unter seiner Wohnungstür, als er sie öffnete. Tammo bückte sich, zog sie raus und betrachtete kurz das Bild. Ein alter Fernseher aus den 50er-Jahren inmitten von buntem Konfetti. Er überflog den Text flüchtig. *Party … ab 20 Uhr, zweiter Stock … würde mich freuen, wenn du kommst!*, stand auf dem abgerundeten Bildschirm.

Du, dachte er und schloss die Tür. In der Küche warf er die Karte in den Altpapierkorb.

Vor dem Fenster blieb er stehen und sah raus, in den Innenhof.

Autos fuhren zu schnell die Bernadottestraße entlang, jemand hupte, ein Hund bellte, hier, vor seinem Haus. Belanglose Dinge. Aus dem Hausflur hörte er ein Klicken, jemand hatte das Licht angemacht und würde gleich die Treppe hochgehen. Tammo holte kurz etwas Luft und beschloss, Kaffee zu kochen, etwas zu essen. Falls er etwas fand.

11.

Katinka saß in ihren Laufsachen – die sie sich an einem Morgen, von dem sie nicht wusste, wann er gewesen war, angezogen hatte – auf dem uralten Bett und starrte die verschlossene Tür an.

Die Angst veränderte sich. Sie wurde stärker, bis Katinka dachte, sie würde verrückt werden, einen Nervenzusammenbruch bekommen.

Sie fragte sich, ob Angst und Panik Zustände waren, die in Phasen eingeteilt werden konnten, so wie Trauer. Vor ein paar Monaten hatte sie etwas darüber gelesen. In irgendeinem Internetforum, in dem es um Traumata ging. An einem Tag, von dem sie alles wusste. Wie der Himmel ausgesehen hatte, was sie getragen hatte. Wie Moritz sie angesehen hatte, was sie gefühlt hatte, auf dem Weg zur Kinderwunschpraxis, und danach, auf dem Rückweg, als klar gewesen war, dass es wieder nicht geklappt hatte. Moritz' Gesicht, seine Hand, die sie berührt hatte, vorsichtig, so, als könnte sie zerbrechen. Ein Tag, von dem sie alles gespeichert hatte in ihrem Kopf. Jeden Augenblick.

Von diesem Tag, jetzt, konnte sie nichts sagen. Nicht einmal, ob es Tag war.

Katinka hatte das Licht nicht mehr ausgemacht. Es brannte die ganze Zeit über. Wenn sie wach war, wenn sie kurz einnickte, am ganzen Körper angespannt, in Erwartung einer Person, die sie nicht kannte. Genauso wie den Plan, den Grund, warum sie hier war. Dieses Nichtwissen war die Quelle ihrer Angst.

Sie hatte nichts mehr. Er hatte ihr alles genommen.

Immer wieder war sie im Zimmer auf- und abgegangen, hatte sich alles noch einmal angesehen, die Wände, den Kalksandstein, die wenigen Möbel. Wie in einem Museum, ohne etwas zu berühren. Die Kleidung in dem Schrank, die Dusche, das Essen. Die Dinge anzufassen, zu benutzen, zu berühren hatte etwas von Aufgeben, Akzeptieren, Einknicken.

Lediglich das Wasser hatte sie getrunken. Mehr nicht.

Die Kopfschmerzen waren weg, aber die Übelkeit war geblieben, wurde schlimmer. Vielleicht auch, weil sie so lange nichts gegessen hatte. Sie spürte ihren leeren Magen, während sie auf das alte Tablett sah, das der Mann neben das Bett auf den Stuhl gestellt hatte. Der Rand der Käsescheibe, die vermutlich aus einer Packung stammte, war angetrocknet. Gouda, Butterkäse, irgend so etwas. Katinka überlegte, wie lange sie es noch aushalten würde, nichts zu essen. Vermutlich nicht mehr lange.

Sie hörte schwere Schritte. Schnell kroch sie zurück, drückte sich mit dem Rücken gegen die kalte Wand und zog die Beine wieder an, dann presste sie sich die Handflächen vor die Augen.

Sie hörte, wie der Schlüssel in das Schloss gesteckt und bewegt, dann der Türgriff runtergedrückt und die Tür geöffnet wurden.

Er kam in den Raum und schloss hinter sich die Tür. Dann passierte nichts.

Katinkas Augen wanderten unter den Augenlidern nervös hin und her. Sie versuchte es zu unterbinden und ihre ganze Konzentration auf die Geräusche zu legen.

Sie hielt es nicht mehr aus, nahm ihren ganzen Mut, ihre letzte Kraft zusammen. »Was wollen Sie von mir?«, presste sie heraus.

Er sagte nichts, kam näher, blieb stehen.

Ihr Herz fühlte sich an, als sei es kurz davor, in ihrem Brustkorb zu zerplatzen.

»Warum essen Sie nichts? Möchten Sie vielleicht etwas anderes haben?«

Ich will nichts haben, ich will hier RAUS!, dachte sie und schwieg.

»Sonst … ich kann Ihnen auch etwas Warmes kochen. Wenn Sie mögen. Das ist … Das ist kein Problem.«

Er bewegte sich ein Stück, schien das Plastiktablett anzuheben. Irgendetwas stellte er zurück auf den Stuhl. Das Wasserglas? Neues Essen?

»Bitte. Nehmen Sie die Hände von den Augen. Ich tue Ihnen nichts.« Seine Stimme klang besorgt, unglücklich. Fast kindlich.

Katinka rührte sich nicht. Sie dachte daran, dass er sie nie wieder gehen lassen würde, wenn sie sein Gesicht kannte. Nicht lebend.

»Ich kann ja verstehen, dass Sie sich an das alles gewöhnen müssen … aber … Sie müssen die Hände von den Augen nehmen. Sonst …«

»Ja?«, fragte sie hinter ihren Händen.

»Sonst geht es nicht. Es … es funktioniert so nicht.«

Was?, dachte sie panisch. *Was funktioniert nicht, wenn ich ihn nicht ansehe?*

»Was … was meinen Sie? Bitte! Was wollen Sie denn von mir?«

Sie hörte, wie er einatmete, lange.

»Lassen Sie mich bitte gehen. Ich muss nach Hause. Bitte!«, flehte sie und wartete, doch er schwieg. »Ich … Ich muss meine kleine Tochter vom Kindergarten abholen. Sie wartet auf mich! Sie … sie braucht mich doch!«

Einen viel zu langen Moment war es beinahe still. Nur die Lüftung ratterte leise vor sich hin.

Als sie dachte, er würde gar nichts mehr sagen, hörte sie, wie der Mann sich von ihr weg auf die Tür zubewegte, stehen blieb. »Sie haben keine Tochter«, sagte er und ging.

12.

Wir fahren noch mal hin. In einer Stunde kommen die Suchhunde. Ich wollte dich fragen, ob du mitkommst.« Jens' Stimme klang erwartungsvoll und gleichzeitig vorsichtig.

Tammo schob den Teller mit den letzten zwei kalten Ravioli beiseite und sah zum Küchenfenster. Ein paar einzelne Wolken zogen langsam vorbei Richtung Hafen. Ihm kam der Gedanke, dass er schon lange nicht mehr das Tuten der Containerschiffe gehört hatte. Wenn der Wind von Westen kam, hörte man es teilweise so laut, als würden die Schiffe direkt hinter der Häuserreihe entlangfahren.

An einem sonnigen Vormittag, der lange zurücklag und sich doch nicht so anfühlte, war er mit Lenny unten an den Elbstrand gegangen. Er hatte frei gehabt. Lenny hatte am Wasser gespielt, und er hatte Cappuccino getrunken und ihm dabei zugesehen. Ihm und dem riesigen Kreuzfahrtschiff, das sich langsam genähert und eine Welle vor sich hergeschoben hatte. Er hatte Lenny zu sich geholt, und sie hatten zusammen beobachtet, wie die Wellen näher gekommen waren, bis sie dort, wo

Lenny gesessen hatte, den Sand überspült hatten. Tammo hatte gesehen, was passieren würde, in diesem Moment. Warum hatte er es nicht an einem anderen Tag, einem anderen Moment gesehen, fragte er sich.

»Und?«

»Nein«, sagte Tammo und es war klar, dass der Satz nicht weiterging.

Jens schwieg einen Augenblick, dann sagte er: »Okay, ich melde mich, wenn wir etwas haben.«

»Ja. Mach das.«

»Ich soll dich von den anderen grüßen. Sie würden sich freuen, wenn du mal rumkommst!«

»Hm …«

»Also. Bis dann.«

»Ja, bis dann«, erwiderte Tammo, legte das Handy neben seinen Teller und betrachtete den Rest der Tomatensoße.

Tammo stellte den Teller in die Spüle, nahm seinen Kaffee, ging ins Wohnzimmer und setzte sich in seinen Sessel.

Jens hatte recht. Das ging so alles nicht mehr. Er, hier, mit sich und seinem Kopf, der mit Bildern, mit Momenten gefüllt war und sich doch leer anfühlte. Er musste aufhören, nach Erinnerungen zu suchen. Er konnte hier nicht sitzen, bis er starb. Das dauerte zu lange.

Das Klingeln an der Wohnungstür riss ihn aus seinen Gedanken. Tammo drehte sich erschrocken um.

Es klingelte noch mal. Hier oben vor der Wohnungstür, das hörte er. Jens konnte es nicht sein, der war auf dem Weg nach Stapelfeld.

Er blieb bei dem Gedanken und spürte etwas, das ihm vertraut vorkam, aber sehr lange nicht da gewesen war. Ein altes Gefühl. Eine Verbindung zwischen ihm und Jens, der ihn brauchte. Jens war gut. Mehr als das. Aber er war der Stratege, der alles rational durchdachte und betrachtete, der Wahrscheinlichkeiten anhand von Zahlen maß. Aber das allein reichte nicht. Er brauchte etwas, was nur Tammo hatte. Den Blick.

Es klingelte noch einmal, dann hörte er eine Frauenstimme, die mit sich selbst zu sprechen schien. »So groß ist die Wohnung ja nun auch wieder nicht.« Und kurz danach etwas lauter: »Kannst du mal aufmachen? Ich würde mir gern etwas von dir leihen.«

Tammo zog überrascht die Augenbrauen hoch. Er stand auf, ging zur Tür und öffnete sie.

»Moin«, begrüßte ihn eine kleine, zierliche Frau. »Hab ich es doch gewusst. Du bist da!«, stellte sie lächelnd fest.

Du, dachte Tammo und nickte.

»Ich bin Lisbeth. Die Neue aus dem Zweiten.« Sie zeigte mit dem Finger nach unten. »Nennen mich aber alle nur Lissy. Kannst du auch machen«, erklärte sie und streckte ihm ihre Hand entgegen.

Tammo nahm die Hand und fragte sich, wie alt die junge Frau war. Ende zwanzig? Anfang dreißig?

»Ich brauche einen Dosenöffner«, sagte sie, so, als hätte er danach gefragt, und strich sich eine lange, blonde Strähne aus dem Gesicht. »Hast du einen?!«, hakte sie nach ein paar Sekunden nach.

»Ähm … ja. In der Küche.«

»Macht Sinn«, sagte sie lächelnd, sah ihn verschmitzt an, und Tammo wurde in dem Moment klar, wie lange er schon in kein glückliches Gesicht mehr geblickt hatte.

»Und? Kann ich ihn mal kurz haben? Meiner liegt noch in irgendeinem dieser zigtausend Kartons. Frag mich nicht … Ich bin leider nicht so ordentlich …« Sie zuckte entschuldigend mit den Schultern.

»Klar. Moment«, sagte Tammo, verschwand in der Wohnung und kam kurz danach mit seinem roten Dosenöffner zurück.

»Klasse!« Sie nahm ihm den Öffner ab. »Sag mal … alles klar bei dir?«, wollte sie wissen.

»Ja«, log er.

»Sieht aber gerade nicht so aus.« Sie sah ihn skeptisch an und wartete.

»Doch, doch …«

»Besonders gut lügen kannst du nicht, ehrlich gesagt.«

»Nicht?«

»Nein.« Sie schüttelte den Kopf.

»Oh.«

»Egal. Kommst du morgen?«

»Morgen?« Tammo überlegte, was sie meinte. Waren sie verabredet?

»Ja. Zu meiner Party. Ich hatte dir eine Einladung …«

»Sorry. Ich war gerade ganz woanders.«

»War ja auch etwas spontan, ich weiß. Aber dieser ganze Umzug … verrückt! Ich bin einfach nicht dazu gekommen, die Einladung früher einzuwerfen. Aber dafür richtig auf Papier. Echt Oldschool!«, lachte sie. »Also, kommst du?!«

»Mal sehen. Aber danke … für die Einladung.«

»Okay. Dann bis morgen«, sagte sie, als hätte er zugesagt, und wandte sich zum Gehen. »Danke fürs Leihen«, schob sie noch hinterher und hielt den Dosenöffner hoch.

»Kein Problem.«

Tammo sah ihr nach.

Als er die Tür wieder geschlossen hatte, spürte er ein Lächeln auf seinem Gesicht.

Am Couchtisch blieb er stehen und sah auf sein mit einer feinen Staubschicht bedecktes, schwarzes Notizbuch. Er dachte an seine Skizzen, seine Zeichnungen, seinen letzten Fall. Seinen und den des Mannes, den sie gesucht hatten.

Eine Hotelangestellte hatte sich gemeldet, nachdem sie ein Foto des Vermissten auf Facebook veröffentlicht hatten, da er schon einmal versucht hatte, sich das Leben zu nehmen. Sie hatte gemeint, ihn erkannt zu haben. Das Zimmer in dem Hotel in der Nähe des Kiezes, das er bezogen hatte, war leer gewesen, als sie angekommen waren. Das Bettlaken, die Decke, alles war blutverschmiert gewesen. Sie hatten Fotos gemacht, an Bernd geschickt und ihn angerufen, um einschätzen zu lassen, wie die Überlebenschancen des Mannes gestanden hatten. Bei den Mengen Blut, die er verloren hatte. Wenn es von ihm war, wovon sie ausgegangen waren. Sie hatten vermutet, dass der Mann sich die Pulsadern aufgeschnitten hatte, eventuell kurz ohne Bewusstsein gewesen und dann wieder zu sich gekommen war. Daraufhin hatte er sich offenbar entschieden, das Zimmer wieder zu verlassen. Nur wohin?

Mehrere Spürhunde waren nacheinander eingesetzt worden. Alle hatten die gleiche Spur verfolgt. Sie hatte an einer Bushaltestelle geendet. Also im Nichts.

Als sie gerade wieder hatten aufbrechen wollen, hatte Jens' Telefon geklingelt.

Man hatte ihn gefunden. Auf dem Dach des Michels. Tot.

Tammo dachte über die Doppeldeutigkeit nach. Und darüber, dass am Ende dieses letzten Falls für sie beide der Tod gestanden hatte. Nur in unterschiedlichen Formen. Gewollt und ungewollt.

Nach ein paar Minuten griff er nach dem Notizbuch, setzte sich in seinen Ledersessel und schlug es auf. Dann blätterte er bis zu der letzten Seite, auf die er mit seinem schwarzen Fineliner etwas gezeichnet hatte. So, wie er es immer getan hatte, wenn ihn etwas nicht losließ.

Es waren die Schuhe gewesen. Braune Glattlederschuhe mit dünnen, lila Schnürsenkeln. Größe 44. Der Mann hatte sie ausgezogen, bevor er gesprungen war. So, als hätte er vor einer Tür gestanden und sie nebeneinandergestellt, bevor er eingetreten war.

Es hatte etwas von einer Ordnung, etwas Durchdachtes. Vielleicht war das auch der Grund, warum Tammo sich später keine großen Vorwürfe gemacht hatte, dass sie ihn nicht früher gefunden hatten. Weil es ein lange durchdachter Plan gewesen war, den er nicht hätte ändern können. Das Drehbuch war geschrieben gewesen. Das Ende hatte festgestanden.

Tammo legte das Notizbuch wieder auf den Couchtisch zurück und griff nach der Akte der vermissten Architektin. Katinka Kühn.

Es war schon lange dunkel, als sein Handy kurz piepte. Eine Nachricht von Jens. Sie hatten alle Wege, die aufgrund der neuen Erkenntnis noch infrage gekommen wären, abgesucht. Ohne Ergebnis. Nichts, das auf die Vermisste hindeutete. Kein Handy, kein verlorener Laufschuh.

Tammo legte das Telefon wieder neben sich und sah auf die Mappe, die immer noch auf seinem Schoß lag.

Vielleicht mussten sie, wenn sie die vermisste Frau lebend finden wollten, bei der Toten beginnen.

13.

Herbststurm, war das Erste, was Tammo dachte, als er langsam die Augen öffnete. Schon in der Nacht war er etliche Male aufgewacht, weil der Wind an die Scheibe geschlagen hatte. Er hatte kurz überlegt, seine Audioprozessoren abzunehmen, sich dann aber dafür entschieden, dem Wind zuzuhören. Er schloss die Augen wieder und dachte daran, sich einen Kaffee zu machen, bis ihm einfiel, dass er keine Milch mehr hatte. Und keinen Kaffee. Langsam kam er hoch, blieb einen Moment auf der Bettkante sitzen und betrachtete die Klamotten, die vor ihm auf dem Parkett lagen. Die von gestern, vorgestern und all den anderen Tagen. Er holte tief Luft, stand auf, nahm so viel von dem Haufen, wie er tragen konnte, und schleppte es ins Bad zur Waschmaschine, stopfte alles rein, zog sein T-Shirt und die Boxershorts aus und versuchte auch das noch reinzuquetschen, was ihm nicht gelang. Dann füllte er das flüssige Waschmittel in das kleine Fach, stellte die Maschine an und ging unter die Dusche.

Während er dem Schaum zusah, wie er an ihm hinunterlief und zwischen seinen Füßen in dem Abflussrohr verschwand, dachte er an ein Gleichgewicht, das es gegeben hatte und das nicht mehr da war. Wie bei einem Mobile, von dem man ein Teil entfernte. Und daran, was dann passierte, was es mit einem machte. Mit Lena, mit Moritz Kühn, mit den Eltern der toten Braut, dem Freund des Mannes, der lila Schnürsenkel mochte – irgendwann einmal –, und mit ihm selbst.

Tammo stellte die Dusche aus, schob den dunkelgrauen Duschvorhang beiseite, stieg aus der Wanne und griff nach dem großen Handtuch.

Er erinnerte sich an einen Termin bei einem Therapeuten, den er auf Lenas Drängen hin aufgesucht hatte. Schwerpunkt: Depressionen.

Der Mann hatte gewollt, dass Tammo über eine rote Schnur sprang, die er an zwei Stühlen befestigt hatte. Bei dem Gedanken daran musste er schmunzeln. Er hatte den Mann nur angesehen, sehr lange, und war gegangen.

Lena hatte natürlich sofort gefragt, warum er so früh zurück gewesen war.

»Ich kann dem Mann nicht helfen. Dafür fehlt mir die Ausbildung«, hatte er gesagt und sich wieder in seinen Sessel gesetzt.

Manchmal fragte er sich, was passiert wäre, wenn er über die Schnur gesprungen wäre. Ob Lena dann noch hier wäre, bei ihm?

Tammo zog sich an, stellte das Schlafzimmerfenster auf Kipp, holte sich aus der Küche ein paar Einkaufstüten, nahm seine Jacke und ließ die Wohnung mit ihrer Stille allein.

Als er die Tür hinter sich zuzog, hatte er für einen kurzen Moment das Gefühl zu wissen, was Lena empfunden haben musste, als sie diese Tür zum letzten Mal zugezogen hatte.

14.

Vier Worte. Ein Schlag.

Sie haben keine Tochter.

Woher wusste er das? Und wusste er nur, dass sie keine Tochter, gar keine Kinder hatte oder auch etwas von …

Katinka Kühn hatte sich die Decke um die Schultern gelegt und saß im Schneidersitz auf der Matratze. Nachdem der Mann, der sie entführt hatte, gegangen war, hatte sie wieder das Gefühl gehabt, verrückt zu werden. Sie war von dem Bett aufgesprungen, hatte an dem Türgriff gerüttelt, geschrien, den Reißverschluss der Laufjacke geöffnet, sich mit der Hand das Shirt vom Hals gezogen, sich die langen Haare aus dem Gesicht gestrichen, immer wieder tief Luft geholt, war auf- und abgegangen und hatte geglaubt, sie müsse ersticken.

Jetzt saß sie erschöpft auf der Matratze. Der Satz hatte nicht nur Fragen in diesen Raum, ihr Gefängnis geworfen. Er hatte auch eine Antwort gegeben. Sie war kein Zufallsopfer. Nicht irgendwer, der ihm einfach so über den Weg gelaufen war. Wortwörtlich. Sie war bewusst entführt worden. Sie, Katinka Kühn.

Nur, warum?

Ihre Gedanken drehten sich im Kreis, bis sie plötzlich wieder daran dachte. Lou, Lotti, Luis. Namen für ein Kind, das es nicht gab. Nach dem sie sich sehnte und das sie nie im Arm halten würde. Für das sie keinen Kinderwagen kaufen und kein Zimmer einrichten würde. Mit weißen Holzmöbeln, dem alten Steiff-Teddy ihrer Großmutter, den sie geerbt hatte. Für das sie keine Strampler und Jäckchen kaufen würde, in dem kleinen Laden in Eppendorf, wo es so niedliche Sachen gab. Dort, wo sie immer stehen blieb, wenn sie kurz Zeit hatte, und sich alles ansah. In die Hand nahm, es wieder weglegte. Weil sie nicht schwanger wurde.

Alles andere hatte geklappt, immer. Wenn sie sich nur angestrengt hatte, hatte sie es erreicht. All ihre Ziele. Das Studium, der Abschluss, die Firma, ihr Haus. Nur dieser eine Wunsch blieb unerfüllt. Egal, wie sehr sie sich anstrengte, egal, was sie tat.

Laufen war die einzige Möglichkeit … Nur wenn sie lief, konnte sie ihre Gedanken für eine kurze, begrenzte Zeit abschalten.

Sie öffnete die Augen wieder, hörte das leise Rattern des Lüfters und sah zu der verschlossenen Tür.

Wusste der Mann etwas von ihr, was er gar nicht wissen konnte? Weil es nirgendwo stand, wie eine Handynummer oder eine Bankverbindung, die man einfach rausfinden konnte. Weil es ganz tief in ihr war. Ein

Wunsch. Ihr tiefster, innigster Wunsch. Ihre Sehnsucht. Ihre Wunde.

Sie dachte an Moritz, fragte sich, ob er schon zurück war von der Klassenreise. Ob er bereits bei der Polizei war? Suchte man nach ihr?

Sie stand auf, hob die Hände, beobachtete, wie sie zitterten, beugte sich vor und stützte sich auf den Oberschenkeln ab. Einen Moment blieb sie so, dann machte sie sich wieder gerade, setzte sich auf die Bettkante und sah auf den flachen Plastikteller, der dort stand. Sie wusste, sie musste etwas essen. Ob sie wollte oder nicht.

Ich habe nur eine Chance, dachte sie, während sie von dem trockenen Brot abbiss und langsam kaute.

Sie stand auf, ging in die Ecke, zog den Vorhang zu und fing an, sich die eng anliegenden, nach kaltem Schweiß stinkenden Laufsachen auszuziehen.

Sie musste duschen. Und essen.

15.

Er hatte es die ganze Zeit gewusst, seit er die Musik gehört hatte. Aus der Ferne. Kurz hinterm Fischerpark, an der Kreuzung.

Trotzdem hatte er gehofft, sich zu irren. Während Tammo langsam weiterging, nahm er sich vor, seine Audioprozessoren abzulegen, sobald er die Wohnungstür aufgeschlossen hatte.

Irgendetwas Elektrisches, dachte er und versuchte die Musik mit dem Gesicht in Verbindung zu bringen. Das Gesicht von … Wie hieß sie noch, die Neue aus dem Zweiten? Das Einzige, was er wusste, war, was er gesehen hatte. Dieses Frische, Unbeschwerte, Junge, Wache, Lebendige. Dieses Gegenteil – von ihm.

Nach dem Einkauf war er zum Portugiesen gegangen, bei dem er früher regelmäßig gewesen war. Allein, mal mit Lena und auch mal zu dritt, samstags nach dem Markt. Er hatte sich an die große Fensterfront gesetzt, wie früher, *Galão* getrunken, auf sein Ziegenkäsetoast gewartet und die Menschen beobachtet. Draußen, vor der Scheibe. Für einen flüchtigen Moment hatte er das Gefühl gehabt, alles wäre okay. Jetzt, hier.

Der dritte *Galão* war schon lange ausgetrunken und die Leute, die am Nebentisch gesessen hatten, waren inzwischen andere gewesen. Tammo hatte festgestellt, dass sein Blick von den Gesichtern der Vorbeigehenden langsam hinabgewandert war, zu ihren Jacken und Mänteln, die Beine entlang, zu den Schuhen und weiter bis zu einer Zeit, die lange vorbei war.

Der Gedanke, dass das alles sinnlos war, war plötzlich über ihn gekommen. Das Hier-Sitzen, das Nichtstun, Beobachten, wie alle anderen an ihm vorbeigingen.

Unten, vor dem Haus, standen ein paar junge Leute, rauchten, lachten, und Tammo nahm den Geruch von Gras wahr. Er nickte kurz, als er an ihnen vorbeiging, und sie grüßten.

Im Treppenhaus war es dunkel. Als er nach dem Schalter greifen wollte, hörte er, wie irgendwo über ihm eine Wohnungstür geöffnet, die Musik lauter und das Treppenhaus hell wurde. Jemand war ihm zuvorgekommen. Langsam ging er die Stufen hoch und fragte sich, wie man diese Musik nannte. Er hatte keine Ahnung. Bevor er im ersten Stock ankam, war das Stück zu Ende und ging über in ein Lied, das er vom Hören kannte. Aus dem Radio. Lena hatte es gemocht. Die Stimmen wurden lauter, der Geruch von Bier und kaltem Rauch strömte ihm entgegen.

Er kam im zweiten Stock an, in dem mehrere Leute aus der geöffneten Tür quollen. Die Wohnung schien zu klein zu sein.

Tammo fragte sich, wann sich der erste Nachbar beschweren würde und wenn ja, welcher. Er würde es auf alle Fälle nicht sein. Seine Stille begann in wenigen Metern. Mit einem Griff hinter seine Ohren wäre er wieder in seinem Kokon. Eingehüllt und abgetrennt.

»Tschuldigung. Kann ich kurz …«, bat er, zeigte unbeholfen die Treppe hoch und versuchte, sich an den vielen Leuten vorbeizudrängen, drückte sich gegen das alte, gusseiserne Treppengeländer und sah dabei runter, auf die Jugendstil-Fliesen.

»Hi, das ist ja klasse, dass du noch kommst!«, hörte er sie plötzlich hinter sich, zwischen all den anderen Stimmen und dem Lied, von dem ihm jetzt einfiel, wie die Sängerin hieß.

Er überlegte kurz, so zu tun, als hätte er sie nicht gehört, drehte sich dann aber doch um. »Hi!«, grüßte er zurück und sah in ein Gesicht, das viel zu wach wirkte, zu lebendig, wie er fand. Ihre Haare waren zurückgebunden. Auf ihrem ärmellosen, weißen T-Shirt stand in schwarzen Druckbuchstaben *OK, BUT FIRST COFFEE.* Im rechten Nasenflügel steckte ein winziger silberner Ring, der ihm vorher gar nicht aufgefallen war. Ihre Lippen waren knallrot. Sie wirkte leicht verkleidet, fand Tammo.

»Cool!«, meinte sie strahlend und zog ihn an seinem Parka hinter sich her, durch die Stimmen, die Musik und die Leute, in ihre viel zu volle Wohnung.

Tammo verspürte den Impuls, den Kopf einzuziehen, während er zwischen die Menschen gezerrt wurde, die Körper an Körper standen und sich nur wenige Zentimeter auseinander bewegten. Trotzdem passte er hindurch, stellte er fasziniert fest.

Ein Menschenmeer, eine riesige Welle, unter der er hindurchtauchen musste, dachte er, während er sich weiter durch den Flur in die Küche ziehen ließ und sich parallel über sich selbst wunderte. Wie ein Fremdkörper, ein kleines Stück Holz auf dem offenen Meer, das hin und her bewegt wurde, kam er sich vor. *Was mache ich hier*, überlegte er und spürte kurz den Drang umzukehren, den Angelhaken, der ihn gepackt hatte, zu lösen und sich zu befreien. Wieder aufzutauchen, aus der Tiefe, diesem Meer, dass ihn verschluckt hatte.

»Was trinkst du? Bier?«, las Tammo von ihren Lippen ab, nachdem sie stehen geblieben war und ihn fragend ansah. Er nickte. Antworten ergab keinen Sinn, es war einfach zu laut.

Dann drehte sie sich kurz von ihm weg, zum Küchentisch, den er nicht sehen konnte, weil zu viele junge Menschen um ihn herumstanden.

Er war mindestens zehn Jahre älter als der Durchschnitt hier. Seine letzten Partys hatten anders ausgesehen. Ruhiger. Warum eigentlich, fragte er sich, während er sich umsah.

An der Decke hing eine Glühbirne einsam an einem Kabel. Über dem Fenster – rechts und links – befanden sich Löcher von Dübeln und Schrauben, dort, wo offenbar einmal ein Rollo befestigt gewesen war. Er vermutete, dass die Gäste ein improvisiertes Leben verdeckten.

Die Neue tippte gegen seinen Arm und hielt ihm eine geöffnete Flasche entgegen. »Hier!«

Sie prostete ihm zu.

»Mein Herz tanzt … uh uh uh … und jedes Molekül bewegt sich«, hörte man die Stimme der Sängerin MIA aus dem Wohnzimmer und einen Chor, der einstimmte. Tammo bildete sich ein, der Boden würde wippen, was vermutlich Quatsch war.

»Auf die Moleküle!«, rief seine neue Nachbarin.

»Ja. Auf die … Moleküle«, sagte er in normaler Lautstärke, nahm einen sehr großen Schluck und fragte sich, ob das ging. Dass man das Feiern verlernte. Und ob es bei ihm so war.

Sie lächelte ihn an, und er wusste nicht, wo er hinsehen sollte.

»Warum bist du so?«, hörte er sie schreien.

Tammo sah in ihre Augen, die erahnen ließen, wie viel Energie sie besaß, und fragte sich, ob er jemals einer Person begegnet war, die so direkt war. So ungefiltert sagte, was sie dachte.

»Wie …?«, fragte er so laut es ging, nachdem er ein Stück vorgekommen war, weil er nicht wusste, ob sie ihn verstand. Zwischen all dem Nikotinrauch nahm er einen Hauch von Zitrus war.

»Na, so, wie du bist!« Sie nahm einen Schluck, ohne ihren Blick von ihm abzuwenden.

»Weil ich nicht aufgepasst habe«, erklärte Tammo und stellte fest, wie gut es tat, etwas zu sagen, ohne lange nachzudenken.

Die Neue aus dem Zweiten sah ihn skeptisch an und legte ihren Kopf leicht schräg zur Seite. »Dann werde ich mir ab heute mehr Mühe beim Aufpassen geben!«, schrie sie in sein Ohr und lachte. Und ohne zu wissen, warum, lachte er mit. Stumm.

Ein Typ mit schulterlangen Haaren kam, tippte ihr auf die zierliche Schulter und schien irgendetwas zu fragen, was Tammo nicht hören konnte.

Sie nickte und rief zu ihm gewandt: »Ich muss mal kurz … Die Nachbarin … sorry!« Dann zog sie ihre Schultern hoch, obwohl klar war, was die Nachbarin wollte, und verschwand inmitten der Körper, die den Flur ausfüllten.

Tammo sah sich um und überlegte, irgendjemanden zu fragen, wie sie hieß. Tat es aber nicht. Es wäre zu … merkwürdig.

Er lehnte sich gegen das schmale Stück freie Wand hinter sich, trank das Bier und beobachtete die anderen.

Plötzlich fühlte er sich, hier zwischen all diesen Menschen, noch verlassener als dort, wo er es wirklich war.

Es gab genau eine Möglichkeit, den Kokon, der ihn von den anderen trennte – hier drinnen, draußen, überall, wo er war –, zu durchdringen. Das wusste er. *Mach das, was du kannst, was du wirklich kannst. Es ist das Einzige, was geblieben ist*, hörte er sich plötzlich selbst sagen und war sich nicht sicher, ob er seine Lippen bewegt hatte.

Seitdem er als Kleinkind nach dieser grässlichen Mumpserkrankung kaum noch hören konnte, hatte er nichts anderes getan, als zu beobachten. Jeden Gesichtszug, jede Körperhaltung, jede Geste hatte er studiert. Und auch später, nach der Operation, als er durch die Implantate wieder hören konnte, waren es seine Augen, auf die er sich verließ. Deshalb brauchte Jens ihn.

Tammo ließ seinen Blick von Mensch zu Mensch wandern und suchte nach einer Herausforderung, bis sein Blick bei einem Paar hängen blieb, das keins war. Das junge Mädchen wollte mehr als er. Der Typ war sich nicht sicher, ob er wollte oder nicht, steckte die freie Hand verlegen in die Hosentasche, überlegte, während er sie mit seinen Augen prüfend abtastete. Er würde mit ihr ins Bett gehen, ja, aber nur ein Mal. Sie würde mitgehen, für immer, dachte Tammo und trank den letzten Schluck aus der Flasche. Er fand keine Herausforderung. Nicht hier.

Der Alkohol betäubte nur kurzfristig. Er wusste, die Gedanken und die Einsamkeit würden wiederkommen. Genau wie bei dem Mädchen, das er beobachtete, wie es sich die kurzen Haare aus dem Gesicht strich. Sie wusste es nur noch nicht.

Irgendwann stand die sechste oder achte Flasche neben ihm auf dem Boden, und er hielt irgendetwas anderes in der Hand, einen Plastikbecher, von dem er sich nicht sicher war, was darin war oder wo er herkam.

Während sich Küche und Flur mit der Zeit langsam leerten, stellte Tammo fest, wie voll er war. Irgendjemand hatte ihm unaufgefordert ein paar Kurze mit Lippenstiftgeschmack in die Hand gedrückt.

Plötzlich überrollte ihn die Welle. Er stellte den Plastikbecher auf den vollen Küchentisch zu all den anderen Bechern, Flaschen und Aschenbechern und ging.

Oben, in seinem Bad, übergab er sich.

Vielleicht musste es so kommen, dachte er und spürte Erleichterung, während er sich das Gesicht mit kaltem Wasser wusch. Sein bleiches Spiegelbild blickte ihm entgegen.

Er nahm die Audioprozessoren ab, endlich, und schlief ein, während er darüber nachdachte, wie sie hieß. Die Neue, aus dem Zweiten.

Das befreiende Gefühl war in der Sekunde, in der Tammo seine Augen öffnete, weg. Vielleicht war es auch schon in dem Moment vorbei gewesen, als er sie geschlossen hatte.

Er wägte ab, was schlimmer war: der Kopfschmerz oder der Gedanke, eine Kopfschmerztablette runterwürgen zu müssen – so übel, wie ihm war. Mit der linken Hand griff er zum Nachttisch, bemerkte, dass er sich gar nicht ausgezogen hatte, drehte sein Handy um und sah mit kleinen Augen auf das, was da stand. 14:05 Uhr.

Der Geschmack in seinem Mund war unerträglich. Er legte seine Hand mit dem Telefon auf den Nachttisch.

Bevor er wieder einschlief, überlegte er, von wem die Nachricht gewesen sein konnte, die er auf dem Display flüchtig gesehen hatte.

16.

Sie befand sich in einem zeitlosen Raum. Es gab keinen Tag, keine Nacht. Es gab nichts.

Langsam setzte sie sich auf, holte tief Luft, streckte den Rücken durch. Wie lange hatte sie geschlafen? Ihr Blick wanderte über die Decke, die Wände entlang, in den Raum.

Es war ein schlichter, tiefer Plastikteller, der sie schlagartig wach werden ließ. Er war hier gewesen!

Katinka sprang auf, schlug die Hand vor den Mund, sah sich schwer atmend um, scannte den Raum. Alles sah aus wie immer. Bis auf das Tablett auf dem Stuhl und darunter … auf dem Boden, unter dem Stuhl. Ein kleiner, silberner Topf mit einem Deckel. Daneben drei Wasserflaschen.

Sie machte einen Schritt auf den Stuhl zu. Auf dem Tablett neben dem Teller lagen ein Löffel, eine gelbe Papierserviette, ein Joghurt. Zwei Äpfel.

»Mist, Mist, Mist! Verdammt!«, ärgerte sie sich und kratzte sich am Nacken. Der apricotfarbene Pullover, den sie aus dem Schrank genommen hatte, juckte. Er roch muffig und war alles andere als weich. Irgendeine billige Polyestermischung.

Er war bei ihr gewesen, als sie geschlafen hatte! Ein Gefühl von Ohnmacht kroch durch ihren Körper, breitete sich aus wie ein zu warmer Tee.

Warum hatte sie ihn nicht gehört? Hatte sie so tief geschlafen?

Während sie langsam wieder auf das Bett zuging und sich setzte, dachte sie darüber nach, wann er das nächste Mal kommen würde. Sie ärgerte sich darüber, dass sie keine Uhr hatte, keine Chance, sich an irgendetwas festzuhalten. Nicht einmal an der Zeit.

Katinka sah zu dem Teller. Irgendetwas lag darunter. Sie rückte näher an den Stuhl, hob den Teller an und entdeckte ein weißes Blatt.

Einen kurzen Augenblick blickte sie das zusammengefaltete Stück Papier an, dann griff sie danach, stellte den Teller wieder ab und faltete es langsam auseinander.

Während sie las, baute sich in ihrem Kopf ein Bild des Mannes zusammen, den sie nie gesehen hatte.

Blaue Druckbuchstaben, mit einem Kugelschreiber geschrieben. *Unbeholfen* war das Erste, was sie dachte, als sie die Schrift sah.

Und *unberechenbar*, als sie fertig war.

DU MUSST KEINE ANGST HABEN. RUF NICHT, ES HÖRT KEINER. DAS HAUS LIEGT

WEIT WEG. DER POSTBOTE KOMMT NICHT ZUR TÜR, DER BRIEFKASTEN IST AN DER STRASSE. ICH TUE NICHTS. DU MUSST NUR BLEIBEN. DANN PASSIERT DIR NICHTS. UND DEINER MUTTER AUCH NICHT.

Ihrer Mutter? Was war mit ihrer Mutter? Hatte er sie auch entführt?

Katinka sprang auf und schrie, so laut sie konnte: »Mamaaa!« Immer wieder. Doch es kam keine Antwort. »Maamaaa!«

Den Zettel in der Hand, schlug sie mit den Fäusten gegen die kalte Wand, bis sie nichts mehr spürte. Weinend sank sie an der geblümten Tapete hinab und blieb in der Hocke kauernd sitzen.

Nein, das war nicht ... Das war nicht möglich, versuchte sie sich zu beruhigen, drehte sich langsam um, setzte sich auf den dreckigen Boden und lehnte sich mit dem Rücken gegen die Wand. Ihre Mutter lebte in einem Pflegeheim.

Er wusste es, schoss es ihr durch den Kopf. Sie sah auf das verknüllte Blatt in ihren Händen, die Buchstaben verschwammen. Er wusste, dass sie keine Tochter hatte. Aber eine war.

Katinka fokussierte wieder die Buchstaben, die sie an eine Kinderschrift erinnerten. Die Schrift war ungeübt.

Ungleichmäßig. Niemand, der viel schrieb. Keine geraden Linien.

Sie las den Text noch einmal und noch einmal. Bis sie ihn auswendig kannte.

Der Briefkasten ist an der Straße. Sie sah zur Wand und stellte sich vor, was sich dahinter befand. Ein Raum, vielleicht ein Flur, eine weitere Wand, irgendwo eine Haustür, alt, ein paar Stufen, Beton, mit seitlichem Griff aus Metall. Die Farbe blätterte schon lange ab und niemand kam und strich es neu, das Geländer. Der Vorgarten. Keine Blumenbeete. Der Weg. Waschbetonplatten. Der Zaun, genauso alt und renovierungsbedürftig wie der Rest. Der Briefkasten, in dem keine Briefe mehr lagen. Weil hier schon lange niemand mehr lebte. Bis auf sie.

Und die Straße, die irgendwohin führte.

Sie sah wieder runter, auf die Buchstaben in ihren Händen. *Das Haus liegt weit weg,* las sie erneut. Dann ließ sie das Papier fallen.

17.

Als Tammo aufwachte, war es dunkel.

Es musste nach 17 Uhr sein, vielleicht auch viel später. Er war zu faul nachzusehen. Früher hatte er ständig auf die Uhr gesehen, im Auto, auf dem Handy, am Telefon im Büro. Manchmal war es ihm schon vorgekommen, als wäre es ein Tick. Ein Zwang. Als bräuchte er diesen Halt, diesen zeitlichen Rahmen, der alles umfasste, der eine Form um das legte, was war.

Wenn er jetzt daran dachte, verstand er nicht, warum. Sein Leben hatte eine Struktur gehabt. Warum also hatte er immer wieder nach der Zeit sehen müssen?

Nun hatte die Zeit ihre Bedeutung verloren. Es gab nur noch davor und danach. Eine andere Zeiteinteilung existierte nicht mehr.

Tammo setzte sich an den Bettrand, rieb sich mit den Händen mehrmals übers Gesicht und betrachtete die Umrisse der wenigen Möbel in dem lichtleeren Raum.

Die Kopfschmerzen waren verschwunden, stellte er erstaunt fest. Auch die Übelkeit war beinahe weg. Stattdessen spürte er etwas anderes. Hunger.

Als das Gefühl immer stärker wurde, griff er nach seinen Audioprozessoren, befestigte sie hinter seinen Ohren, stand auf und ging in die Küche. Er schmierte sich ein Brot mit viel zu dicken Käsescheiben und setzte sich damit in seinen Sessel.

Kauend drehte er seinen Kopf zu dem Couchtisch und sah auf die Mappe.

Katinka Kühn. Merle Jansen.

Ihm fiel die Nachricht wieder ein. Er stopfte das letzte Stück Brot in den Mund, stand auf, ging ins Schlafzimmer und nahm sein Handy.

Hi, Tammo. Melde dich mal, wenn du magst. Bernd ist mit der Braut fertig. J.

Tammo legte das Handy wieder auf den Nachttisch, blieb einen Moment regungslos stehen und dachte an den Vater, der seine Tochter nicht an den Altar führen würde.

Dann ging er ins Bad. Die Spuren der Nacht entfernen.

»Erzähl«, sagte er, als er frisch geduscht in der Küche stand, das Handy am Ohr, die freie Hand am Griff der Schranktür, und die Becher betrachtete.

»Hey, klasse, dass du anrufst. Du … sag mal, kann ich mich nachher melden? Ich habe gerade …«

»Besuch«, ergänzte Tammo und griff nach einem Becher, dem er keine Erinnerungen zuordnen konnte, stellte ihn vor sich hin, hängte einen Teebeutel rein und goss das kochende Wasser darüber. Allein der Gedanke an Kaffee löste Magenschmerzen bei ihm aus. »Von einer Braut«, schob er nach und beobachtete, wie sich das Wasser rötlich färbte.

»Ja …«, gab Jens ihm recht, und Tammo sah sein Schmunzeln, sein Siegerlächeln, das Ich-krieg-sie-alle-Grinsen. Der linke Mundwinkel war leicht hochgezogen, die Augen fokussierten sein Gegenüber. Er strahlte.

Tammo hörte Musik im Hintergrund, die darauf schließen ließ, dass es nicht Sarah war, die gerade neben ihm lag. Sarah mochte keinen Romantikscheiß, wie sie es nannte. Sarah hörte Heavy Metal. Das wusste jeder im Team.

»Sag mal, bist du … krank?«, wollte Jens wissen.

Tammo hatte eine Ahnung, warum er fragte. »Nein.«

»Ach so. Na, ich dachte. Du klingst so heiser.« Pause. »Oder warst du feiern?« Tammo hörte Jens kurz auflachen.

»Ja. War ich.«

Eine lange Sekunde war es still. Nur der Romantikscheiß war zu hören.

»Echt? Oh, cool. Ich … melde mich dann nachher!«, versicherte Jens mit einer Irritation in der Stimme, als hätte er gerade erfahren, dass der FC St. Pauli in die erste Liga aufgestiegen war.

»Mach das.«

Er legte das Handy neben den Becher, zog den Teebeutel langsam hoch und betrachtete das Tropfen, bis es vorbei war.

Tammo überlegte, ob die Fähre gerade abgelegt hatte oder ob sie zurückkam.

Merle Jansen. Facebook hatte genau sechs Profile aufgelistet, als er ihren Namen in das Suchfeld eingegeben hatte. Daraufhin hatte er sich die Profilbilder angesehen, in der Hoffnung, die Merle zu finden, die er suchte. Es hatte nicht lange gedauert.

Sie strahlte. Die nussbraunen Haare wehten im Wind. Sie versuchte, sie mit einer Hand zu bändigen, was kaum möglich war. Mit der anderen Hand hielt sie sich an dem weißen Geländer fest. Merle Jansen stand auf dem Deck eines großen Schiffes. Hinter ihr eine Welle. Die Sonne hatte an diesem Tag geschienen.

Tammo sah lange in ihre Augen. Auf den Bildern, die ausgebreitet vor ihm auf dem Couchtisch lagen, waren sie geschlossen. Jetzt konnte er sie sehen.

Da war etwas in ihrem Blick. Etwas Zerbrechliches und gleichzeitig Starkes, Unbändiges. Ein Wille, der aus ihren Augen funkelte. Tammo fragte sich, ob sie diesen Willen immer schon gehabt oder er sich irgendwann entwickelt hatte.

Der Regen prasselte gegen die Fenster und holte ihn zurück in sein Wohnzimmer. Er hob den Kopf, sah zu der nassen Scheibe und versuchte auszurechnen, wann es vorbei war – die Nässe und die Dunkelheit und das alles. Wann es wieder hell werden würde.

Wenn seine Schätzung stimmte, dauerte es zu lange, stellte er fest und ließ seinen Blick wieder sinken zu dem Laptop auf seinem Schoß, wo die Sonne schien. Und zu Merle Jansen, die von der Welle verschluckt worden und in einem Waldstück wieder angespült worden war.

18.

Sorry, aber das war … wie soll ich sagen. Echt special!«

Tammo hörte Jens lachen und versuchte, sich die Frau vorzustellen, die am Abend zuvor bei seinem Chef gewesen war. Es formte sich ein Bild, während er zuhörte, an dem nur eins nicht passte. Die Romantikscheiße.

»Ah …«, machte er nur.

»Sag mal, das mit der Party. Warst du echt unterwegs, oder hast du mich verarscht? Ich meine … ich frag nur, weil … Ich würde mich echt für dich freuen, wenn du mal wieder unter Leute kommst. Weißt du ja.«

»Hmm«, sagte Tammo, was einem Ja gleichkam und dachte an die vielen Leute.

»Ah. Super. Wo denn?«

»Hier.«

»Bei dir?«

»Nein. Unten, bei …« Verdammt. Wie hieß sie bloß? Tammo nahm sich vor, auf das Klingelschild zu schauen, wenn er das nächste Mal an ihrer Tür vorbeigehen würde. Vielleicht stand ja auch ihr Vorname darauf. Oder zumindest der Anfangsbuchstabe. »Bei der Neuen aus dem Zweiten. Ich wollte gar nicht. Aber irgendwie … Ich weiß auch nicht.«

»Ach … cool.«

Jens schien zu warten, ob noch mehr käme. Aber es kam nichts.

»Also. Merle Jansen«, schaltete Jens daher um und schien in etwas zu blättern. Einer Mappe. Der, deren Kopie auf Tammos Schoß lag. Allerdings mit neuen Informationen. »Du weißt, ich dürfte dir das alles eigentlich nicht sagen. Aber ich …«

»Ja. Schon klar«, unterbrach Tammo ihn.

»Also«, er blätterte etwas um, »keine Zeichen äußerer Gewalteinwirkung, keine Verletzungen am Hals, organgesund. Schnelltest auf Zucker im Urin positiv, Glaskörperflüssigkeit aus den Augen hat eine Überzuckerung ergeben. Merle Jansen war schwere Diabetikerin, Typ 1, das deckt sich also mit der Aussage der Eltern. Die mikroskopische Untersuchung der Bauchspeicheldrüse hat ergeben, dass die Langerhans-Inseln kein Insulin gebildet haben. Extrem erniedrigter Insulinspiegel im Blut. Um es kurz zu machen: Sie hat ihr Insulin nicht genommen. Oder nicht bekommen. Daraufhin kam es zu einer Orientierungsstörung, starkem Durst, diabetischem Koma, worauf auch die volle Harnblase hindeutet, und anschließendem Tod. Sie war bereits mindestens achtundvierzig Stunden tot, eher mehr, bevor sie an dem Fundort abgelegt wurde, schätzt Bernd.«

Tammo dachte an ihre Augen. Das Zerbrechliche. Der Wille.

»Wir gehen also aktuell von Mord aus«, erklärte Jens, obwohl das überflüssig war.

»Hm«, machte Tammo wieder, dieses Mal als Zeichen, dass er zuhörte.

Es hatte aufgehört zu regnen.

»Die Durchsuchung der Wohnung hat nichts ergeben, das uns weiterbringt. Es sah alles so aus, als würde sie gleich wiederkommen. Keine Hinweise auf eine geplante Reise. Davon abgesehen, dass sie auch keinen Urlaub eingereicht hatte. Sie ist einfach nicht mehr zur Arbeit erschienen. Es ergibt sich ein Zeitfenster von circa vierzehn Tagen, in denen Merle Jansen an einem uns unbekannten Ort war. Ihre Kredit- und EC-Karten wurden nicht benutzt in dieser Zeit. Wir haben die Mitarbeiter befragt, die eng mit ihr zusammengearbeitet haben. Sie haben sie als lebensfrohen Menschen beschrieben. Depressionen schließen sie auch aus. Aber sie wurde ja, wie gesagt, auch nach ihrem Tod noch bewegt. Daher …«

Tammo blieb an dem Wort hängen. Bewegt. Er sah Merle Jansen auf dem Schiff, das losfuhr oder wiederkam. Dann sah er Lena, die ging und nicht wiederkam.

»Tammo?«

»Ähm … Ja?«

»Eine Freundin von ihr hatte bei Facebook eine Seite eingerichtet. WO IST MERLE?, heißt sie. Sarah schaut sich das gerade an, ob da irgendjemand etwas geschrieben hat, das uns weiterhilft. Zum Brautkleid gibt es leider auch nichts Neues. Sarah hat versucht, den Hersteller ausfindig zu machen … den gibt es allerdings nicht mehr. Ein Brautmodengeschäft, das vor zwanzig Jahren geschlossen hat. Bingo.«

Einen Moment sagte keiner etwas.

Dann fragte Jens: »Bist du dabei?«

Tammo holte tief Luft.

»Komm schon. Gib dir mal einen Ruck, Alter! Bitte. Das … das mit der Laufstrecke von Katinka Kühn, das war super. Da ist keiner drauf gekommen, dass sie vielleicht einen anderen Weg genommen hat. Nur wegen so ein bisschen Sägespänen auf dem Weg.«

»Es hat euch aber auch nicht weitergebracht«, sagte Tammo, und das Wort »euch« hallte in seinem Kopf nach.

»Das kann man zum jetzigen Zeitpunkt noch nicht sagen. Fakt ist, dass du es gesehen hast.«

Es war still.

»Mann, kapier das doch mal. Ich brauche dich!«

»Hm …«

»Und?!«

»Ich kann dir das nicht versprechen. Aber … ich denke darüber nach.«

Jens schwieg, aber Tammo hörte, was er nicht sagte. Dass Katinka Kühn keine Zeit hatte zum Nachdenken. Dass es vielleicht schon zu spät war. Sie war schließlich schon mehr als eine Woche verschwunden. Dass es keinen Brief, keinen Anruf, keine Nachricht von einem möglichen Entführer gab. Keine Forderungen. Dass sie etwas tun mussten. Jetzt.

»Du denkst schon zu lange nach, Tammo«, sprach Jens es in dem Moment aus. Dann legte er auf.

Tammo sah auf das Handy in seiner Hand, legte es auf den Couchtisch neben die Akte.

Dann nahm er sich zwei der Fotos, die er auf dem Tisch ausgebreitet hatte. Eins von Merle Jansen, eins von Katinka Kühn.

Tammo betrachtete die Aufnahmen lange abwechselnd. Sein Blick glitt von links nach rechts und wieder zurück, während er sich fragte, in wessen Händen es lag, das Leben.

Er legte die Bilder wieder zurück auf den Tisch, nahm sich die Akte und blätterte zu dem Bericht über die Tote. Merle Jansen, 28 Jahre alt. Mutter Jutta Jansen, 63, ehemalige Grundschullehrerin, Vater Heiner Jansen, 62, Arzt. Wohnhaft in Kiel.

Arzt, dachte Tammo, und etwas Schweres legte sich auf seine Brust. Das Gewicht des Schmerzes, den er erahnte. Heiner Jansen wusste genau, was mit seiner Tochter passiert war, als ihr Körper das lebensnotwendige Insulin nicht mehr bekommen hatte, welche Qualen sie durchlitten haben musste.

Er blätterte zurück, zur Anschrift der Eltern.

19.

Die Straße wurde schmaler, Mehrfamilienhäuser schrumpften zu Einfamilienhäusern, das Grau der Stadt ging über in ein beruhigendes Grün. Nach ein paar Kilometern bog Tammo links ab. Die Straße war abschüssig. Die Kieler Förde musste ganz in der Nähe sein. Am Ende der Straße, vermutete Tammo.

Der Teer unter ihm endete abrupt, Kopfsteinpflaster begann, bis auch dies einfach aufhörte. Langsam fuhr er auf dem Sandweg weiter, an einer kleinen Kreuzung geradeaus, bis er seinen Wagen rechts am Rand neben einer grünen Buchsbaumhecke parkte. Er sah durch die seitlichen Wagenfenster nach draußen und versuchte, an dem weißen Einfamilienhaus etwas zu erkennen. Hier musste sie sein, die Nummer acht. Er nahm sein Handy vom Beifahrersitz, steckte es ein, stieg aus dem Wagen und sah sich um.

Von irgendwoher war das Schreien von Möwen zu hören, das ihn an ein anderes Schreien erinnerte. Ein Baby. Während er überlegte, ob man an dem Ruf der Möwe ihre Art erkennen konnte, steckte er den Schlüssel in seinen Parka und ging auf die Gartenpforte zu.

Rechts neben der Pforte, am Zaun, hing ein alter Briefkasten mit einer großen Acht.

Er griff nach der Klinke, wobei er sich leicht bücken musste, drückte sie herunter und öffnete die alte, grüne Pforte, die sich quietschend zur Seite bewegen ließ und den Weg zum Haus freigab. 1970er-Jahre, schätzte er, während sein Blick über die Steinplatten glitt, die zur Haustür führten. Dunkles Holz, genau wie die Fenster. Er blieb vor der Tür stehen und stellte fest, dass er sich während der ganzen Fahrt nicht überlegt hatte, was er sagen würde.

Während Tammo dort stand und auf das Messingschild mit den geschwungenen Buchstaben starrte, hörte er plötzlich hinter sich eine Stimme, die ihn aus seinen Gedanken riss. »Kann ich Ihnen irgendwie weiterhelfen?«

Tammo drehte sich um und sah einen älteren, groß gewachsenen Mann mit weißen Haaren. Seitenscheitel. Hohe Stirn. Leichte Bräune. Reste eines Urlaubs. Der Kopf lag leicht schräg zur Seite, wie ein Schiff, das Leck geschlagen hatte, dachte Tammo und erinnerte sich an das Foto von Merle Jansen auf dem Deck. Der Tochter des Mannes, der jetzt vor ihm stand, eine Laubharke in der Hand hielt, sich auf sie stützte und ihn erwartungsvoll ansah.

Während er auf ihn zuging, versuchte Tammo, ihn sich in einem weißen Arztkittel vorzustellen, was ihm leicht fiel. Tammo spürte ein Vertrauen, ohne ihm jemals zuvor begegnet zu sein. »Guten Tag«, begrüßte er ihn und streckte seine rechte Hand aus. »Mein Name ist Tammo Berg. Ich ... arbeite für die Kripo. In Hamburg. Daher sind wir uns noch nicht begegnet.«

»Jansen«, sagte Herr Jansen und reichte ihm die Hand. Nachdem sie sich begrüßt hatten, sah er auf die Forke in seiner Hand und die Blätter auf dem Rasen. »Man muss ja irgendetwas machen«, erklärte er.

»Ja. Natürlich.«

Herr Jansen hob seinen Blick, bis er Tammos Augen erreicht hatte. »Haben Sie ihn?«

Für einen Augenblick verspürte Tammo den Drang, wieder in seinen Volvo steigen zu wollen. Er glaubte, die Erwartung, die Hoffnung, die kein Glück zurückbrachte, würde ihn erdrücken. Vielleicht war es doch zu früh, dachte er und sagte: »Nein. Noch nicht. Ich wollte nur mit Ihnen sprechen.«

»Ah ... Kommen Sie doch rein, dann macht uns meine Frau einen Tee. Sie trinken doch Tee, oder? Ich kann Ihnen natürlich auch einen Kaffee anbieten, wenn Sie das lieber wollen.« Er zeigte mit der freien Hand in Richtung Haustür, stellte die Harke an der Hauswand ab, ging vor, zog einen Schlüssel aus seiner braunen Cordhose und schloss die Tür auf.

»Wir haben Besuch!«, rief er in den dunklen Flur, an dessen Ende man Licht sah. »Hier ist ein Herr von der Kripo, der etwas über den Täter weiß.«

»Nein … ich … Das ist nicht ganz richtig. Ich wollte nur …«

»Kommen Sie, meine Frau wird sich freuen, dass Sie den Weg zu uns auf sich genommen haben. Man erfährt ja sonst nichts. Ich rufe regelmäßig bei Ihren Kollegen an, aber … Schau mal, Schatz, Herr …« Dr. Jansen drehte sich fragend nach ihm um.

»Berg. Tammo Berg«, half er weiter und ging auf die kleine, zierliche Person zu, die ihm langsam entgegenkam und ein Geschirrhandtuch in den Händen hielt, an dem sie sich die Finger abtrocknete. »Guten Tag.«

»Guten Tag«, grüßte sie höflich zurück.

Sie sah viel älter aus als ihr Mann, obwohl sie es vermutlich nicht war. Die Trauer hatte sich über ihr Gesicht gelegt und war auch jetzt, wo sie ihn anlächelte, in jeder Falte um ihre freundlichen Augen, an jeder noch so kleinen Bewegung erkennbar. Davon konnten auch die geblümte Bluse unter der dunklen Strickjacke und das braune Haar, das schon lange nicht mehr nachgefärbt worden war, nicht ablenken. *Ihre Schüler werden sie gemocht haben*, dachte Tammo und umschloss die dünne, knochige Hand mit seiner. *Und sie wird die Kinder gemocht haben.*

»Mein herzliches Beileid«, hörte er sich sagen, und ihm fiel noch, während er die Worte aussprach, auf, dass er es nicht zu ihrem Mann gesagt hatte. Es war unausweichlich gewesen, jetzt, wo sie vor ihm stand und ihn mit dieser Leere im Blick ansah.

Frau Jansen nickte stumm, dann drehte sie sich um und ging durch den Raum zu einer Gruppe Sitzmöbeln, die vor einem großen Fenster standen. Ohne Erwartung. Ohne jede Neugierde, so, wie ihr Mann.

»Mögen Sie etwas trinken?«, fragte sie.

Irgendetwas musste man ja tun, dachte Tammo, sagte »gerne« und folgte ihr.

Auf dem Esstisch, an dem er vorbeiging, lagen Kondolenzkarten. Offene, bereits gelesene und solche, die noch in verschlossenen Umschlägen darauf warteten, gelesen zu werden. Tammo wusste, was in den Karten stand.

»Tee?«

»Ja, gern.«

»Nehmen Sie doch Platz, ich mache uns kurz eine Kanne«, erklärte sie, ging zurück durch den Raum und verschwand hinter einer dunklen Holztür.

»Meine Frau … Sie … leidet sehr. Manchmal habe ich Angst, sie schafft es nicht … Sie zeigt es nur nicht so«, murmelte Dr. Jansen.

Tammo nickte stumm und sah aus dem Fenster in den Garten, dessen Rasenfläche von meterhohen Rhododendren eingerahmt vor ihm lag.

»Wir dachten, sie würde die Praxis übernehmen. In ein paar Jahren«, sagte Herr Jansen, ohne ihn anzusehen. Nebeneinander stehend, blickten sie durch das große Fenster, auf dessen Glas sich ein schwarzer Aufkleber in Schwalbenform befand. Aus der Küche hörte man Geschirr klappern.

»Ich frage mich die ganze Zeit, warum sie dieses Kleid anhatte.«

»Das Brautkleid.«

»Ja. Was hat das zu bedeuten?« Herr Jansen steckte seine Hände, die nichts zu tun hatten, in seine Cordhose. »Es klingt vielleicht komisch, aber … dieses … Brautkleid … Es macht es noch schwerer.« Er drehte sich zur Seite und sah Tammo an. »Wenn Sie verstehen …«

»Ja. Ich weiß, was Sie meinen.«

Herr Jansen sah wieder raus, in den Garten, in dem es keine Blätter mehr gab, die er hätte wegharken können. »Ich habe ein wenig im Internet recherchiert. Ich … halte es nicht so gut aus, nichts zu tun.«

Tammo spürte erneut seinen Blick von der Seite und sah ihm direkt in die Augen. »Hat es etwas mit diesem *Undoing* zu tun? Hat der Täter sie extra so zurechtgemacht?«

»Die Möglichkeit besteht. Ich kann es Ihnen aber zu diesem Zeitpunkt nicht mit Bestimmtheit sagen. Sie war auf alle Fälle nicht geschminkt. Nicht vom Täter.«

Hinter ihnen hörten sie Frau Jansen. Sie drehten sich zeitgleich um. Ein Tablett vor sich haltend, kam sie langsam näher.

»Warte, ich helfe dir«, bot Herr Jansen an, doch seine Frau ging an ihm vorbei zu dem runden Couchtisch und stellte das Tablett neben das dicke Buch über englische Rosengärten. »Es geht schon. Danke«, sagte sie und verteilte die Untertassen, Tassen und silberne, kleine Löffel, stellte den Porzellan-Zuckerbehälter in die Mitte des Tisches und den ovalen Teller mit Goldrand, auf dem verschiedene selbstgebackene Kekse lagen, daneben.

»Sie hätte die Praxis auch nicht übernommen, wenn sie noch … da wäre. Das weißt du«, sagte Frau Jansen, während sie den Tee gleichmäßig in die Tassen schenkte. Sie sah ihren Mann dabei nicht an. »Merle hat immer das gemacht, was sie wollte.«

Nachdem sie Tammo von den Keksen angeboten hatte, lehnte sie sich in dem beigefarbenen Sessel zurück und schlug ihre dünnen Beine übereinander. »Sie kommen aus Hamburg?«

Tammo überlegte, woher sie das wusste. Sie musste am Fenster gestanden und das Kennzeichen gesehen haben.

»Ja. Ich wollte gern einmal persönlich mit Ihnen sprechen. Manchmal ist es ganz hilfreich, wenn jemand von außen kommt, der mit dem Fall noch nicht so betraut ist. Ich war eine Weile … woanders.«

»Ein anderer Blickwinkel«, sagte sie und wartete.

»Ja. Sozusagen.«

»Was möchten Sie denn … Was können wir für Sie tun?«

»Ich würde mir gern ein eigenes Bild von ihr machen«, erklärte Tammo und beobachtete, wie ihr Blick an ihm vorbei über seine linke Schulter zu der antiken Kommode wanderte, auf der silberne Bilderrahmen in verschiedenen Größen standen. Alle umrahmten das gleiche Gesicht.

»Mein Mann sagte, Sie wissen etwas über den … Mörder?«, hakte Frau Jansen nach und sah ihn jetzt wieder an.

»Nein, es tut mir leid, wir haben den Täter noch nicht. Mir ist völlig klar, dass Sie schon mehrfach Fragen meiner Kollegen haben beantworten müssen, und ich hoffe, ich …«

»Nein. Wir machen das gern«, fiel Frau Jansen ihm ins Wort. »Es … es ist gut, wenn wir etwas tun können.«

»Meine Frau hat recht. Wir würden Sie gern unterstützen.« Herr Jansen sah seine Frau an.

Es lenkt ab, vom Schmerz, und sie bleibt dadurch noch etwas, verschwindet nicht ganz aus ihrem Leben, dachte Tammo. Er sprach nicht über Lenny, weil er auch ohne Worte da war. In seinen Erinnerungen. Lena hatte das nur nicht verstehen wollen.

Tammo kam der Gedanke, hier einfach sitzen zu bleiben. Aus dem Fenster zu sehen und nichts zu sagen.

Weil es im Grunde nichts zu sagen gab. Sie würden nicht wiederkommen. Merle. Lenny.

»Haben Sie denn schon irgendeine Spur?«, wollte Herr Hansen wissen.

»Herr Berg möchte etwas über Merle erfahren. Das hat er doch gerade gesagt«, sagte Frau Jansen und sah Tammo wieder an. »Was genau möchten Sie denn wissen?«

»Seit wann hatte Ihre Tochter Diabetes?«

Einen Moment war es still. Dann begann Dr. Jansen zu erzählen. »Merle war sechs, wir waren in Südfrankreich. Es war heiß, und sie trank sehr viel. Natürlich habe ich es zuerst auf die Temperatur geschoben und war froh, dass sie von allein trank. Viele Kinder muss man daran erinnern … Aber Merle fühlte sich jeden Tag schlechter, bis ich schließlich mit ihr in eine Praxis gefahren bin, weil ich den Verdacht hatte. Der Bluttest war eindeutig. Wir mussten sofort in das örtliche Krankenhaus.« Er machte eine Pause. »Ich habe es einfach nicht sofort erkannt.«

»Mein Mann hat sich damals viele Vorwürfe gemacht«, erklärte Frau Jansen und sah ihren Mann mitfühlend an. Tammos Blick blieb an ihren Lippen haften, wie so oft, wenn er zuhörte. Die schmalen, geraden Linien veränderten sich, wurden weicher. »Ich werde es nie vergessen, wie sie in diesem viel zu großen Bett lag, weiß wie das Bettlaken, und mich fragte: ›Wie viele

Spritzen kriege ich noch? Wann hört das auf, Mama?‹« Die Tränen waren jetzt nicht mehr zu stoppen. Sie rollten über ihr Gesicht, das sie leicht nach vorn gebeugt hielt, die Wangenknochen entlang, bis zur Nasenspitze, wo sie kurz innehielten, bis sie in ihren Schoß, auf ihre gefalteten Hände fielen. Frau Jansen zog ein weißes Stofftaschentuch aus der Seitentasche ihres Rockes und trocknete sich die Nase. »›Nie wieder, Schätzchen‹, habe ich zu ihr gesagt und ihr Gesicht gestreichelt.«

»Es hat unser aller Leben verändert. Kindergeburtstage, Übernachtungen bei Freunden, Klassenfahrten … Es hat gedauert, bis wir uns daran gewöhnt hatten. Es ist ja heute kein Problem mehr, mit Diabetes zu leben. Es war nur eben die Umstellung und die Sorge, vor allem meiner Frau, dass Merle auch immer daran denkt. Pumpen, wie sie heute eingesetzt werden, gab es ja damals noch nicht.«

»Sie hat das so toll gemacht. Wenn man überlegt, wie klein sie war …« Frau Jansen sah gedankenverloren aus dem Fenster. »Die Krankheit hat sie nicht eingeschränkt, so wie ich zuerst befürchtet habe. Sie hat sie neugierig gemacht. Und offen. Merle wollte plötzlich alles darüber wissen. Dabei konnte sie noch nicht einmal richtig lesen … ihren kleinen, roten Arztkoffer fand sie plötzlich wieder spannend, hat jede Puppe untersucht. Oder auch uns. Ihre Krankheit, der Diabetes –

sie war der Grund, warum Merle unbedingt Medizin studieren wollte.« Frau Jansen putzte sich die Nase, dann knüllte sie das Stofftaschentuch zusammen und stopfte es wieder in die Seitentasche.

Tammo nickte stumm, dann fragte er: »Sie hat hier in Kiel in einer Privatklinik gearbeitet. Wie lange war sie da?«

»Etwas mehr als ein Jahr«, schätzte Dr. Jansen.

»Und davor?«

»Nach ihrem Studium in München war sie ein paar Jahre in Hamburg und zuletzt eben hier, bei uns, in Kiel.«

»Wir haben uns darüber sehr gefreut. Die meisten Kinder sind ja nicht daran interessiert, wieder zurück in die Heimat zu ziehen. Aber Merle war da anders. Sie … sie kam auch sonntags zum Frühstück, wenn sie nichts anderes vorhatte.«

»Bis auf den Sonntag vor ein paar Wochen«, fügte Tammo vorsichtig hinzu.

Frau Jansen nickte. »Wissen Sie, wie lange … Ich meine … wie lange sie schon dort lag? Ist sie gleich gestorben, oder war sie noch irgendwo? Das … Uns beschäftigt das sehr, wissen Sie.«

»Ja, natürlich.« Tammo setzte sich etwas aufrechter hin. »Laut dem Bericht der Kollegen war sie bereits tot, als man sie in dem Wald bei Volksdorf abgelegt hat. Daher gehen wir auch von Fremdeinwirken aus.«

Keiner sagte etwas. Nur der dumpfe Schrei einer Möwe war zu hören.

»Sobald wir etwas über die Zeit zwischen ihrem Verschwinden und ihrem Tod wissen, werden wir Sie unterrichten.«

Gott, klingt das scheiße, dachte Tammo und fragte sich, warum es ihm früher nie aufgefallen war, wie blöd das, was er sagte, sich anhörte. Diese Floskeln. Diese Formulierungen. Diese leeren Sätze.

»Ich wusste es die ganze Zeit. Seitdem Ihre Kollegen hier waren und uns sagten, dass man sie gefunden habe«, murmelte Frau Jansen und sah auf ihre Hände, die nicht mehr wie zum Gebet gefaltet waren, sondern rechts und links auf den Armlehnen ruhten.

»Was meinen Sie?«, wollte Tammo wissen.

»Sie hätte sich niemals umgebracht. Wenn Sie sie gekannt hätten, dann wüssten Sie es. Merle war weder depressiv noch sonst irgendetwas. Ganz im Gegenteil! Seitdem sie wusste, dass sie an einem schweren Diabetes leidet, wollte sie nichts anderes als leben. Jeden Tag, mehrmals, hat sie ihren Blutzucker gemessen, für jede Mahlzeit – und sei es ein noch so kleines Stück eines Kekses – das Insulin berechnet, das sie benötigte. Zuerst natürlich mit mir zusammen, später dann allein. Schon als Kind hat sie die Inhaltsstoffe auf den Packungen gelesen, ihr Essen abgewogen. Das war für sie wie … atmen! Warum sollte sie …«

»Schatz, ist gut. Wir wissen doch längst, dass sie sich nichts angetan hat«, versuchte Dr. Jansen seine Frau zu beruhigen, die jetzt tief Luft holte.

»Entschuldigung, ich …«

»Es ist gut, wenn man es rauslässt«, versuchte Tammo sie zu beruhigen.

Er dachte an die rote Schnur, über die er bei dem Therapeuten hatte springen sollen und über die er nicht gesprungen war, und an das, was er eben gesagt hatte.

Dr. Jansen beugte den Oberkörper vor und sah gedankenverloren auf seine volle Teetasse, als wäre sie unendlich tief. »Merle war noch ein Kind, zehn Jahre oder neun«, sagte er. »Wir waren in den Bergen, Skiferien. Sie wollte unbedingt von der Schanze springen. Ich war unten stehen geblieben und sollte ihr dabei zusehen … Die anderen waren alle viel größer.« Er hielt kurz inne, den Blick weiter auf den Tee fokussiert. »Ich wollte es ihr ausreden, aber … Ich werde es nie vergessen, wie sie da gestanden hat, auf ihren kleinen Brettern, und nach unten sah, in die Tiefe. Sie hat meinen Blick nicht gesucht. Keine Sekunde.« Er richtete sich auf und sah Tammo an. »Sie ist von allen Kindern am weitesten geflogen.«

Tammo ließ die kleine Merle in seiner Vorstellung auf dem harten Schnee weich landen und ihren stolzen Vater voller Freude anstrahlen, während sie auf ihn zufuhr.

Dann fragte er: »Hatte Merle einen Freund?«

Frau Jansen sah zu ihrem Mann hinüber. Es war ein Hilfe suchender Blick, einer, der deutlich machte, dass etwas nicht so war, wie sie es gern gehabt hätten. Sie schüttelte den Kopf, ganz langsam. »Merle hatte bis vor ein paar Wochen einen Freund … Sie waren fast sieben Jahre zusammen. Wir waren fest davon ausgegangen, dass die beiden irgendwann heiraten würden. Er … er gehörte einfach dazu. Ich wäre nie auf die Idee gekommen, dass es eines Tages vorbei sein könnte.«

»Dann haben die beiden zusammengelebt?«, fragte Tammo und wunderte sich über das, was in der Akte stand. Kein Hinweis auf einen Freund.

»Jacob, nein. Er ist vor ein paar Monaten nach England gezogen. Er hat dort eine sehr gute Stelle bei einer Beratung gefunden. Die Karriere war ihm schon immer sehr wichtig.«

»Könnten Sie mir vielleicht seinen vollständigen Namen nennen und seine Nummer?«

Dr. Jansen lehnte sich zurück und schlug die Beine übereinander.

»Ja. Natürlich. Einen Augenblick …« Frau Jansen stand auf, langsam, und ging durch das Zimmer in Richtung Flur. Eine Schublade wurde geöffnet. Einen Moment hörte man nichts, dann wurde die Schublade wieder zugeschoben. Kurz danach näherten sich die leichten Schritte.

»Bitte, das ist sie«, erklärte Frau Jansen und reichte Tammo einen kleinen, quadratischen Zettel. »Ich mochte ihn sehr gern.«

»Danke!« Tammo nahm den Zettel und betrachtete die Handschrift. Der Füller war faszinierend waagerecht über das Weiß geführt worden. *Jacob Liebmann*, las er.

»Wissen Sie, warum es auseinandergegangen ist?«, fragte Tammo.

»Ich glaube, Merle hat in dem Moment gewusst, dass es auseinandergehen würde, als er von seinen Plänen erzählte«, sagte Frau Jensen. »Jacob hatte gedacht, die Beziehung würde das tragen, die Entfernung. Aber das … war nicht so. Sie hatte mir nur gesagt, dass sie es beendet hätte. Merle wollte ein Kind, heiraten … aber er hat das … etwas anders gesehen. Sie sind ja recht früh, mit Anfang zwanzig, zusammengekommen. Vielleicht musste er sich noch etwas die Hörner abstoßen …«

Dr. Jansen schnaubte durch seine überproportional großen Nasenlöcher und schüttelte unmerklich den Kopf.

Das Brautkleid, es macht es noch schwerer, hörte Tammo ihn sagen, während er jetzt dasaß und schwieg. *Ich verstehe*, hatte er geantwortet. Doch er verstand es erst jetzt.

»Ist Merle manchmal joggen gegangen?«, durchbrach er die Stille.

Frau Jansen sah ihn fragend an. Nach einer Weile schüttelte sie den Kopf. »Nein. Nicht, dass ich wüsste.«

»Was hat sie in ihrer Freizeit gemacht? Gab es ein Café oder ein Fitnesscenter oder irgendeinen anderen Ort, an den sie regelmäßig – vielleicht sogar immer an den gleichen Tagen – ging?«

Dr. Jansen sah zu seiner Frau. Etwas hatte sich verändert. Seine Augen. Tammo versuchte es zu deuten, aber es gelang ihm nicht. Es blieb bei einem Gefühl.

»Wir denken die ganze Zeit darüber nach, wo sie … wo sie ihn getroffen hat. Ob sie sich kannten oder ob er sie ohne einen Grund … umgebracht hat. Wobei es ja … Irgendeinen Grund muss es ja gegeben haben«, Frau Jansen sprach mit monotoner Stimme, so, als würde sie keinen Weg hinausfinden aus diesem Labyrinth aus Erinnerungen und Fragen.

Tammo wartete. Er wusste, dass sie noch lange nicht fertig war.

»Und warum sie in Hamburg gefunden wurde. Ich begreife das einfach nicht. Das ergibt doch alles keinen Sinn. Merle hatte überhaupt keinen Berührungspunkt mit dieser Gegend. Hamburg ja, aber doch nicht dieses Volksdorf.« Frau Jansen fragte ihre Hände, die stumm blieben. Dann hob sie den Blick. »Das Einzige, was sie wirklich regelmäßig gemacht hat, war ihr Training, Kickboxen. Sie war im Verein. In ihrem Zimmer, oben, stehen ein paar der Preise, die sie gewonnen hat.« Frau

Jansen strich sich mit der rechten Hand über die linke, so als würde sie etwas wegwischen wollen.

Kickboxen, nicht laufen, dachte Tammo.

»Als sie klein war – in der zweiten Klasse war das, glaube ich –, da hatte ich sie beim Ballett angemeldet. Aber Merle war nur ein paarmal dort, dann wollte sie unbedingt zum Kickboxen. Sie war halt immer schon etwas anders als die anderen Mädchen.« Sie machte eine Pause. »Ein Klassenkamerad von ihr, der hier in der Nähe wohnte, Florian, war im Verein, und Merle war total fasziniert. Sie kam nach der Schule zu mir und verkündete, Ballett sei ihr zu langweilig.« Ein Lächeln huschte über ihr Gesicht. Eine kurze Erinnerung, die nicht schmerzte. »Sogar meinen Mann hat sie mal im Spaß hier auf dem Rasen umgelegt. Einen erwachsenen, großen Mann …«

Tammo schätzte Dr. Jansen auf mindestens neunzig Kilo. Seine Gedanken umkreisten die gleiche Frage. Warum hatte sie sich nicht gewehrt, nicht wehren können? Hatte sie keine Gefahr wahrgenommen? War es vielleicht wirklich jemand, den sie gekannt hatte?

Keine Anzeichen von äußerer Gewalteinwirkung. Keine Spuren von Fesseln. Keine Verletzungen der Haut. Guter Allgemeinzustand, hatte Bernd geschrieben, was paradox war und bekloppt. Tammo hatte diese Formulierung schon immer gestört. Seit der ersten Obduktion, bei der er anwesend gewesen war.

»Sonst gab es eigentlich nichts, dem sie wirklich regelmäßig nachgegangen ist. Manchmal war sie am Wochenende in der Kunsthalle oder bei Lesungen. Das Kickboxen hat schon viel Zeit in Anspruch genommen und ihr Job ja sowieso. Sie hatte im Krankenhaus mehrere Nachtschichten pro Monat.«

»Hat sie Ihnen etwas von ihrer Arbeit in der Klinik erzählt, das darauf schließen lässt, dass sie Stress hatte oder Ärger?«

Beide schüttelten stumm den Kopf.

»Wie war denn ihr Verhältnis zu den Kollegen oder ihren Vorgesetzten?«

»Mit dem leitenden Oberarzt«, erklärte Dr. Jansen, »ist sie sehr gut zurechtgekommen. Ich kenne ihn persönlich. Natürlich blieb es nicht aus, dass sie sich hin und wieder mal über den einen oder anderen Kollegen geärgert hat oder etwas anders sah, aber das waren keine langen Geschichten. Das Einzige, was ihr wirklich zugesetzt hat, war unser Gesundheitssystem. Privatisierungen von Kliniken, völlig unmenschliche Verhältnisse, unter denen gearbeitet wurde. Der Suizid einer Krankenschwester ...« Dr. Jansen schüttelte schon wieder den Kopf.

»Aber sie hat ihren Beruf trotzdem geliebt«, ergänzte seine Frau.

Tammo nickte und sah zu seiner Tasse. Er rutschte ein Stück auf dem Sessel nach vorn und griff nach dem zierlichen Henkel. Es wäre unhöflich, keinen Schluck zu nehmen, dachte er, während er die Tasse zum Mund führte.

Roibuschtee mit leichtem Vanillegeschmack. Kalt. Aber er schmeckte. Auch so.

»Ich habe immer nur an ihren Diabetes gedacht, und dann …«, murmelte Frau Jansen und sah dabei zu Boden.

»So etwas kann niemand vorhersehen.« Tammo überlegte, ob das ein schlauer Satz war.

Dr. Jansen nickte.

Frau Jansen schüttelte verzweifelt den Kopf. »Wir würden Ihnen gern helfen! Ich … ich weiß nur überhaupt nicht, wie!«, schoss es aus ihr heraus. »Wenn es nur irgendetwas gäbe, das wir tun könnten.«

»Danke … manchmal kommt es vor … dann fällt einem plötzlich etwas ein, wenn man gar nicht daran denkt – ein Moment, an den Sie sich auf einmal erinnern, eine Bemerkung Ihrer Tochter, etwas, das sie Ihnen erzählt hat. Es kann sein, dass es Ihnen banal vorkommt. Wir wären Ihnen sehr dankbar, wenn Sie es uns mitteilen würden. Egal, was es ist.« Er stand auf, gab Frau Jansen die Hand. »Vielen Dank für den Tee.«

Dr. Jansen stand ebenfalls auf und sah Tammo an. »Als sie klein war und sich ihre Kleidchen angezogen hat, da habe ich immer gedacht, eines Tages, da begleite ich dich zum Altar.« Er machte eine Pause und schluckte. »Und jetzt … dieses Brautkleid … Es ist wie eine Strafe. Als ob mir jemand etwas damit sagen will. Ich verstehe dieses Zeichen nur nicht.«

»Heiner.« Frau Jansen ging an Tammo vorbei auf ihren Mann zu und griff sanft nach seinem Arm. »Du kannst doch ihren Tod nicht persönlich nehmen.«

»Aber warum hatte sie dieses Brautkleid an? Wer tut denn so etwas? Das ist doch krank!«

Frau Jansen zog sich ihre dunkle Strickjacke zu, verschränkte die Arme vor dem Oberkörper und ging in Richtung Flur zur Haustür.

Tammo reichte Dr. Jansen die Hand, sagte nichts, hielt sie einfach und sah sie an. *Hände, die gern etwas anderes halten würden*, dachte er. Dann sagte er leise: »Auf Wiedersehen.«

»Auf Wiedersehen«, wiederholte Dr. Jansen.

Die Luft war feucht und roch brackig. Es war dunkel. Tammo stand am Ende des alten Holzsteges, der auf die Förde hinausführte, und hörte das Plätschern der Wellen, die unter ihm gegen die Holzpfähle klatschten. Gegenüber, am anderen Ufer, leuchteten die Lichter der Stadt. Helle, bunte Punkte auf der anderen Seite der Förde. Tammo betrachtete die Spiegelung auf der Wasserfläche. Verschwommene, lang gezogene, senkrechte Striche auf dem Wasser.

Er hatte Hunger.

Ein Stück weiter den Strand entlang befand sich eine alte Kate. Von Weitem hatte Tammo sie gesehen, bevor er hierher, auf den Steg, gegangen war. Er zog den Reißverschluss seiner Jacke noch ein Stück höher und ging zurück.

»Ich nehme ein Bier und eine …«, er sah schnell noch einmal in die viel zu volle Karte, »Scholle, Hausfrauenart, bitte«, antwortete er der jungen Kellnerin, die mit Zettel und Stift vor ihm stand.

Hausfrauenart. Was auch immer das war, dachte er, während er auf ihren Unterarm sah. Sie trug eine karierte Bluse, die sie bis zu den Ellenbogen hochgekrempelt hatte. Auf der Innenseite ihres linken Unterarms stand ein Name in verschnörkelter Schrift, den er nicht lesen konnte. Marlin. Marvin. Mar…

»Danke«, sagte sie, lächelte ihn an und ging zurück zum Tresen, bevor er den Namen hatte entziffern können.

Tammo hatte sich auf eine der Holzbänke ganz in der Ecke am Fenster gesetzt, hinter dessen waagerechter, weißer Spitzengardine, die das Fenster auf der Hälfte teilte, die Förde im Dunklen versteckt lag.

Einen Moment sah er der Kellnerin hinterher und fragte sich, warum man sich einen Namen auf den Arm tätowieren ließ, fand aber keine Antwort darauf, die ihm einleuchtete. Er drehte sich zu der Fensterscheibe und sah sich selbst. Das Licht der Lampe über dem groben Holztisch, das auf seinen Kopf schien, ließ ihn fremd aussehen. Während er seinen Oberkörper fast unmerklich von links nach rechts bewegte, beobachtete er die Veränderungen, die das Licht in seinem Gesicht produzierte. Dann lehnte er sich wieder zurück.

Er fühlte sich gut. Vielleicht hatte Jens recht.

Das schwarze Notizbuch lag vor ihm. Er griff nach dem Gummizug, der senkrecht über den Umschlag führte, zog ihn zurück und blätterte, bis er die erste leere Seite fand. Eine Weile verlor sich sein Blick in dem beigen, dicken Papier, dann nahm er seinen schwarzen Fineliner aus der Tasche seiner Jacke, die neben ihm auf der Bank lag, und fing an zu zeichnen.

Als Tammo das Notizbuch zuklappte, entdeckte er das Bier neben sich auf dem Tisch sowie einen kleinen Teller mit einer Serviette und Besteck und wunderte sich, dass er nicht mitbekommen hatte, dass die Kellnerin es serviert hatte.

Er nahm einen Schluck, stellte das kalte, nasse Glas wieder ab und betrachtete die wenigen Personen, die an den anderen Tischen saßen, sah die Bewegung ihrer Hände, der Augen, der Mundwinkel in den Momenten zwischen den Sätzen, wenn sie nichts sagten und zuhörten.

Der Mensch sagt viel mehr, wenn er schweigt, dachte Tammo und nahm noch einen Schluck. *Hinter Worten kann man sich verstecken. Hinter der Stille nicht.*

Dr. Jansen hatte sie nicht verstecken können, die latente, leichte Wut. Er hatte sich bemüht, aber das hatte nicht gereicht. Nicht für einen wie Tammo. Er hatte sie ihm, neben der Verzweiflung, schon angesehen, bevor Dr. Jansen ihm im Garten zur Begrüßung die Hand gereicht hatte.

Er holte den kleinen Zettel aus seiner Jackentasche, faltete ihn auseinander und betrachtete das, was darauf stand. Jacob Liebmann. Darunter eine Handynummer.

»Einmal Scholle«, kündigte die Kellnerin schon drei Meter vor dem Tisch an. »Guten Appetit!«

»Danke«, murmelte Tammo und sah auf den panierten Fisch, die Bratkartoffeln, die Remoulade und die Zwiebelringe.

Lena hatte keinen Fisch gemocht.

20.

Während Katinka vor der Tür stand, hinter der sie ihn näher kommen hörte, und auf den Türgriff starrte, erinnerte sie sich plötzlich an ein fast vergessenes Gefühl.

Der Fünf-Meter-Turm.

Sie steht das erste Mal oben, auf dem rauen Brett, vier Schritte noch bis zu dem Punkt, an dem der Fall beginnt. Das völlig Ungewisse. Wasser tropft aus ihren langen, nassen Haaren auf ihre Schultern, den Rücken hinunter. Hinter ihr die anderen.

Drei Schritte. Der Badeanzug klebt an ihr, die Lippen sind blau, sie zittert. Nicht vor Kälte.

Zwei Schritte.

»Mach schon!«, drängelt einer der älteren Jungs hinter ihr.

Der Mann steckte den Schlüssel ins Schloss, drehte ihn um.

Katinka roch das Chlor der Schwimmhalle jetzt noch intensiver.

Ein Schritt.

Die Tür öffnete sich.

Sie spürt, wie sie fällt und gleichzeitig steht.

Das Adrenalin schoss durch jede Zelle ihres Körpers, sie kämpfte gegen einen Schwindel an, der sich in ihrem Kopf ausbreitete. Sie sah auf den Fußboden, ihre Füße, die Strümpfe. Ihr Blick wanderte bis zu seinen Füßen, verharrte dort. Schwarze alte Stiefel, Jeans.

Er war im Türrahmen stehen geblieben.

Sie spürte seinen Blick, der sie abtastete, an ihrer Kleidung haftete. Der apricotfarbene Pullover, der kratzte. Die blaue Hose, die zu weit war. Aber das war es nicht, was er sah, dachte Katinka, während sie ihm gegenüberstand, verkrampft bemüht, sich ihre Angst nicht anmerken zu lassen, ihren Fall.

Es war ein Nachgeben, ein Einlenken, was er sah.

Er musste ihr vertrauen. Es gab nur diesen einen Weg aus diesem Raum, in dem sie eingesperrt war.

Der erste Satz, du musst den ersten Satz sagen, forderte sie sich selbst auf, nahm ihren letzten Mut zusammen und sagte mit einer Stimme, die ihr fremd war: »Was wollen Sie von mir?«

Er musste ihr eine Antwort geben. Das war er ihr schuldig. Sie hatte die Kleidung angezogen, die Augen geöffnet. Das war ihr Schritt in seine Richtung. Ansehen würde sie ihn nicht. Niemals. Und doch war sie ihm entgegengekommen.

Jetzt musste er ihr sagen, was das hier alles sollte. Warum sie hier war.

»Dass du bleibst«, erklärte er bestimmt. Im nächsten Augenblick hörte sie, wie der Schlüssel im Schloss umgedreht wurde.

Aus der Größe seiner Stiefel schloss sie, dass er wesentlich größer war als sie, vielleicht stämmig. Keine Chance, ihn zu überwältigen, dachte sie.

»Was ist mit meiner Mutter?«, schoss sie hinterher, und ihr Blick wanderte nervös über den Boden.

»Helene Holst. Station 4. Zimmer 13«, zählte er auf. Wie ein kleiner Junge, der an der Tafel steht und etwas auswendig Gelerntes aufsagt, schoss es ihr durch den Kopf, während sie einen Schrei unterdrückte, der sich schwer auf ihr Herz legte, auf ihre Lunge und ihr die Luft nahm.

Nein! Das konnte nicht sein. Woher wusste er das alles? Wer war er?

Ihr wurde schwindelig. Sie stützte sich mit der linken Hand an der Wand ab.

»Woher … woher wissen Sie das? Wer hat Ihnen das erzählt? Meine Nachbarin? So etwas kriegt man ja … ganz leicht raus. Das heißt ja noch lange nicht …«

Katinka sah aus dem Augenwinkel, dass der Mann sich bewegte. Sie vermutete, dass er etwas aus seiner Jacke oder Hosentasche zog. Dann kam er einen Schritt auf sie zu. Katinka verspürte in der gleichen Sekunde, in der er sich bewegte, den Drang, ihm auszuweichen. Sie zwang sich stehen zu bleiben, den Kopf gesenkt.

»Hier«, sagte er und hielt ihr ein Handy entgegen auf dessen Display eine Person zu erkennen war. Sie kam ein Stück vor, ohne auf ihn zuzugehen.

Das Foto einer schlafenden Frau in weißer Bettwäsche.

Ihre Mutter.

21.

Die dunkle Kastanie sah verloren aus in dem kleinen Erdloch. Sie war kaum zu erkennen, jetzt, wo er davorstand und hinuntersah. Herbstnebel zog über die Lichtung vor dem Wald.

Wie lange würde es dauern, bis ein Baum daraus wachsen würde, dachte Tammo, als er plötzlich aus dem Augenwinkel sah, dass sich ihm etwas näherte. Ein junges Reh. Er fragte sich, ob das Reh ihn nicht sah, was natürlich Blödsinn war. Er stand ja hier.

Bewegungslos blieb er stehen, während das Reh Schritt für Schritt näher kam. Es war einfach nur schön, fand Tammo, während das Reh seinen schlanken Kopf senkte und seine Schnauze in das Erdloch steckte. Dann hob es den Kopf wieder, sah ihn kurz an und rannte weg. Tammo beobachtete, wie sich der weiße Punkt, der sich über dem Po befand, auf und ab bewegte und entfernte.

Sein Blick fiel auf das Erdloch. Es war leer.

Sein Handy klingelte. Vergeblich wühlte er in seiner Jackentasche, die keine war – und öffnete schließlich die Augen.

Seine Daunendecke lag neben dem Bett. Das Handy klingelte vibrierend neben ihm auf dem Nachttisch. Er hob den Kopf ein Stück und sah auf das Display. Jens. Zweimal klingelte es noch, dann war es wieder ruhig. Ein paar Sekunden später machte es pling. Die Mailbox. Tammo hatte die Augen schon wieder geschlossen. Er wollte zurück, zu dem Traum. Aber es gelang ihm nicht. Stattdessen schlief er traumlos weiter. Ein paarmal war er kurz wach, drehte sich aber immer wieder um und dämmerte erneut weg.

Bis es an der Tür klingelte.

»Ich schlafe«, murmelte er und drehte seinen Kopf in die andere Richtung.

Es klingelte noch einmal. Dann klopfte jemand an die Tür.

Tammo öffnete die Augen einen Spalt weit und fragte sich, warum es nicht richtig hell war. Wie spät war es überhaupt? Und warum hatte er seine Prozessoren nicht abgenommen? Er schloss die Augen wieder und dachte an den Abend in Kiel. Er war auf der harten Holzbank in der Kate sitzen geblieben, bis die Kellnerin ihn darauf aufmerksam gemacht hatte, dass sie schließen würden. Dann war er zurück an den Strand gegangen, hatte sich im Dunkeln auf eine der beiden Bänke gesetzt und auf das schwarze Wasser geschaut. Ein anderes Wasser, ein anderer Strand, die gleichen Erinnerungen. Tammo hatte versucht, sich nicht darin zu verlieren, und seine Aufmerksamkeit auf Merle Jansen fokussiert, die hier als Kind am Strand gespielt hatte. Eins der Fotos in den silbernen Rahmen auf der alten Kommode hatte sie in einem roten Badeanzug auf einem Holzsteg gezeigt. Es konnte dieser sein. Vermutlich war er es. Sie hatte so ausgesehen, als wollte sie gerade ins Wasser springen und hätte nur kurz in der Bewegung innegehalten, weil jemand ein Foto hatte machen wollen.

»Hier! Schau doch mal kurz«, hatte er Herrn Jansen in seiner Vorstellung rufen gehört, sich zur Seite gedreht, wo niemand war und ihn mit einer Kamera in der Hand am Strand stehen sehen. Die Sonne hatte geschienen, es war warm gewesen. Dr. Jansen hatte an ihm vorbei zu Merle geblickt. Sein ganzer Stolz. Seine Hoffnung. Seine Tochter, die irgendwann einmal die Praxis übernehmen würde. Von der er in diesem Moment, als sein Zeigefinger auf den Auslöser drückte, noch nicht alles wusste.

Es klopfte wieder an der Tür. Dieses Mal energischer.

In Zeitlupe setzte Tammo sich an die Bettkante und kam langsam hoch, bis er stand.

Der Horizont links von ihm war ein magentafarbener Streifen gewesen, als er die A7 zurück nach Hamburg gefahren war. Mit halb offenem Fenster, weil er sonst eingeschlafen wäre. Eine Sitzheizung hatte er sich gewünscht, so durchgefroren war er von dem nächtlichen Spaziergang am Strand gewesen.

Tammo versuchte, den Haustürschlüssel zur Seite zu drehen, bis er feststellte, dass es nicht ging. Es war nicht abgeschlossen.

Jens stand vor ihm. Genervt. »Das sieht ja nach einem starken Kaffee aus«, sagte er und marschierte an Tammo vorbei in Richtung Küche.

Das, dachte Tammo, schloss die Tür, fuhr sich mit der Hand durch die Haare und ging zurück ins Schlafzimmer. Er zog sich seine Jeans über und schlurfte, während er den Reißverschluss hochzog, den Flur entlang in die Küche.

Jens stand am Spülbecken und füllte Kaffeepulver in das Glasgefäß. Der Himmel war gleichmäßig grau. Ohne Zwischentöne. Konsequent einfarbig grau.

Als er den Wasserkocher aufgefüllt und angestellt hatte, wandte er sich Tammo zu. Mit verschränkten Armen. »So. Und jetzt erzähl mir mal bitte, was du bei den Eltern von Merle Jansen gemacht hast!«

Vorm ersten Kaffee, dachte Tammo. Er war definitiv nicht in der Lage, mit Jens zu diskutieren. Es brachte eh nichts. Er hatte ja recht. Die Frage war nur, woher er es wusste. So schnell.

Ein fragender Blick reichte.

»Sie haben heute Morgen angerufen, wurden zu Sarah durchgestellt und haben nach dem einfühlsamen Kollegen gefragt, der gestern Abend bei ihnen war!« Jens sah ihn mit hochgezogenen Augenbrauen an. »Mann. Du weißt doch, dass ich keine Alleingänge tolerieren kann. Vor allem nicht, wenn du überhaupt nicht im Dienst bist! Du kannst froh sein, dass Sarah es nur mir gesagt hat. Hinter verschlossener Tür.« Er seufzte schwer. Dann fragte er: »Und?«

»Ich kann es dir nicht sagen. Es war nur so ein …«

»Gefühl«, beendete Jens den Satz und sah ihn immer noch zu angespannt an, wie Tammo fand. Dafür, dass er doch gerade erst aufgewacht war.

»Wie spät ist es?«

Jens zog sein Handy aus der Hosentasche. »Viertel nach vier«, erklärte er und steckte es wieder weg. »Du hast echt Glück«, meinte Jens und sah zu dem dampfenden Wasserkocher.

»Ist dem so?«, wollte Tammo wissen und fragte sich, warum Jens nicht im Büro saß. Um Viertel nach vier.

»Allerdings.«

»Aha.«

»Erstens. Ich bin dein Chef. Jeder andere hätte dich schon einen Kopf kürzer gemacht. Zweitens, Sarah hat sich schnell etwas ausgedacht, weshalb du gerade nicht im Büro bist … Außerdem bist du ohne vorherige Ankündigung zu den Eltern nach Kiel gefahren. Hätte genauso gut sein können, dass sie entweder gar nicht da gewesen wären oder dich nicht reingelassen hätten.

Haben sie gar nicht nach deinem Dienstausweis gefragt?«

Tammo schüttelte den Kopf.

»Also!«

»Wenn das Glück ist, dann … ist es wohl so.«

Immer mehr Wasserdampf stieg auf, das Gerät schaltete sich ab. Jens drehte sich um, nahm den Kocher und goss das heiße Wasser in die Kaffeekanne, setzte den Filterstab darauf, wartete einen Moment und drückte dann den Kaffeesatz runter. Er griff in den Schrank über sich und zog zwei Becher raus. Dann öffnete er den Kühlschrank. Und schloss ihn wieder. »Dann halt schwarz«, meinte er und reichte Tammo einen Becher.

»Da unten.« Tammo deutete auf einige Tetra-Packungen H-Milch, die er zwischen Waschmaschine und Küchenwand gestapelt hatte.

Jens bückte sich, hob eins der Pakete hoch, öffnete es und goss beiden ein. Er fragte nicht. Er wusste, wie viel Milch Tammo nahm. Er wusste alles von ihm. Fast alles.

Sie tranken den Kaffee, ohne ein Wort zu sprechen. Man hörte die Schritte aus der Wohnung über ihnen, das Geräusch von Autoreifen auf nasser Straße, einen zu laut eingestellten Fernseher und spielende Kinder im dämmrigen Licht des Hofes. Tammo fragte sich, ob er hier wohnen bleiben würde. Und könnte. Emotional, finanziell. Vielleicht wäre es besser, die Tür hinter sich zu schließen. So wie Lena.

Vielleicht hätte er sich das Zimmer von Merle ansehen sollen, überlegte er. Die Pokale.

»Was wollten sie denn? Die Eltern von Merle Jansen?«, durchbrach er die Stille zwischen ihnen.

»Mach eine Betriebliche Eingliederungsmaßnahme.« Jens sah ihn ernst an.

Tammo hielt seinem Blick einen Moment stand, dann schaute er in seinen leeren Becher.

Es fühlte sich gerade so an, als wäre alles auf dem Weg. Ein Stück weit. So, als könnte es doch einen Tag geben, irgendwann, an dem er wieder weitermachte. Einen Tag, an dem er in sich eine Ruhe spüren würde, ein Akzeptieren.

Er wusste nicht, wie es wäre, wenn er wieder aufs Revier ginge. Ohne sagen zu können, was es war, spürte er etwas, das ihn davon abhielt – noch.

Der Abend, gestern, in Kiel, das Gespräch mit den Eltern, das Gefühl des Verstehens, die silbernen Bilderrahmen, der Steg, der Sprung ins Wasser, die Menschen an den anderen Tischen, das, was sie sagten, als sie schwiegen, die Nacht am Strand. Es hatte etwas mit ihm gemacht.

»Ich brauche noch etwas …«, sagte er, stand auf, stellte den Becher in die Spüle und drehte sich um.

Jens sah ihn nicht an. Sein Gesicht verriet Anspannung, Resignation und auch Trauer. Er stand auf und schob den Stuhl an den Tisch.

»Merle Jansen hatte bis vor Kurzem einen Freund. Sie hat mit ihm Schluss gemacht«, sagte Tammo in einer Art, als wollte er sagen: *Bleib doch noch etwas.*

Jens hielt mitten in der Bewegung inne. »Einen Freund?«

»Ja.«

»Im Bericht der Kollegen aus Kiel steht, sie hatte keinen Freund.«

»Hatte sie ja auch nicht mehr.«

»Schon klar. Aber warum haben die Eltern das nicht erwähnt?«

Tammo zuckte mit den Schultern. »Ihr Vater … Ich bin nicht sicher, warum, aber er sieht so … desillusioniert aus. Ich weiß nicht, warum. Er wollte wohl, dass sie die Praxis übernimmt – aber sie hatte offensichtlich kein Interesse. Es hat ihm nicht gepasst. Ihr eigener Weg statt seiner … Vielleicht gibt es auch noch ganz andere Gründe. Ich glaube, es ist etwas kaputtgegangen … irgendwann an einem Tag im Sommer. Das hat er bis heute nicht verkraftet. Vielleicht irre ich auch, aber die Trauer um seine Tochter ist nicht frisch. Sie ist alt.«

»Hm … das macht ihn aber nicht verdächtig.«

»Nein«, stimmte Tammo ihm zu.

Jens zog den Stuhl wieder vom Tisch weg, setzte sich, schlug seine Beine übereinander und schob den Becher ein Stück weiter in die Tischmitte, um seinen

Ellenbogen auf der Tischkante abstützen zu können. »Was weißt du über den Ex-Freund?«

»Jacob Liebmann, ist vor einer Weile nach England gezogen, arbeitet dort bei einer Beratungsfirma. Frau Jansen meinte, dass sie sehr lange zusammen waren … sieben Jahre, glaube ich. Merle soll die Beziehung beendet haben. Sie hatte offenbar eine andere Vorstellung … Ihre Mutter meinte, sie wollte mehr. Heiraten, Kinder, das ganze Programm.« Tammo ging auf das Fenster zu und sah in den Hinterhof. »Aber da ist noch etwas«, fuhr er fort, ohne sich umzudrehen. »Ich weiß nicht … aber ihr Vater, Dr. Jansen, er … er trägt eine unterdrückte Wut in sich. Latent. Kaum sichtbar.«

Als er sich wieder umdrehte, sah er, dass Jens' Gesichtsmuskeln sich entspannten, während er zuhörte. Ein Lächeln breitete sich langsam auf seinem Gesicht aus. Er wirkte erleichtert. Tammo wusste, warum: Jens war froh, dass er seinen Ledersessel verlassen hatte. Er war auf einer Party gewesen, einkaufen gegangen, nach Stapelfeld gefahren und jetzt sogar nach Kiel. Natürlich ging das nicht. Keine Frage. Es gab keine Alleingänge, niemals. Aber hier ging es aus Jens' Sicht um viel mehr als eine Ermittlung. Es waren nicht drei Fälle, die eventuell miteinander zusammenhingen. Es waren vier. Tammo wusste, dass Jens es so sah.

Er räusperte sich. »Sie wollten wissen, wie lange ihre Tochter noch gelebt hat, nachdem sie verschwunden ist.« Er machte eine Pause und strich sich die Haare hinters Ohr. Er musste dringend zum Friseur. »Ich habe versprochen, dass sie benachrichtigt werden. Vielleicht könnt ihr sie anrufen und es ihnen mitteilen, wenn der endgültige Bericht vorliegt.«

Natürlich hätte er etwas sagen können, gestern Abend. Zumindest eine Schätzung abgeben können. Aber er hatte es nicht gewollt.

»Was hast du eigentlich als Grund angegeben, warum du sie besuchst?«

Tammo überlegte. »Dass ich mich gern mit ihnen unterhalten würde, um ein Bild von ihrer Tochter zu bekommen.«

»Mehr nicht?«

»Nein. Höchstens noch, dass es manchmal gut ist, wenn jemand von außen einen Blick auf einen Fall wirft. Ich habe gesagt, ich war eine Weile … woanders.«

Er spürte ein zunehmendes Hungergefühl.

Jens nickte. »Sag mal, was war das eigentlich für eine Party, auf der du warst?«

»Ach so … die Neue aus dem zweiten Stock hatte eine Einweihungsfeier. Ich wollte eigentlich gar nicht, aber irgendwie … bin ich da reingeraten.«

Jens lachte. »Reingeraten?«

Tammo zog die Schultern hoch. »Ja.«

»Und?«

»Was?«

»Wie ist sie so?«

»Wer?«

»Tammo!«

»Keine Ahnung. Wie soll sie denn sein?«

»Mann, Freund, verlobt, verheiratet?«

Tammo schüttelte den Kopf. »Du wieder. Du hattest doch gerade erst Frauenbesuch.«

»Allerdings.« Jens' Gesichtsausdruck machte unmissverständlich klar, dass es eine einmalige Sache war. Ohne Chance auf Fortsetzung.

»Warum bist du eigentlich nicht im Büro?«

»Ich hatte einen Termin bei Gericht. Ich dachte, ich komm mal vorbei.«

»Ah …«

Tammo überlegte, ob er seinen Dosenöffner eigentlich wieder zurückbekommen hatte. Er öffnete die Schublade neben dem Geschirrspüler. Kochlöffel, lose Gummibänder, Bratenwender, alles, nur kein Dosenöffner. Sein Blick blieb an einer großen, schwarzen Schere hängen, von der er nicht sagen konnte, ob er sie schon einmal gesehen hatte. Er schob die Schublade wieder zu. »Wie lange dauert es, bis aus einer Kastanie ein Baum wächst, wenn man sie in die Erde setzt?«

»Hm? Keine Ahnung. Sicher ein paar Jahre. Wie kommst du darauf?«

»Nur so.« Tammo griff nach einem Glas, das auf der Ablage stand, füllte es mit Leitungswasser und trank es in einem Zug leer. »Was haben die Eltern von Merle Jansen gewollt?«

Jens ließ sich Zeit mit der Antwort. Er wischte mit der Hand über die Tischplatte. »Ihre Tochter hatte einen Verehrer. Ein ehemaliger Kollege. Es war während ihres praktischen Jahres. Er soll sie gestalkt haben. Sie hatte sogar Anzeige erstattet, vor gut einem Jahr. Ich habe mir das angesehen. Nach der Anzeige ist nichts mehr vorgefallen. Er hatte angegeben, verliebt gewesen zu sein.« Jens zuckte mit den Schultern. Tammo fragte sich, ob es sich auf den Umstand bezog, dass jemand so verliebt war, dass er einer Kollegin hinterherrannte, oder auf die Frage, ob es etwas zu bedeuten hatte. »Frau Jansen meinte, das wäre das Einzige, was ihr noch eingefallen sei, und weil damals nichts weiter unternommen wurde, wollte sie noch einmal darauf hinweisen.«

»Wer ist der Mann?«, wollte Tammo wissen.

»Ein Peter Buchholz. 45 Jahre alt. Es liegt nichts weiter gegen ihn vor.«

»Hm. Was macht die Suche nach Katinka Kühn? Irgendetwas …«

Jens schüttelte den Kopf. »Keine Spur. Keine Bewegungen auf dem Konto. Keine Anrufe, keine Nachrichten, nichts. Das Handy lässt sich nach wie vor nicht orten. Das Ergebnis der DNA-Analyse liegt allerdings seit heute Morgen vor: Es sind ihre Kopfhörer, die wir gefunden haben.« Er tippte mit den Fingern auf dem Tisch. »Außerdem haben wir uns ihren Rechner mal näher angesehen und ein paar Fotos gefunden, die Fragen aufwerfen.«

Tammo ging zurück zum Tisch und setzte sich gegenüber auf den freien Stuhl am Fenster. »Ihr habt den Rechner mitgenommen? Warum?«

»Sarah hatte im Suchverlauf ein paar interessante Eingaben entdeckt. Tja, von K wie Kündigungsfrist bis S wie Scheidung ist alles dabei. Er wird gerade noch mal unter die Lupe genommen, nach gelöschten Dateien und so weiter.« Er machte eine Pause. »An Suizid glaube ich nicht. Warum sollte sie sich frühmorgens Laufsachen anziehen und joggen gehen? Sie hätte ja auch warten können, bis ihr Mann weg ist, und dann in den Wald oder was weiß ich wohin gehen können, wenn sie vorhatte sich umzubringen … Ohne Laufsachen. Und warum sind die Kopfhörer kaputt? Nimmt man Musik mit zum Sterben?«

»Was habt ihr denn bisher auf dem Rechner gefunden?«, fragte Tammo.

»Interessante Fotos von ihrem Mann«, sagte Jens.

»Sie sind verheiratet. Warum soll sie keine Bilder ihres Mannes haben?« Tammo strich sich erneut ein paar Haarsträhnen, die ihn störten, aus dem Gesicht und klemmte sie hinters Ohr. Morgen früh würde er zum Friseur gehen. Oder sie selbst abschneiden.

»Schon klar, aber das waren keine Urlaubsfotos oder so. Moritz Kühn weiß vermutlich nicht einmal, dass sie existieren«, erklärte Jens. »Sie wurden offenbar heimlich gemacht. Mit einem Handy. Ziemlich schlechte Qualität.«

»Was zeigen sie?«

»Moritz Kühn zusammen mit einem anderen Mann in einem Restaurant oder einer Bar. Sie scheinen sich gut zu kennen. Sieht so aus, als hätten sie Spaß.«

»Soll vorkommen«, meinte Tammo.

»Die Frage ist, warum Frau Kühn heimlich Fotos von ihrem Mann macht.«

»Wenn sie es denn selbst war.«

»Ja«, stimmte Jens ihm zu. »Wir müssen rauskriegen, wer der Mann ist. Vielleicht bringt uns das weiter. Aber da ist noch etwas …«

»Was?«

»Ein paar Mails. Eine E-Mail von einem Mann, der ihr schreibt, er würde *es* tun. Leider schreibt er nicht, was er tun würde und wie er heißt, außer Ingo. Wir haben keine Mail von Katinka Kühn an diese Adresse finden können. Es wird gerade überprüft, ob sie sie eventuell von ihrem Büro aus gesendet hat. Der Papierkorb war leer. Unter *Gesendet* findet man auch nichts. Entweder sie leert das täglich, was ich mir kaum vorstellen kann, oder jemand anders war an ihrem Rechner. Wobei mir da aktuell nur einer einfällt. Ich bin gespannt, was unsere Technik-Freaks noch finden. Wir haben diesen Ingo jedenfalls angeschrieben und hoffen auf eine rasche Antwort, was genau er denn nun tun möchte. Mir wäre eine Telefonnummer oder gleich die komplette Adresse lieber gewesen. Kann man nur hoffen, dass er regelmäßig seine Mails checkt. Interessanterweise kam diese Mail übrigens an dem Montag, an dem ihr Mann auf Klassenreise fuhr und sie zum letzten Mal gesehen haben will.« Jens sah ihn mit hochgezogenen Augenbrauen an.

Er würde es tun. Es. Tammo spürte eine Neugierde wachsen, sich in ihm ausbreiten, von der er vergessen hatte, wie sie sich anfühlte.

»Außerdem gibt es noch Schriftverkehr mit einer Anwaltskanzlei, die sie in einem Prozess vertritt. Sie und das Büro, für das sie arbeitet. Es geht um den Bau eines größeren Gebäudes, an dem sie maßgeblich mitgewirkt hat. Und das offenbar nicht zur Zufriedenheit der Auftraggeber. Die Anklage lautet auf arglistige Täuschung. Wenn das durchgeht, kann sie ihre Karriere wohl an den Nagel hängen. Das zum Thema: Es hätte zwar in letzter Zeit Ärger gegeben, aber das sei nicht weiter wild gewesen!«

»Was ist das Problem?«, hakte Tammo nach und dachte parallel darüber nach, was er essen könnte. Er hatte inzwischen einen ausgeprägten Hunger.

»Das Problem ist, dass das Gebäude solche Mängel aufweist, dass es zu Nachbesserungen in einem Ausmaß kommen wird, für das man im Grunde auch gleich neu bauen könnte. Es geht um Grundwasser, Feuchtigkeit, fehlende Dichtungen, frag mich nicht. Da hat wohl jemand gepennt, würde ich sagen. Es stehen mehrere Millionen zur Debatte. Das könnte für das schicke Architekten-Büro in der Hafencity teuer werden. Oder zumindest für deren Versicherung.«

»Ich muss was essen«, murmelte Tammo, ging zum Kühlschrank und öffnete die Tür. Dann schloss er sie wieder. »Wem nützt es, wenn Frau Kühn verschwindet?«

Jens zuckte mit den Schultern. »Gute Frage. Sie ist Zeugin. Wenn sie vor Gericht nicht aussagen kann … ihrem Chef? Ich weiß es nicht.«

»Habt ihr schon mit ihm gesprochen?«

»Er ist auf einer Geschäftsreise im Ausland. Japan.«

»Seit wann?«

»Seit vier Tagen. Morgen soll er wieder im Büro sein. Warum warst du in Kiel?«, fragte Jens.

»Ich denke, die Tote führt zu der Vermissten.«

»Du glaubst also an einen Zusammenhang.« Jens sah ihn nachdenklich an. »Und Sabine Wendlich? Was verbindet die drei Frauen? Außer dass sie sich ähnlich sehen?« Der Wunsch nach einer Erkenntnis, die es nicht gab, war deutlich zu hören.

»Vielleicht nichts.« Er öffnete den Kühlschrank erneut und nahm sich einen Joghurt. Zumindest ein Anfang. »Du auch?«

Jens schüttelte den Kopf. »Wir brauchen etwas, um Moritz Kühn festnehmen zu können.«

Als der Joghurt leer war, warf er den Becher in den Eimer für Plastikmüll und legte den Löffel in das Spülbecken.

Du stehst direkt vor dem Geschirrspüler, hörte er Lena sagen, *und legst dein Geschirr in die Spüle. So, als hätten wir keinen Geschirrspüler. Aber wir haben einen. Schau mal, hier. Aufmachen, reinpacken, zumachen, fertig.*

Sein Blick wanderte zu dem Farbeimer auf dem Boden.

»Wie findest du Hellblau?«

»Wie?«

»Hellblau. Für die Küche.« Tammo deutete mit dem Kinn an die Wand.

»Ein bisschen … kalt, oder?« Jens sah nicht wirklich begeistert aus, und Tammo versuchte sich daran zu erinnern, wann er das letzte Mal bei ihm in der Küche gesessen hatte. Bier trinkend, auf den unbequemen Holzstühlen, die eigentlich Gartenmöbel waren.

»Willst du eigentlich … hierbleiben?«, fragte Jens zögernd.

»Keine Ahnung.« Er wollte auf alle Fälle und auf keinen Fall. Bleiben und gehen, die Tür abschließen und alles so lassen, wie es ist. Ein neues Leben, irgendwo. Und nie wieder aufstehen, aus seinem Sessel, aus seinen Erinnerungen, die hier wohnten.

»Ich nehme Moritz Kühn einfach nicht ab, dass es ihn überhaupt nicht interessiert hat, dass seine Frau in der Woche, als er auf Klassenfahrt war, nicht zu erreichen war. Ich tippe, er weiß, wo sie ist. Warum ist er sonst so gefühlsneutral?«, dachte Jens laut.

»Wenn er es wirklich weiß, wäre es nicht schlauer, dass er uns gerade dann mehr Gefühle vorspielt?«, fragte Tammo.

»Wer sagt denn, dass er schlau ist?«, wollte Jens wissen.

»Hm … Fürs Abi und ein Studium hat es ja offensichtlich gereicht.«

»Was nichts zu sagen hat«, entgegnete Jens.

»Stimmt.« Tammo nickte nachdenklich.

»Es sind 192 Kilometer. Eine Strecke. Zwei Stunden und 23 Minuten, sagt das Navi. Nachts sicher etwas weniger. Er kann also, nachdem sich alle hingelegt haben, ins Auto gestiegen sein …«

»Welches Auto?«, unterbrach Tammo ihn. »Er ist mit seiner Klasse in einem Reisebus an die Nordsee gefahren. Steht in den Unterlagen.«

Jens nickte, schob seine Unterlippe vor, stand auf, verschränkte die Arme, ging zum Fenster, wieder zurück. »Ein Mietwagen? Oder das seines Komplizen?«

»Der Mann auf dem Foto?«

Jens zuckte mit den Schultern. »Zu einfach für meinen Geschmack. Das hieße ja, Katinka Kühn wusste eventuell von den Plänen … oder hat etwas geahnt?«

»Und ist untergetaucht?«

Er schüttelte den Kopf. »Sie hatte diesen Abgabetermin, der ihr wichtig war …«

Ping-Pong. So war es immer gewesen, dachte Tammo. Wie bei einem Tischtennis-Spiel. Sie ergänzten sich so gut, dass sie oft vergaßen, dass noch mehr Leute am Tisch saßen während der gemeinsamen Konferenzen und Meetings. Sarah und die anderen hatten sie regelmäßig mit genervtem Unterton darauf aufmerksam gemacht, wenn sie wieder mal nicht zu Wort kamen.

Und er fing an, es zu vermissen. Jetzt, wo sie sich wieder die Bälle zuwarfen. Wenn auch nur kleine. Und längst nicht mehr in dem Tempo, das sie früher hatten.

»Was auch immer Moritz Kühn hat, keine Ahnung … Ich weiß nicht, was es ist, aber irgendetwas stimmt mit ihm nicht.«

»Du magst ihn nicht. Das ist es, was nicht mit ihm stimmt.« Tammo sah Jens so an, wie er es immer tat, wenn er wusste, was mit ihm los war.

»Ja. Aber davon mal abgesehen, frage ich mich, wie man so auffällig unauffällig sein kann? Warum gibt er sich denn nicht wenigstens etwas Mühe, darüber irritiert zu sein, dass sie verschwunden ist. Ich erwarte ja keine komplette Verzweiflung, aber irgendeine Reaktion.«

»Wie schätzt du meine Reaktion auf Lenas Verschwinden ein?«

»Bitte?« Jens machte seinen Rücken gerade und sah ihn verdutzt an.

»Habe ich angemessen reagiert?«

»Meinst du das jetzt ernst?« Jens schob seine Brille ein Stück hoch und verschränkte die Arme.

Er macht zu, dachte Tammo. *Abwehrhaltung. Schutz. Rückzug. Stirn in Falten gelegt. Skepsis.*

»Hätte ich emotionaler reagieren müssen?«

»Du kannst Fragen stellen!«

»Und?«

»Das kann man doch nicht vergleichen. Lena ist ausgezogen, nicht verschwunden. Dir ging es schon vor ihrem Auszug … nicht gut.«

»Sie hat ihre Sachen genommen, ohne etwas zu sagen, und ist gegangen. Ich hätte aufstehen und versuchen müssen, sie zum Bleiben zu überreden. Eine Reaktion, irgendeine. Aber ich habe in dem Sessel gesessen und aus dem Fenster gesehen.« Tammo drehte seinen Kopf und sah raus. Es war beinahe dunkel. Ein anderes Fenster, aber das gleiche Gefühl. Wegsehen.

»Du konntest nicht mehr.«

Tammo nickte.

»Hat sie sich denn mal gemeldet?«

»Hm?«

»Lena.«

Tammo schüttelte den Kopf.

»Und du?«

Er sah auf den Boden, dann wieder zu Jens. »Wenn du wirklich davon ausgehst, dass Moritz Kühn etwas mit dem Verschwinden seiner Frau zu tun hat, gehst du aber nicht mehr von einem Zusammenhang mit den anderen Fällen aus«, schlussfolgerte er.

Jens schlug die Beine übereinander. Die Bewegung war wie ein Punkt hinter dem, was unausgesprochen zwischen ihnen stand. »Ich spiele alles durch«, erklärte er.

»Hm.« Tammo beugte sich vor, öffnete den Gefrierschrank unterhalb des Kühlschranks und zog eine Fertigpizza raus. Salami. Er sah die gefrorene Packung einen Moment an, dann packte er sie zurück, drückte die vereiste Schublade wieder rein und schloss die Tür. »Wer kennt sie besser als ihr Mann?«, fragte er, nachdem er wieder aufrecht stand.

»Sie hat laut Aussage ihres Mannes mehrere Freundinnen. Mit zweien ist sie besonders eng. Beide wohnen in Hamburg. Die eine kennt sie wohl schon seit der Grundschule, die andere aus dem Studium. Sie fliegen regelmäßig einmal im Jahr zu dritt in den Urlaub. Katinka Kühn hätte aber in letzter Zeit überdurchschnittlich viel gearbeitet und sie sehr wenig getroffen, sagt ihr Mann. Wenn sie Zeit hatte, war sie vor allem bei ihrer Mutter. Sie lebt in einem Pflegeheim. Vor ein paar Monaten hatte sie einen Schlaganfall und ist eine Treppe runtergestürzt. Sie ist seitdem einseitig gelähmt.

Seit ein paar Jahren leidet sie außerdem auch noch an Demenz. Seit dem Unfall kann sie sich jedenfalls nicht mehr selbst versorgen.«

»Wo hat sie vorher gelebt?«

»Das Elternhaus? Ich glaube, Alsterdorf.«

»Haus oder Wohnung?«

»Ähm … Haus.«

»Steht es leer?«

»Keine Ahnung. Vermutlich. Der Vater ist schon vor einigen Jahren gestorben. Ist also anzunehmen.«

»Pflege ist teuer. Vielleicht steht es zum Verkauf.«

»Ich frag mal nach. Warum willst du das wissen?«

»Eventuell verraten die Räume, in denen sie aufgewachsen ist, mehr über Katinka Kühn.« Er sah an die Wand über dem Tisch und betrachtete den Kreis, den die Uhr hinterlassen hatte. Tellergroß.

Er dachte an das Elternhaus von Merle Jansen. »Merle Jansen war Kick-Boxerin. Eine sehr gute, sagen ihre Eltern. In ihrem alten Zimmer stehen noch ein paar Preise. Sie hat ziemlich früh damit angefangen. Einmal hat sie aus Spaß ihren Vater umgelegt. Draußen im Garten, als sie noch kleiner war.« Er sah auf seine Hände. Blaue Adern quollen auf dem Handrücken unter der blassen Haut hervor und ließen seine Hände alt aussehen. Älter, als er sie in Erinnerung hatte. »Warum hat sie sich nicht gewehrt? Bernd schreibt nichts von Hautverletzungen an den Handgelenken. Auch sonst nicht. Was hat er also gemacht, um sie festzuhalten? Oder ist sie freiwillig bei ihm gewesen?«

Jens' Telefon klingelte. Er zog es aus der Hosentasche, wischte mit dem Finger darüber und hielt es sich ans Ohr. »Ja?«

Tammo hörte eine dunkle, männliche Stimme, aber nicht, was sie sagte. Der Hunger nervte ihn. Er hatte weder Lust etwas zu kochen noch rauszugehen.

»Dann leg mir das auf den Tisch, ich bin auf dem Rückweg … 20 Minuten … ja. Ich schaue mir das gleich an … Danke.« Er behielt das Handy in der Hand und stand auf. »Ich muss«, erklärte er und griff nach seiner Jacke, die er über die Lehne des alten Holzstuhles gelegt hatte. »Sarah und ich wollen morgen noch mal mit Moritz Kühn sprechen. Ich bin gespannt, wie er auf die Fotos reagiert, die wir gefunden haben.« Jens hielt kurz in der Bewegung inne. »Oder … willst du?«

Tammo lächelte ihn flüchtig an. Er ließ einfach nicht locker. »Ich muss was essen.«

»Alles klar. Das klingt nach einem Plan. Melde dich!«

Sie nahmen sich kurz in den Arm, dann ging Jens. Tammo hörte die Tür zuschlagen.

Er hat mir nicht auf die Schulter geklopft, fiel ihm auf, während er sich umdrehte, den Löffel nahm und ihn in den Geschirrspüler steckte.

»Cool!«, sagte der junge Mann, der kauend neben ihm auf dem schwarzen Frisierstuhl saß. »Krasse Veränderung!«

Tammo hörte nicht hin. Er sah in den Spiegel und versuchte sich zu erkennen.

Seine Haare lagen wild verteilt auf dem gekachelten Boden des türkischen Friseursalons für Männer. Der Bart war auf einen modernen Drei-Tage-Look zurückgestutzt worden. Gesellschaftsfähig, dachte Tammo. Äußerlich.

Der Hunger hatte ihn so lange gedrängt, bis er sich schließlich angezogen und in die Fußgängerzone gegangen war. Asiatisch ging immer, hatte er gedacht und seine Reisnudelsuppe mit Blick aus dem Fenster gegessen. Während er die Menschen beobachtete, die seinen Blickwinkel durchquerten, hatte er an das gedacht, was Jens gesagt hatte. Ein Motiv finden, einen Grund, um Moritz Kühn festzunehmen. Und daran, dass Sarah und er morgen zu ihm fahren wollten. Seine Reaktion, die in seinen Augen, seinem Gesicht, an seinen Händen zu erkennen war, wenn sie ihm die Fotos vorlegen würden. *Gefühlsneutral*, hatte Jens gesagt. Auch dann noch? Natürlich hing es von der wahren Bedeutung der Bilder ab. Es konnte irgendein alter Schulfreund sein. Ein Kollege. Irgendeine unbedeutende Person. Oder auch nicht.

Jens hatte die Strecke von der Jugendherberge zurück nach Hamburg und wieder nach St. Peter-Ording ausgerechnet. Jede Eventualität berücksichtigt. Er hatte das Tempo, an das sich Moritz Kühn strikt gehalten haben musste, da er die Gefahr, geblitzt zu werden, nicht riskieren durfte, mit einbezogen. Vermutlich hatte er bereits die Kollegen nach den Bildern aus den betreffenden Nächten gefragt. Alle Tankstellen anrufen lassen.

Jens war gut in so etwas. Er suchte nach Spuren, die der mögliche Täter hinterlassen hatte. Fehler, die er gemacht hatte. Fakten. Er setzte Indizien wie Puzzleteile zusammensetzen, bis er das Motiv erkennen konnte. Er gab nicht auf, bis das Bild ganz war.

Tammo suchte nach etwas anderem. Etwas, das man nicht greifen konnte. Nur sehen.

Er erinnerte sich an Abende, an denen er nach dem Dienst auf dem Sofa gelegen hatte. Die Augen geschlossen. Hellwach.

Lena hatte sich erst daran gewöhnen müssen, dass sie mit jemandem sprach, der aussah, als würde er schlafen. Es waren die Momente, in denen kein Bild mehr hineinpasste. In denen er das Fenster zu seinem Gehirn verschließen musste, zumindest das eine. Weil es nichts mehr verarbeiten konnte.

Auf dem Rückweg vom Asia-Imbiss nach Hause hatte er sich treiben lassen zwischen all den Menschen, die ein anderes Tempo hatten als er, und war statt geradeaus rechts die Straße entlanggegangen, bis er vor dem kleinen Laden stehen geblieben war.

Drei dunkelhaarige Typen hatten in dem winzigen Laden parallel die Köpfe von drei Männern unterschiedlichen Alters bearbeitetet. Kurz rasierte Seiten, Deckhaar länger, so wie es heute schon die Zehnjährigen trugen. Und jeder zweite Fußballer. Auf dem Flachbildschirm liefen türkische Musikvideos. Der Sänger fuhr die ganze Zeit Rolltreppe, mit unterschiedlichen Personen. Mal stehend, mal sitzend. Mal rauf, mal runter. Tammo versuchte ein System zu erkennen, gab aber irgendwann auf.

»Das wird gut«, hatte der Typ gemeint, der von einer aufgerollten Teigtasche, die nach Fett roch, abgebissen hatte. Er hatte auf dem roten Kunstledersofa gesessen, gewartet und Tammos Skepsis erkannt. Durch den Bart und die langen Haaren hindurch. Offenbar war das hier sein Stammfriseur. Oder er gehörte zum Inventar. »Nur 10 Euro!«

»Deshalb ja«, hatte Tammo gemurmelt, sich umgedreht und war schon dabei gewesen zu gehen, als ein Platz frei wurde.

Nachdem der Mann, von dem Tammo sich die ganze Zeit gefragt hatte, ob er wirklich Friseur war, nun gesagt hatte, er sei fertig, blieb er sitzen und suchte sich im Spiegel. Er fragte sich, ob es etwas gab, in seinem Gesicht, das sich geändert hatte. Bleibend. Der Bart war weg. Die strähnigen Haare in einer rekordverdächtigen Zeit zu einer Kurzhaarfrisur zurechtgeschnitten.

Aber immer noch so lang, dass man die Audioprozessoren hinter den Ohren nicht auf den ersten Blick erkannte.

Während er sich ansah, suchte er in seinem Gesicht nach etwas, an dem man das, was passiert war, konkret festmachen konnte. Eine Falte, etwas in seinem Blick, die Art, wie er guckte. Etwas, das sich all die Monate hinter seinem viel zu langen Bart versteckt hatte. Er konnte doch nicht so sein, so aussehen wie vor dem Unfall. Es musste doch etwas geben. Spuren.

Tammo stand langsam auf und sah dem Friseur zu, wie er einen Besen nahm und seine Haare um den Stuhl herumfegte, zu einem Haufen türmte und diesen in eine Ecke schob. Dann stellte er den Besen davor und forderte den nächsten Kunden, der wartete, auf, sich auf den freien Platz zu setzen.

Tammo bezahlte, verabschiedete sich knapp und verließ den Laden mit dem Gefühl, etwas vergessen zu haben.

22.

Katinka starrte auf das Foto ihrer Mutter. Das blasse Gesicht auf dem weißen Kissenbezug sah leblos aus. Sie lag auf dem Rücken, die Augen geschlossen, der Mund leicht geöffnet. Die schulterlangen Haare rechts und links neben ihrem Kopf waren dünn und grau, kraftlos.

Das Bild war im Halbdunkeln aufgenommen worden.

Sie sieht aus, als wäre sie tot, dachte Katinka erschrocken, während sie ihre Mutter betrachtete. Eine alte Frau, die sich von allem, was sie liebte, hatte trennen müssen. Von ihrem Mann, der einfach nicht mehr aufgewacht war an diesem kalten, klaren Tag kurz vor Weihnachten, ihrem viel zu großen Haus, dem Garten, den Erinnerungen, den Spuren ihres Lebens.

Ein altes, völlig vergessenes Gefühl, ein Herzschmerz aus ihrer Kindheit schlich sich aus der Erinnerung in die Gegenwart. Heimweh. Diese tiefe Sehnsucht nach Zuhause, nach ihrer Mutter. *Sie ist nicht tot*, versuchte Katinka sich selbst zu beruhigen. *Sie ist nicht tot. Sie schläft.*

Sie wischte eine Träne mit dem Handrücken weg und sah weiter auf das Bild, zwang sich, ihn nicht anzusehen.

»Was hat meine Mutter mit … mit dem hier zu tun?«, wollte sie schreien, doch ihre Stimme war so leise, dass man sie kaum hörte.

Er wollte diese Frage nicht hören. Nervös zog er das Handy zurück und trat ein Stück zur Seite.

»Ich …« Er unterbrach sich, tippte offenbar etwas auf dem Handy und hielt es ihr erneut unter ihren gesenkten Kopf.

Katinka versuchte zu erfassen, was sie sah. Ein geöffneter weißer Schrank mit Medikamenten.

»Ich kann ihre Medikamentierung steuern. Hier … Ich muss nur die Anzahl der Tabletten ändern … oder das Medikament. Ich habe den Schlüssel für alle Mittel.« Sein dicker Zeigefinger schob sich in ihr Sichtfeld. Er zeigte auf ein weiteres Bild. Ein Plastikbehälter mit kleinen Fächern auf denen *morgens*, *mittags* und *abends* stand, war jetzt zu sehen. »Dann würde es sehr schnell gehen«, hörte sie ihn sagen.

Dann würde es sehr schnell gehen, dachte Katinka und spürte, wie ein Zittern von ihren Händen ausging und langsam die Arme hochkroch, während ihre Atmung stärker wurde. Er arbeitet in dem Pflegeheim, er kann jederzeit zu ihr!

»Ich will nur, dass du das weißt. Dass ich schneller bin als du. Falls du versuchst, abzuhauen.«

»Was wollen Sie denn nur von mir?!«, platzte es aus ihr heraus. Diesmal lauter. Sie musste sich zusammenreißen ihn nicht anzusehen. Ihren Kopf nicht zu heben. »Ich verstehe das nicht«, schob sie verzweifelt hinterher. Es war die Angst um ihre Mutter, die Angst, hier wieder eingesperrt zu werden, die Angst, er würde gleich wieder gehen. Ohne eine Antwort. Ohne Zeit, ohne etwas, woran sie sich hätte festhalten können. Allein mit zu vielen Fragen.

Sie spürte, wie sich ihr Brustkorb hob und senkte, sie zu schnell ein- und ausatmete, eine Wut in ihr wuchs, die ihr noch mehr Angst machte als der Mann, der vor ihr stand und sie ansah.

»Warum bin ich denn hier, verdammt noch mal?«, schrie sie und fasste sich mit den Händen rechts und links an den Kopf, rieb über ihre Stirn, strich die wirren Haare zurück. »Was wollen Sie denn von mir? Sagen Sie es doch! Oder ... ist es ... jemand anders? Hat es etwas mit der Bestechung zu tun? Hat Ihnen jemand gesagt, dass Sie mich hier einsperren sollen? Machen Sie doch den Mund auf! Was soll ich denn tun – wenn ich hier eingesperrt ...«

Es ging so schnell, dass sie sich später nicht mehr daran erinnern konnte, was zuerst war: sein Arm, der sie packte, die Hand, die nach Fett roch, sich wie ein breites Band über ihren Mund legte, oder der Sturz. Sie hatte um sich geschlagen, bis ihre Arme sich taub angefühlt hatten. Bis sie nicht mehr konnte. Dann hatte er sie losgelassen, war aufgestanden von dem kalten

Boden, auf den sie gefallen waren, hatte kurz gewartet, als wolle er sich vergewissern, dass alles in Ordnung war.

Aber es war nicht in Ordnung, nichts.

Der Mann schien außer Atem. Sie hörte ihn, während sie mit der Stirn auf dem Boden lag, die Hände über ihren Kopf gelegt. »Bitte!«, flehte sie. »Ich muss wissen, was Sie von mir wollen. Sonst weiß ich doch nicht, was ich tun soll!«

Der Mann schwieg. Katinka war sich nicht sicher, warum. Wusste er selbst nicht, warum er sie entführt hatte? Das konnte nicht sein. Es musste einen Grund geben für das hier.

»Du musst hierbleiben«, wiederholte er. »Mehr nicht.«

Mehr nicht, klang es in ihr nach. Das war absurd. Panik stieg in ihr auf. Mehr nicht? Das war alles, was sie hatte. Es war ihr Leben. Mehr nicht. Nur ihr Leben. Sie versuchte die Bilder in ihrem Kopf zu sortieren, ihre Gedanken zu beruhigen.

Ruhig bleiben. Du musst ruhig bleiben.

»Ich … ich verstehe es nicht«, sagte sie jetzt wieder etwas leiser. So, als redete sie mit sich selbst, mit dem kalten Boden. Die Verzweiflung nahm zu wie steigendes Fieber. Langsam kam sie hoch, ohne den Blick vom Fußboden zu nehmen, kroch zur Seite, setzte sich aufs Bett.

»Sie … Sie könnten mich doch einfach wieder in den Wald bringen oder … irgendwohin. Ich weiß doch nicht, wie Sie aussehen und …« Sie sah sich um, ohne ihn mit ihrem Blick zu streifen. »Ich weiß nicht, wo ich bin, wo wir hier sind. Das … das habe ich ja nicht mitbekommen. Also müssen Sie auch keine Angst haben, dass die Polizei Sie findet. Bitte! Bringen Sie mich doch einfach zurück, irgendwohin. Ganz egal. Und dann jogge ich nach Hause. Und … und sage, dass ich mich nicht erinnern kann, wo ich war. Das stimmt ja auch. Ich weiß es ja nicht. Das passiert manchmal. Amnesie … so etwas gibt es! Ich sage einfach, ich bin gefallen und war bewusstlos, und dann … dann passiert nichts …«

»Nein!«, unterbrach er sie in einem Ton, der klarmachte, dass es keine andere Möglichkeit gab als die von ihm geforderte. Keinen anderen Weg.

Katinka zuckte zusammen. »Du musst bleiben! Sonst geht es nicht!« Seine Stimme hatte sich verändert. Seine Unsicherheit war einer Sicherheit gewichen, die ihr Angst machte. Er hatte einen Plan, und sie war ein Teil davon. Sie musste nur noch verstehen, was für ein Plan das war.

Das Schild im Nacken kratzte, die Luft war stickig. Sie wollte hier raus. Einfach nur raus. Alles vergessen, was passiert war.

Katinka legte ihre Handflächen aneinander. »Ich muss hier raus. Bitte! Ich halte es nicht mehr aus. Nur für einen Moment. Ich laufe nicht weg!«, flehte sie und sah auf seine großen Hände, die das schwarze Handy fest umschlossen. »Ich liebe meine Mutter. Das würde ich niemals riskieren, dass ihr etwas passiert!«

Sie sah, wie seine Schuhe sich umdrehten und sich der Tür näherten.

»Bitte nicht! Bitte, bleiben Sie noch … einen Moment! Ich … Kann ich nicht etwas lesen oder … schreiben. Ein Zeichenblock! Bitte! Ich werde verrückt hier drin. Ich halte es wirklich nicht mehr aus!«

Er hielt in der Bewegung inne. »Es dauert nicht mehr lange«, sagte er und schloss die Tür auf.

»Wie lange? Bitte! Was … was soll ich denn nur tun, damit Sie mich gehen lassen?«

»Du musst bleiben.«

»Ich kann hier nicht bleiben!« Katinka erschrak, als sie sich hörte. Es war nicht ihre Stimme. Es war die ihres Vaters. Streng, ohne eine Spur von Nachgiebigkeit.

»Doch! Du musst!«, sagte er.

Sein kalter Schweiß lag noch in der Luft, als er die Tür schon hinter sich abgeschlossen hatte.

23.

4:50 Uhr. Tammo legte sein Handy zurück auf den Nachttisch, lehnte sich mit dem Rücken an die kühle Wand und befestigte seine Audioprozessoren.

Er konnte sowieso nicht mehr einschlafen. Seit Stunden versuchte er es, erfolglos, hatte sich von einer Seite auf die andere gedreht, das Kissen weggeschoben, zurückgezogen.

Früher war er oft zu genau dieser Zeit aufgewacht. Meist hatte er sich dann aus dem Zimmer geschlichen, sich, so leise es ging, einen Kaffee gemacht und in seinen Sessel ins Wohnzimmer gesetzt. Oft hatte Lena kurze Zeit später im Nachthemd neben ihm gestanden, ihm über den Kopf gestrichen und gefragt, was es dieses Mal sei, das ihn vom Schlaf abhielt. Als es immer öfter passierte, hatte sie ihm gesagt, er müsse etwas gegen diese Schlafstörung tun. Einen Meditationskurs, Yoga, Joggen, Boxen, irgendetwas. Tammo hatte geantwortet, er habe keine Schlafstörung, sie solle ihm so etwas nicht einreden. Lena war dann zurück ins Bett gegangen, stumm, und hatte Tammo allein in dem dunklen Raum gelassen – mit einem schlechten Gewissen und der Gewissheit, dass sie auch nicht mehr würde schlafen können.

Tammo schob die Decke zurück und stand auf. Er ging durch den dunklen Flur in die Küche, machte das Licht an und drückte auf den Knopf am Heißwasserkocher. Während er den Zeiger der Temperaturanzeige beobachtete, wie er langsam von links unten hochwanderte, und das Geräusch des kochenden Wassers lauter wurde, fiel ihm auf, was er vermisste. Er lief ins Wohnzimmer, machte Licht und ging weiter zum Regal, in dem die Anlage stand.

Die winzige Lampe des On-Knopfes am CD-Player war schwarz, die des Verstärkers auch. Tammo sah auf die Hüllen neben der Anlage, die dort durcheinanderlagen, teilweise geöffnet, die meisten geschlossen. Er bückte sich, um unter dem Regal nach dem Stecker zu suchen.

Das kleine, hellblaue Holzschiff mit dem weißen Stoff-Segel lag auf der Seite. Er zog es raus und pustete den Staub ab. Lenny hatte es zum Geburtstag bekommen. Nicht zu seinem letzten. Es musste einer davor gewesen sein. Lena hatte sich darüber aufgeregt, weil sie nicht verstand, warum ihre Mutter fragte, was Lenny sich wünschte, wenn sie dann doch einfach kaufte, was sie wollte. Natürlich war das Schiffchen niedlich. Darum ging es doch gar nicht, hatte sie gesagt.

Lenny hatte es nicht interessiert, was die Erwachsenen sagten. Er war aus dem Zimmer gegangen und mit seinem Schiff durch die Weiten des endlos langen Flures gesegelt.

Tammo stellte das Schiff auf den Couchtisch, verweilte einen Augenblick, dann drehte er sich wieder um, griff nach dem Stecker und drückte ihn in die Steckdose.

Rubinstein, Chopin, Piano Concert Nr. 2 in f-Moll.

Sein Blick verlor sich hinter der nassen Scheibe, wo der Morgen noch nicht beginnen wollte. Während er der Musik lauschte, die er so lange nicht gehört hatte, machte er das Fenster auf Kipp, hielt die Nase an den Spalt, schloss die Augen und nahm ein paar lange Atemzüge.

Es tat gut.

Das Wasser hatte längst seinen Siedepunkt erreicht, als Tammo zurück in die Küche kam. Er drückte noch einmal auf den Knopf am Wasserkocher, füllte Kaffeepulver in das Gefäß, goss sich einen Kaffee auf und ging zurück ins Wohnzimmer.

Die Akte lag auf dem Couchtisch, neben dem Segelschiff. Er nahm einen großen Schluck, stellte den Becher ab und blätterte in den Unterlagen. Sabine Wendlich, Merle Jansen, Katinka Kühn.

Er las alles noch einmal durch. Vielleicht führte die Tote zu der Vermissten. Vielleicht war der Weg jedoch zu lang. Sollte sie noch leben, musste er nach einer Abkürzung suchen. Er stand auf, ging ins Schlafzimmer und kam mit seinem Handy, dem schwarzen Notizbuch und dem Fineliner aus seiner Manteltasche zurück.

Den Stift in der Hand, das geöffnete Notizbuch auf seinem Schoß, sah er aus dem Fenster. Dann fing er an zu zeichnen.

Als das letzte Stück auf der CD ausklang, legte er den Stift beiseite, hob den Blick, bemerkte den beginnenden Morgen draußen und sah wieder auf das Blatt vor sich.

Eine Kastanie, aus deren aufgebrochener Schale sich ein Spross kämpfte. Senkrecht wie der Baum, der er werden würde.

Er stand auf und ging duschen.

Die Straßen waren voller, als er vermutet hatte. Und das, obwohl er gegen den Strom fuhr, stadtauswärts. Der Routenplaner hatte neunzehn Kilometer angezeigt, einundvierzig Minuten. Völliger Blödsinn. Er war mindestens schon eine Stunde unterwegs. Zumindest fühlte es sich so an.

Kurz bevor die Stadt endete, bog er rechts von der B75 ab, überquerte noch drei Straßen, bog in eine schmale Einbahnstraße ein und parkte schließlich zwischen großen, alten Bäumen, die keine Blätter mehr hatten.

Das Haus befand sich auf der anderen Straßenseite. Es stand auf einem relativ kleinen Grundstück – im

Vergleich zu der Größe des Gebäudes – hinter einer modernen Zaunanlage, die aus einer akkuraten Steinmauer, einem dunkelgrauen Metalltor und einer ebenso hohen Pforte bestand. Tammo stieg aus und ging langsam auf das Grundstück zu.

Auf einem matten, rechteckigen Metallschild befanden sich ein Klingelknopf und das runde Auge einer Überwachungskamera. Tammo kam sich blöd vor.

Auf dem Weg nach unten, durch sein Treppenhaus, hatte er Jens angerufen und erleichtert festgestellt, dass die Mailbox angesprungen war.

»Ich bin's«, hatte er gesagt, obwohl das völlig klar war. »Lass *mich* mit Moritz Kühn sprechen. Ich möchte ihn sehen, seine Reaktion. Und … vielleicht könntest du mir die Fotos, die ihr auf Katinka Kühns Rechner gefunden habt, aufs Handy schicken.« Bei dem letzten Satz hatte er ein Unwohlsein in der Magengegend gespürt. Es war definitiv zu viel verlangt. Allein die Tatsache, dass er mit ihm sprechen wollte, nein, sprechen *würde*, ohne auf ein Okay seines Chefs und das Eintreffen eines zweiten Kollegen zu warten, so wie es Vorschrift war, brachte das Fass zum Überlaufen. Nach den Fotos zu fragen war einfach nur frech. Aber es war ihm egal.

Jens wollte, dass er ihm half, einer fremden Frau, vielleicht auch sich selbst. Wem auch immer. Aber dann musste er seine Bedingungen akzeptieren.

Es fing an zu nieseln, während Tammo vor der Pforte stand und sich umsah. Auf dem Kopfsteinpflaster, mitten auf der Straße, stand ein Rabe, ein paar Meter entfernt, den Blick auf etwas fokussiert, das offenbar am Bordstein lag, zwischen Tammo und ihm. Hüpfend näherte er sich, Stück für Stück, Tammo beobachtend, der sich nicht bewegte. Er fragte sich, was es war, das der Rabe haben wollte. Was war es wert, sich in Gefahr zu begeben, sich dem Feind zu nähern?

Jetzt stand er direkt vor dem hohen Bordstein, über den Tammo nicht sehen konnte, ließ den Blick von ihm ab, beugte seinen schwarzen Kopf leicht vor, als sich plötzlich das große Tor mit einem Knarren ruckartig in Bewegung setzte. Der Rabe duckte sich, breitete seine Flügel aus und flog mit ein paar kräftigen Flügelschlägen weg. Tammo sah ihm hinterher, wie er sich in einen der riesigen, alten Bäume flüchtete. Laut krähend, als wollte er seinen Unmut zum Ausdruck bringen. So kurz vor dem Ziel!

Tammo ging ein paar Schritte nach rechts, um auf das Grundstück blicken zu können. Seine Haare waren bereits nass. Die kalten Tropfen liefen an seinem Hinterkopf den Nacken entlang und blieben an dem Kragen seines Mantels hängen, den er mit einer Hand am Hals zuhielt.

Jens sah Dinge anders.

Das Haus fiel auf. Nicht, weil es an die Architektur der Bauhauszeit erinnerte, sondern weil es das einzige neue, moderne Gebäude zwischen all den anderen Gründerzeitvillen war. Ein weißer Würfel, der sich nicht anpassen wollte. Ein »fetter Klotz«, den ein Großteil der Bevölkerung niemals besitzen würde. Erst recht nicht Grundschullehrer, da gab er seinem Chef recht.

Aber den Mann, der darin lebte und jetzt mit Schlüssel und Tasche zögernd auf ihn zukam, würde er nicht als langweilig beschreiben.

»So ein Typ Mensch, der an dir vorbeigeht, und du kriegst es nicht mit. Ein völlig normales Gesicht irgendwie«, hörte er Jens sagen, während er auf das Grundstück ging und Moritz Kühn betrachtete, der ihn fragend ansah. Tammo sah, wie er ihn einzuordnen versuchte.

Moritz Kühn war das, was man einen Athleten nennt. Trotz seiner dicken Jacke und des Schals, den er sich umgelegt hatte, erkannte man sofort den Sportler. Drahtig, schmal, kein Gramm Fett zu viel. Tammo tippte auf Radsport, vielleicht auch Triathlet. Seine Augen zeigten aber noch eine andere Seite. Er wirkte einfühlsam. Willensstark, aber nicht egoistisch. Eine interessante Mischung.

»Suchen Sie etwas?«, fragte Herr Kühn, als er kurz vor Tammo stehen blieb.

»Ja. Ihre Frau«, erklärte Tammo und sah eine Veränderung in den Augen. Kaum sichtbar. Sie versteckte sich hinter der Überraschung und der Neugierde. Unsicherheit.

Er nahm die Tasche in die andere Hand. »Wer …«

»Mein Name ist Tammo Berg, Kriminalpolizei.« Er streckte ihm seine Hand entgegen, die Moritz Kühn umfasste. Weiche, warme Haut, dachte Tammo und sagte: »Meine Kollegin Sarah Lorenz und meinen Chef Jens Reuter haben Sie ja bereits kennengelernt. Es gibt ein paar Dinge, über die ich gern mit Ihnen sprechen würde.«

»Jetzt?«

»Ja.«

»Entschuldigung, aber … könnten Sie mir vielleicht kurz Ihren Dienstausweis zeigen? Nicht falsch verstehen, aber ich …«, entschuldigte sich Herr Kühn, während er sich unauffällig umsah. So, als wolle er überprüfen, ob sie jemand beobachtete. Tammo hielt ihm seinen Dienstausweis entgegen. Erleichtert hatte er heute Morgen festgestellt, dass er in der Schreibtischschublade gelegen hatte. Sicher war er sich nicht gewesen, wo er ihn hingelegt hatte, nach all den Monaten.

»Haben Sie sie … gefunden?«, fragte Herr Kühn und Tammo hatte in diesem Moment eine Ahnung zu wissen, was Jens gemeint hatte, als er »gefühlsneutral« gesagt hatte. Die Frage klang wie die nach dem Wetter. Und das, obwohl Tammo sich ganz sicher war, dass er etwas Sensibles in dem Gesicht sah – latent. So, als müsste Kühn es zurückhalten.

»Nein«, antwortete Tammo und spürte eine leichte Unruhe. Es war die uralte Angst, erwischt zu werden, die er als kleines Kind gehabt hatte, wenn er etwas Verbotenes getan hatte. Was nicht oft vorgekommen war.

»Es sind … im Laufe der Ermittlungen Fragen entstanden«, sprach er schnell weiter, um sich selbst abzulenken. Und Moritz Kühn, der mit der freien Hand seinen Ärmel etwas hochschob, auf seine Apple Watch sah und erklärte: »Ich muss los. Es wäre gut, wenn Sie sich vielleicht nächstes Mal anmelden würden, dann habe ich auch Zeit. Es tut mir leid, aber mein Unterricht beginnt gleich.« Seine Stimme war freundlich, aber fest und bestimmt. Tammo wusste jetzt, dass er bei seinen Schülern nichts durchgehen lassen würde. Und bei seiner Frau?

»Sie gehen zur Arbeit?«

Moritz Kühn sah irritiert aus. Es schien, als würde er die Frage nicht verstehen. Beziehungsweise den Grund der Frage. »Natürlich. Was sollte ich denn sonst tun?«

Tammo machte eine Bewegung, die klarmachte, dass er ihm das nicht sagen könne. »Menschen reagieren sehr unterschiedlich auf das Verschwinden eines Partners. Manche sind introvertiert, verlieren sich in Grübeleien, sind nicht mehr in der Lage zu agieren, verzweifeln, können nicht mehr schlafen …« Er hielt kurz inne. Ein Bild hatte sich zwischen Moritz Kühn und ihn geschoben. Er sah sich selbst auf dem Toilettendeckel sitzen. Ohne die Kraft aufzustehen.

»Ja?«, hörte er Moritz Kühn sagen, den er jetzt wieder vor sich stehen sah.

»Ähm … ja. Und andere«, sprach er weiter, »reagieren völlig anders, extrovertiert. Sie sind unruhig, können nicht aufhören, nach ihrer Frau oder ihrem Mann zu suchen, rufen ständig bei uns an, machen uns Vorwürfe, dass wir keine neuen Erkenntnisse haben. Da gibt es eine ganze Bandbreite an Emotionen.«

»Aha.«

»Aber es ist sehr selten, dass jemand gar nicht reagiert.« Tammo wartete. Er sah Moritz Kühn an, der seinem Blick standhielt.

»Dann bin ich wohl die Ausnahme. Entschuldigen Sie mich bitte. Ich muss wirklich los …«

Tammo nickte.

»Ich warte auf Sie.«

Moritz Kühn sah ihn verwundert an. »Hier?«, fragte er ungläubig.

Tammo zuckte mit den Schultern, drehte sich um und zeigte auf seinen Wagen, der auf der anderen Straßenseite stand, und von dem man nur einen Teil des Hecks sah. »Ja.«

»Okay. Meinetwegen«, sagte Kühn zögernd, ging ein paar Schritte in Richtung der Garage, die direkt an sein Haus grenzte, blieb stehen und drehte sich noch einmal um. »Ich habe um zwölf Uhr Schluss. Heute ist keine Konferenz, ich bin also gegen zwanzig nach zwölf, spätestens halb eins zurück, schätze ich.«

»Gut«, sagte Tammo und ging zurück zu seinem Wagen.

Es hat ihn nicht interessiert, was für Fragen ich habe, dachte er, als er durch die nasse Frontscheibe beobachtete, wie Moritz Kühn in seinem schwarzen Geländewagen durch die Toreinfahrt fuhr, auf die Straße abbog und langsam verschwand. Es hatte aufgehört zu nieseln. Tammo kurbelte das Seitenfenster ein Stück runter.

Er fragte sich, warum Moritz Kühn so distanziert wirkte. Seine Frau war verschwunden. Nicht sein Autoschlüssel. Wobei ihn das vermutlich nervöser gemacht hätte. Er war nicht gefühlskalt, keinesfalls. Er war desinteressiert. Die Frage war: Warum?

Ein flüchtiger Blick auf das sich gerade wieder schließende Tor riss ihn aus seinen Gedanken. Er wartete zwei vorbeifahrende Autos ab, stieg schnell aus, lief über die Straße und betrat das Grundstück in letzter Sekunde, bevor sich das Tor hinter ihm schloss.

Rechts neben der Garage führte ein schmaler Plattenweg zum hinteren Teil des Grundstückes. Zweige einer Kirschlorbeerhecke, die an der Grenze zum Nachbarn entlangführte, versperrten teilweise den Durchgang. Mit vorgestreckten Händen bahnte Tammo sich den Weg, bis er hinter der Garage stand und freien Blick auf den Garten hatte.

Der Eindruck hatte nicht getäuscht. Das Haus nahm einen Großteil des Grundstücks ein.

Auf der rechten Seite befand sich ein kleiner Teich, eingerahmt von langen Ziergräsern, Schilf und Rhododendren. Die Rasenfläche war nicht groß, aber sehr gut gepflegt, wie Tammo fand, ohne davon Ahnung zu haben. Der Rasen kam ihm unnatürlich grün vor. Er sah zur Seite. Eine Terrasse mit Gartenmöbeln, einem Tisch und vier Stühlen, die nicht so aussahen, als hätte schon einmal jemand auf ihnen gesessen. Drei weiße, runde Kugeln in verschiedenen Größen standen in der Ecke. Lampen, tippte Tammo. Er ging ein paar Schritte auf den Rasen zu, drehte sich um und sah sich das Haus an.

Ein modernes Puppenhaus, war das Erste, was er dachte, nachdem er noch ein paar Schritte rückwärtsgegangen war.

Man konnte in jeden Raum sehen. Es gab keine Rückwand mit Fenstern. Es gab nur Fenster ohne Rückwand. Vom Boden bis zum Flachdach, über dem ersten Stock, von links bis rechts, alles Glas. Tammo fragte sich, was so ein Haus kostete. Er kannte sich mit Häusern nicht aus. Aber wenn er an die explodierenden Preise der Wohnungen in seiner Gegend dachte, konnte er es sich ungefähr vorstellen. Rechts und links neben ihm wurde saniert, renoviert, verkauft. Und das zu

Preisen, für die man vor einer Weile noch hatte Häuser kaufen können. Eine Vier-Zimmer-Altbauwohnung war inzwischen kaum noch bezahlbar. Weder zum Kauf noch zur Miete. Hätte er nicht diesen uralten Mietvertrag von seiner uralten Vermieterin, die es nicht interessierte, dass alle anderen im Haus das Doppelte an Miete zahlten, würde er nicht in Ottensen wohnen. Er hatte einfach Glück gehabt. Nein, *sie* hatten Glück gehabt.

Moritz und Katinka Kühn. Eine andere Form von Glück?

Tammo ging direkt auf die Glasscheibe, die den großen Raum im Untergeschoss von ihm trennte, zu. Er legte die Hände wie Scheuklappen rechts und links an die Augen, um besser hineinsehen zu können.

Alles, was er in den ersten paar Sekunden erblickte, hatte er schon einmal gesehen. Woanders. In Restaurants, Zeitschriften. Die Stühle an dem langen Esstisch, die Lampe, den hohen, runden Ledersessel in der Ecke. Wie hieß der Designer noch? Arne Jacobsen? Tammo war sich nicht sicher. Aber er mochte den Stil. Er dachte an seinen eigenen alten Sessel und fragte sich, ob Katinka Kühn manchmal in ihrem gesessen und hier aus dem Fenster geschaut hatte. In den Garten, zum Teich, zu den runden Lampen, wenn es abends dunkel war und sie leuchteten. In den Himmel, wenn die Sonne schien. Ob man drinnen das Gefühl hatte, draußen zu sein? Er stellte sich die Glasfront wie eine lebendige Fototapete vor.

Tammo drehte sich wieder dem Garten zu. Ein Eichhörnchen sprang links von dem Ast eines alten Baumes, der von den Nachbarn herüberragte, auf den Rasen, blieb reglos stehen, schien Tammo zu fixieren, rannte zügig ein, zwei Meter, nahm sich etwas und rannte wieder zurück, über die Hecke auf das andere Grundstück.

Leben gab es nur hier draußen. Obwohl Herbst war, dachte er.

Man hörte Autos, weiter weg. Einen Laubbläser mit aufheulendem Motor, irgendwo in der Nähe. Tammo zog einen der Stühle von dem Gartentisch weg, wischte die wenigen Tropfen von der Sitzfläche und setzte sich.

Er stellte sich Moritz Kühn vor, der sich nicht hatte krankschreiben lassen. Der jetzt vor seiner Klasse stand, die Schüler begrüßte, seine Unterlagen aus der Tasche holte, die er neben sein Pult gestellt hatte, und weitermachte. Als wäre seine Frau noch da.

Dann dachte er an seine eigene Krankmeldung, sein Vermissen. An seine Verzweiflung, seine Starre, in der er gefangen war, an das, was von seinem Leben geblieben war. Und daran, wie sehr es sich unterschied, wie sehr sich ihre beiden Leben unterschieden. Dass es anders war, das Vermissen, weil es andere Gründe hatte. Weil er ein anderer war. Weil es endlos war.

Tammo rieb sich die Augen. Er musste an etwas anderes denken. Er musste Katinka Kühn finden. Er ließ seinen Blick durch den Garten schweifen und fragte sich, was verdächtiger war: eine Verzweiflung vorzutäuschen oder nicht verzweifelt zu sein? Welche Gründe konnte es für das Verhalten von Moritz Kühn geben? Standen die beiden kurz vor der Scheidung? Von wem war das Geld für den Haus-Kredit gekommen? Oder gab es da gar keinen Kredit? War Geld der Grund für ihre Ehe? Und wer war der Mann auf den Fotos von Katinka Kühns Rechner?

Tammo fror. Der wenige Schlaf machte sich bemerkbar. Sein Handy klingelte. Er ließ es klingeln, stand auf, schob den Stuhl wieder unter die Tischplatte und ging.

Die Tür neben dem großen Tor ließ sich öffnen. Tammo trat raus, zog sie hinter sich zu und ging über die Straße zurück zu seinem Wagen.

Als er sich gesetzt hatte, piepte sein Handy einmal kurz. Die Mailbox vermutete er.

Zwölf Uhr – wie lange musste er noch warten? Er zog sein Handy nun doch aus der Jacke und stellte fest, dass er noch viel Zeit hatte. Ein Anruf in Abwesenheit stand auf dem Display. Jens hatte ihm eine Nachricht hinterlassen. Tammo ahnte, was er wollte. Beziehungsweise *nicht* wollte. Er hörte die Mailbox trotzdem ab.

Sarah sei unterwegs. Tammo solle auf sie warten. Und ihn zurückrufen. Und überhaupt.

Tammos Magen knurrte. Die Gegend sah nicht so aus, als gäbe es irgendwo um die Ecke einen Bäcker. Einen mit einem Kaffeeautomaten. Er öffnete die Karte auf seinem Handy und sah sich die Umgebung an. Die nächsten Geschäfte befanden sich schätzungsweise zwei, drei Kilometer entfernt. Ihm kam ein anderer Gedanke. Volksdorf. Nur ein paar Kilometer weiter in die andere Richtung, sicher ein Café und vor allem: ein dichter, schwer zugänglicher Wald. Er startete den Motor.

An der Fensterfront des Cafés war noch ein Platz frei. Tammo bestellte sich zwei Cappucini, ein belegtes Brötchen mit Käse und einen frisch gepressten O-Saft. Es roch nach frischgemahlenem Kaffee. Auf dem Tisch lag die aktuelle Tageszeitung. *Immer noch keine Spur vom Frauenmörder.* Immer noch nicht, dachte er, schob das Blatt beiseite und sah raus, ohne etwas zu sehen.

Katinka Kühn war jetzt zwei Wochen verschwunden. Merle Jansen war drei Wochen vermisst worden, bevor man sie fand. Wenn der Täter wirklich ein Muster verfolgte, lief ihnen die Zeit davon.

Tammo blieb bei dem Gedanken, dann riss er sein Handy aus der Tasche, entsperrte es und wählte Jens Nummer.

Es klingelte nur einmal.

»Endlich!«, hörte er seinen Chef sagen, unterbrach ihn aber sofort.

»Ist Katinka Kühn gesund?«

»Bitte? Woher soll ich das denn wissen?«

»Ich meine, ist sie von irgendwelchen Medikamenten abhängig? Hat ihr Mann etwas gesagt?«

Tammo fiel noch, bevor Jens etwas sagen konnte, auf, wie dumm das war, was er fragte. Moritz Kühn hätte sicher etwas gesagt. Oder doch nicht? Ein Gefühl von Panik hatte ihn überkommen. Es war die Angst, Schuld am Tod eines Menschen zu sein.

»Nicht, dass ich wüsste. Wie kommst du darauf?«

»Merle Jansen war Diabetikerin. Was, wenn Katinka Kühn auch zuckerkrank ist oder irgendetwas braucht, an das sie jetzt nicht kommt?«

Stille. Dann: »Warum sollte ihr Mann uns das verschweigen? Es wäre ja ein Grund …«

»Und Sabine Wendlich? Kannst du dich daran erinnern, dass sie irgendetwas hatte? Ich bin nicht sicher, ob da etwas war …«

»Nein, ich glaube nicht, aber ich kann noch mal in die Akte schauen. Alles okay bei dir?«

Tammo schwieg. Er war mit seinen Gedanken bei dem Täter.

»Wo bist du?«

Stille.

»Tammo!«

»In Volksdorf.«

»Zwei Cappucini?«, fragte die junge Kellnerin, die Tammo auf höchstens siebzehn schätzte. Dunkelbraune Haare bis zum Kinn, rundes, freundliches offenes Gesicht, weiche Kurven. Er spürte eine absurde Erleichterung. Sie passte nicht in das Beuteschema des Täters, wenn es denn ein und derselbe war. Sie sah den anderen Frauen nicht ähnlich – der Toten und der Vermissten. Das Gefühl blieb noch einen Moment, während er ihr zunickte und beobachtete, wie sie die beiden Tassen vor ihm abstellte und wieder zurück zum Tresen ging. Der runde Ausschnitt ihres T-Shirts war zu tief gewesen. Jemand sollte ihr das sagen.

»Was machst du da?«

»Ich frühstücke.«

»Ah … Hast du mit Moritz Kühn gesprochen?«

»Nicht wirklich. Er war auf dem Weg zur Schule.«

Tammo hörte, wie Jens lange ein- und wieder ausatmete.

»Wir haben beide etwas verloren. Aber nichts gemeinsam«, murmelte Tammo gedankenverloren.

»Bitte?«

»Er vermisst sie nicht«, erklärte Tammo, während er beobachtete, dass die Kellnerin mit dem Tablett zurückkam. »Er geht arbeiten. Bleibt nicht zu Hause, lässt sich nicht krankschreiben, wirkt nicht verzweifelt oder suchend. Er liebt sie nicht. Oder nicht mehr.«

Sie stellte den O-Saft und das Käsebrötchen neben die beiden Cappuccino-Tassen und lächelte ihn an.

Dann nahm sie ihr Tablett und ging wieder.

»Wenn der Mörder und der Entführer wirklich die gleiche Person sind und es ihm darum geht, eine Frau bei sich festzuhalten oder was auch immer, dann spricht das gegen Moritz Kühn«, stellte Jens fest.

»Ja«, gab Tammo ihm recht. »Ich meine … ich weiß es nicht … Es war nur ein Gedanke.« Was, wenn seine Intuition, seine Fähigkeit, manche Dinge zu sehen, zu lesen, verloren gegangen war? Irgendwann in den letzten Monaten.

»Ein guter.«

»Ähm … was?«

»Ein guter Gedanke.«

»Hm …«

Tammo nahm die rechte der beiden Porzellantassen und trank einen Schluck und noch einen. Der Porzellanrand war viel dicker als bei seinen Bechern zu Hause, er lag weich an seinen Lippen. Die Menschen hier sahen anders aus als die in Ottensen, stellte er fest und überlegte, woran das lag, während er den letzten Schluck trank.

»Kannst du mir die Fotos von dem Rechner mal zeigen? Die von diesem unbekannten Mann, der sich mit Moritz Kühn getroffen hat«, erklärte er, obwohl völlig klar war, was er meinte.

»Ja, wenn du herkommst.«

Er stellte die leere Tasse wieder ab. »Ich esse jetzt mal was«, erklärte er und erinnerte sich daran, dass er das gestern auch zu Jens gesagt hatte, kurz bevor der gegangen war.

»Okay, mach das.«

Tammo verabschiedete sich und legte auf.

Er könnte mit seinem Dienstausweis in jede Polizeistation gehen, sich kurz ausweisen und an einen Rechner gehen, den Ausweis rechts an der Seite in der Tastatur einschieben und sich anmelden. Er bräuchte nur die Berechtigung für das Aktenzeichen. Dann könnte er alles einsehen. Zumindest so lange, bis es an die Staatsanwaltschaft übergeben wurde. Die Zeugenbefragungen, die Berichte der Kollegen, Laboruntersuchungen, Bernds Obduktionsbericht, Fotos. Keiner würde es wissen.

Bis auf die Person, die ihn berechtigt hätte.

Tammo griff nach dem zweiten Cappuccino und sah aus dem Fenster.

Als auf dem Teller vor ihm nur noch Krümel lagen, wählte er Sarahs Nummer.

»Hey, Tammo!« Sie schien sich zu freuen. Kein Vorwurf, wo er war, als sie am Haus des Ehepaares Kühn angekommen war. Einfach ehrliche Freude. Sarah war so. Schwarz oder weiß, keine Grautöne. Megaschlau und manchmal komisch, zu laut, zu anders. Aber eben ehrlich.

»Hallo, Sarah.«

»Bist du zurück?«

»Hm ...«

»Was macht das Leben mit dir? Muss ich mit ihm schimpfen?«

»Schimpfen bringt nichts. Hab ich schon versucht. Allerdings ... eher mit mir selbst.«

»Ich weiß ...«

Sie sagten nichts.

»Ich brauche deine Hilfe«, durchbrach Tammo die Stille und hatte, noch bevor er es ausgesprochen hatte, das Gefühl, das sei ein Satz, der lange in ihm vergraben gewesen war, ganz tief. Den er lange verdeckt gehalten hatte. Dessen Existenz er geleugnet hatte. In seinem Kopf, in dem so viel lagerte. Jetzt, nach all dieser Zeit sagt er ihn und meinte es doch anders, in einem völlig anderen Zusammenhang.

»Was kann ich für dich tun?«

Tammo spürte ein Unwohlsein. »Ich brauche eine Berechtigung. Für die Aktenzeichen.«

»Du weißt, dass das nicht geht.«

»Jens will, dass ich zurückkomme. Aber ich kann nicht. Noch nicht ... das ... Mir ist es zu viel. Mit allen Kollegen und ... Er war bei mir und hat mir von seiner Vermutung ... der Verbindung zwischen dem Tötungsdelikt und dem Vermisstenfall erzählt, die Ähnlichkeit der beiden Frauen, die du ...«

»Ich weiß.«

Klar wusste sie es. Sie saß mit Jens in einem Büro. Und hin und wieder in einem Bett. Zumindest ging er davon aus, dass es immer noch so war.

»Ich komme in Teufels Küche, wenn Jens das rauskriegt«, hörte er sie sagen. Dann ein paar Schritte, Rascheln, eine Tür, die geschlossen worden war.

»Es ist wichtig. Bitte.«

»Warum?«, fragte sie jetzt mit gedämpfter Stimme.

»Ich will Katinka Kühn finden.«

»Es geht um etwas anderes. Oder?«

»Ich weiß es nicht. Ich kann jedenfalls nicht mehr in meiner Wohnung sitzen und aus dem Fenster starren.«

»Was willst du wissen?«, flüsterte sie.

»Ich möchte die Fotos sehen, die ihr auf dem Rechner gefunden habt.«

»Warum?«, kam es jetzt wieder in beinahe normaler Lautstärke.

Das ist ein Verhör, dachte Tammo und sagte zögernd: »Ich … ich habe ein Gefühl.«

Es war etwas anderes, ein Gefühl zu haben als etwas zu sehen. In dem Gesicht einer Person etwas zu erkennen, worüber sie nicht reden wollte. Auf keinen Fall. So etwas konnte er noch irgendwie begründen. Aber ein Gefühl?

Sarah sagte nichts.

Tammo hatte noch ein As im Ärmel. Eine alte Geschichte. Er wollte die Karte nicht spielen. Es wäre Erpressung. Und es passte nicht zu ihm.

Sie waren damals zusammen auf diesem Einsatz gewesen. Körperverletzung, Erpressung und Raub wurden dem Mann vorgeworfen, nach dem sie seit Wochen bundesweit gefahndet hatten. Sie hätte ihn in ihrem Hausflur gesehen, in Flottbek, hatte die Anruferin ausgesagt, die sein Foto aus den Zeitungen kannte.

Sarah und er waren vor den anderen Kollegen an dem Haus angekommen. Sie hatten nicht warten wollen. Sarah hatte den Hinterhof gesichert, Tammo war vorne rein. Mit gezogener Pistole. Alles war ganz schnell gegangen. Plötzlich ein Geräusch. Der Mann war durch das Fenster im Hochparterre geklettert und rausgesprungen, als Tammo gerade die Stufen zum Keller runtergehen wollte. Er war umgedreht, durch den Hauseingang rausgerannt, rechts um die Ecke durch die Toreinfahrt, nach hinten, wo Sarah gestanden hatte. Die Pistole hatte schlaff in ihrer Hand gehangen und auf den Boden gezeigt, während sie selbst geradeaus auf das Nachbargrundstück geblickt hatte.

»Wo ist er?! Wo ist er hin?«, hatte Tammo geschrien und war ihrem Blick gefolgt, doch Sarah hatte nicht reagiert. Er hatte den kleinen Hinterhof abgesucht. Und den des Nachbargrundstücks. Nichts. Der Mann war weg gewesen.

Als die Kollegen gekommen waren, hatte Tammo ihnen gesagt, es wäre ein Fehlalarm gewesen, sie hätten niemanden gesehen.

Sarah hatte einen Blackout gehabt. Der Mann – das hatte sie ihm abends erzählt, als sie auf dem Kiez ein Bier tranken, nein, mehrere – war auf sie zugerannt und über den Zaun gesprungen. Einfach so. Obwohl sie ihre Waffe auf ihn gerichtet, auf ihn gezielt hatte. Er hatte so getan, als sei sie Luft. Sie hatte rufen wollen, schreien, irgendeinen Ton von sich geben wollen, aber es war nicht gegangen. Es war kein Ton gekommen.

Es war nie wieder passiert.

»Ich weiß, was du denkst«, hörte er Sarah sagen.

Manchmal hatte er Angst vor ihr.

»Du musst das nicht machen, ich würde nur gern …«, versuchte Tammo es, aber Sarah unterbrach ihn.

»Ich mache es. Aber ich will nicht, dass du für mich lügst. Das ist meine Bedingung.«

Tammo musste überlegen.

»Wenn es rauskommen sollte, dann sagst du, dass ich es war.«

Er hatte keine Wahl. Im Hintergrund hörte er, wie jemand ihren Namen sagte, nach ihr fragte.

»Es kommt nicht raus«, versprach er und legte auf.

24.

Wo hatte er seinen Wagen geparkt, fragte er sich, als er Merle hierher gebracht hatte? Es gab nicht viele Möglichkeiten. Tammo hatte sich den Wald und die Wege, die zu ihm führten, auf seinem Handy angesehen, nachdem er seinen alten Volvo in einer schmalen Seitenstraße, kurz vor dem gelben Ortsausgangsschild, abgestellt hatte. Links Einfamilienhäuser, rechts der Wald. Hier war sicher nachts niemand auf der Straße unterwegs, außer dem Zeitungszusteller oder einem Reh.

Er schloss ab und ging auf den Sandweg zu, der zwischen riesigen Kiefern und Laubbäumen in den Wald führte. Es roch nach Schwedenurlaub und nach nassem Gras, nach Erde, nach Erholung. Nicht nach Tod.

Nach ein paar Metern blieb er stehen. Der Wald wirkte freundlich, trotz des bedrückenden Wetters. Er strahlte eine Zuversicht aus, die etwas Ursprüngliches, Beruhigendes hatte.

Der Weg führte lange geradeaus, machte dann eine Kurve, eine Kreuzung kam, die Tammo nicht beachtete. Intuitiv ging er weiter geradeaus. Ganz in der Nähe fuhren Autos.

Er sah sich auf dem Handy an, wo genau im Wald er sich jetzt befand. Der Fundort musste ganz in der Nähe sein. Er verließ den Weg, drückte dünne, junge Äste zur Seite, stieg über gefallene, alte Birkenstämme, dachte an das, was im Bericht gestanden hatte, und ging geduckt weiter bis zu einer Stelle, an der er wieder gerade stehen konnte. Er sah auf den Boden, der mit Blättern bedeckt war. Andere Blätter, sagte er sich. Es sind andere Blätter. Nicht die nassen, braunen, auf der Straße, vor einem Jahr. Trotzdem, Tammo hatte das Gefühl, seinen Halt zu verlieren. Er ging in die Knie, blieb in der Hocke sitzen, stützte sich mit den Händen auf dem nassen Boden ab, griff in die Erde, die Blätter. Dann, nach einer Weile, kam er langsam wie in Zeitlupe wieder hoch, fasste in seine Jackentasche und suchte, bis er sie hatte. Die Kastanie in seiner Hand, das Gewicht auf seiner Brust, die Bilder vor seinen Augen. Er legte den Kopf in den Nacken und sah zwischen den Baumkronen in den grauen Himmel. Ihm wurde schwindelig. Mit geöffnetem Mund atmete er so lange ein, bis es nicht mehr ging, bis sein Brustkorb sich keinen Millimeter mehr hätte heben, seine Lunge keinen Atemzug mehr hätte aufnehmen können. Die Luft war klar und kalt. Er hielt sie an wie ein Apnoetaucher und stellte sich vor, einzusinken, zu verschwinden. Hier in all diesen Blättern, dem feuchten, dunklen Boden, als wäre es Wasser.

Dann öffnete er die Augen, atmete wieder aus, sah sich um. Die Bäume standen schützend um ihn. Hatten sie auch den Mörder geschützt? Sodass er Merle Jansen hier in aller Ruhe hatte ablegen können?

Wie hatte er sie hierher gebracht? Man hatte keine Spuren einer Schubkarre, eines Fahrrades, eines Anhängers oder andere Reifenabdrücke gefunden. Hatte er sie wirklich getragen? Auf seinen Händen? Sechzig Kilo?

Tammo stellte sich vor, wie der Täter Merle Jansen in den Armen gehalten hatte. Seine tote Braut.

Ob er sich leichter gefühlt hatte, als er wieder gegangen war, ohne sie? Er glaubte es nicht.

War das Kleid an einem der vielen Zweige hängen geblieben? Hatte es einen Riss bekommen? Hatte davon etwas in dem Bericht gestanden? Er holte sein Handy raus und sah, dass Sarah eine Nachricht geschickt hatte. *Done.* Dahinter die Aktenzeichen.

Er sah auf die Uhr. Zwei Stunden hatte er noch. Die nächste Dienststelle war sicher nicht weit entfernt.

Die junge Kollegin in der dunkelblauen Uniform sah nicht auf seinen Dienstausweis. Sie sah daneben. Tammo folgte ihrem Blick. Seine Fingernägel waren schwarz, die Haut voller Erde. Er hatte überhaupt nicht mehr daran gedacht.

»Ich glaube, ich brauche wohl erst mal ein Waschbecken. Ich war gerade im Wald … und musste etwas nachsehen, am Fundort.«

»Hier runter und dann links«, erklärte sie mit einem verwunderten Gesichtsausdruck und verschwand wieder hinter der Glasfront in der Leitzentrale.

Die Erde war hartnäckig. Egal, wie oft er auf den Spender mit der Flüssigseife an der Wand gedrückt hatte, etwas blieb. Er trocknete seine Hände ab und sah in den Spiegel.

Das erste Mal seit dem Unfall war er in einer Polizeidienststelle. Er kam sich wie ein Fremdkörper vor, was nicht daran lag, dass er niemanden kannte und dies hier nicht seine Dienststelle war. Nicht das LKA.

Es lag an ihm.

Der kleine Raum, den die Kollegin ihm zugewiesen hatte, war menschenleer. Ein grauer Schreibtisch, ein Rechner, Ablagen, Stifte, ein Drucker. An der linken Seite eine Pinnwand aus Kork, auf der ein neuer Fahndungsaufruf und ein alter Stadtplan befestigt waren. Die Luft war abgestanden. Tammo ging zu dem Fenster, stellte es auf Kipp, drehte sich um, sah sich alles noch einmal an und ging zur Pinnwand.

Das Waldstück, in dem man Merle Jansen gefunden hatte, befand sich am rechten, oberen Rand des Planes. Sein Blick wanderte ein Stück tiefer bis zum Stapelfelder Moor, an dem Katinka Kühn vermutlich entlanggelaufen war. Direkt dahinter befand sich die Autobahn, die zur Ostsee führte.

Er sah nach links, wanderte mit seinem Blick an der Elbe entlang bis nach Rissen. Ganz links, ganz rechts.

Er ging einen Schritt zurück, um die ganze Stadt besser betrachten zu können, und fragte sich, wo der Punkt lag, den er suchte. Der Punkt, der eventuell alles miteinander verband.

Der Rechner brauchte lange, bis er hochgefahren war. Tammo schob seinen Dienstausweis rechts an der Seite in die Tastatur, dann legte er sein Handy auf den Tisch und tippte das Aktenzeichen in das Suchfeld.

Die Berichte der Schutzpolizisten, die zuerst am Fundort gewesen waren, die Berichte der Zeugen, des Mannes, dessen Hund Merle Jansen aufgespürt hatte, der Spurensicherung, der Gerichtsmedizin, der Mitarbeiter, die Zugriff auf diesen Fall hatten. Das, was Jens ihm mit nach Hause gebracht hatte, war nur ein Bruchteil dessen, was hier stand. Es wäre zu viel gewesen, alles auszudrucken.

Tammo sah sich alles in Ruhe an, dann gab er das Aktenzeichen des Vermisstenfalles ein und suchte nach den Fotos. Es dauerte nicht lange.

Die Aufnahmen waren so unscharf und unterbelichtet, dass er auf dem ersten Bild gar nicht sicher war, ob die andere Person, mit der Moritz Kühn sich unterhielt, wirklich ein Mann war.

Auf dem nächsten Foto war es klar. Die Person, die die Bilder offensichtlich heimlich gemacht hatte, musste die Position geändert haben. Es war jetzt ein anderer Blickwinkel. Tammo sah von dem Mann links im Bild zu Moritz Kühn und zurück. Er wirkte gelöst, amüsiert, begeistert, glücklich. Anders als heute Morgen. Er blieb bei Moritz Kühns Augen, die strahlten, und stellte sich vor, er würde von ihm so angesehen werden. So tief. Es dauerte nicht lange, bis er das Gefühl hatte, das ihn schon kurz gestreift hatte, als Jens diese gewisse Handbewegung nachgemacht hatte.

Tammo druckte die Bilder aus, legte sie vor sich und versuchte zu verstehen, was passiert war.

»Brauchen Sie noch etwas?«

Tammo zuckte zusammen. Die Kollegin, die ihm den Platz gezeigt hatte, stand hinter ihm im Türrahmen.

»Nein, danke …«

»Alles klar.« Sie lächelte ihn an, drehte sich um und verschwand wieder.

Tammo überlegte, ob sie ihn angeflirtet hatte, ob da etwas war, in ihren Augen, um ihren Mund, verwarf den Gedanken aber sofort wieder, sah auf die Uhr, schloss die Akte, zog seinen Dienstausweis raus, nahm die Ausdrucke und ging. Er musste mit Moritz Kühn sprechen.

Tammo sah absichtlich nicht in die Kamera, nachdem er auf die rechteckige, matt silberne Klingeltaste gedrückt hatte. Die Pforte öffnete sich.

Moritz Kühn stand in der geöffneten Haustür, ging einen Schritt zur Seite und deutete mit der Hand auf das, was sich dort befand, wo der Flur aufhörte. Der große Raum, von dem aus man in den Garten sehen konnte – durch das Haus hindurch.

»Kommen Sie rein, bitte«, sagte er.

Sie gingen durch den breiten Flur in den großen lichtdurchfluteten Raum, an der offenen Küche und dem Essbereich vorbei auf den Garten zu. Es sah nicht aus wie eine lebende Fototapete, dachte Tammo. Es sah aus wie das, was es war.

»Kann ich Ihnen etwas zu trinken anbieten? Cappuccino, Tee, Wasser?«

»Ja, gerne. Ein Wasser«, sagte er, ohne Durst zu verspüren. Er wollte sich nur umsehen. *Tee hätte ich sagen sollen*, ärgerte er sich. *Tee dauert länger.*

Auf einem skandinavischen Sideboard an der linken Seite des Raumes, neben dem riesigen schwarzen Ledersofa, standen verschiedene Bilderrahmen. Silberne, welche aus weißem Holz, graue. Tammo ging auf die Fotos zu und betrachtete sie. Die ausgedruckten Bilder hielt er aufgerollt in der Hand.

Katinka Kühn war nicht hübsch. Sie war schön, fiel ihm jetzt auf. Anders schön. So ergreifend. So nah. Diese

Lippen, das fordernde Kinn, die dicken, langen Haare. *Sie sind gar nicht braun*, dachte er und wunderte sich über die ungenaue Angabe. Kastanie. Braun mit einem ganz leichten, zarten Hauch von Rot. Einen, den man nur erkannte, wenn man der Person nah genug war.

Und doch war da diese Ähnlichkeit mit den anderen beiden Frauen, die sich nicht auf die Haare, die Gesichtsform, die klaren Augen beschränkte. Es gab noch etwas.

Bevor Tammo es in Worte fassen konnte, hörte er hinter sich: »Bitte schön.«

Er drehte sich um. Moritz Kühn stand direkt vor ihm.

Das Wasserglas zwischen ihnen war zu voll, etwas Wasser lief über seine Hand, tropfte zu Boden. Moritz Kühn hielt in der Bewegung inne, er sah auf den Boden. »Ich … habe es wohl etwas zu gut gemeint.« Er gab Tammo das nasse Glas. »Entschuldigung.« Dann ging er zurück in die offene Küche.

Tammo nahm einen Schluck und wischte seine Hand an der Jeans trocken.

Moritz Kühn kam mit ein paar Papierstücken, die er von einer Küchenrolle abgerissen hatte, zurück und bückte sich vor ihm, um die kleine Wasserstelle aufzuwischen. Viel zu lange, wie Tammo fand. Mit dem nassen Küchentuch in der Hand, kam er schließlich wieder hoch.

Für ein paar Sekunden sagte niemand etwas. Sie standen da, in diesem großen Raum ohne Wand, ohne Halt.

Wie bei einer Familienaufstellung, dachte Tammo und verdrängte den Gedanken sofort wieder.

Lena wollte, dass sie zu so einer Therapiesitzung gehen. Tammo hatte trocken gelacht. »Wie bekloppt ist das denn?«, hatte er gesagt, wieder aus dem Fenster gesehen und geweint.

Er wollte diese Gedanken nicht hier haben. Nicht jetzt.

»Warum sind Sie hier?«, hörte er Moritz Kühn sagen und war ihm in dieser Sekunde dankbar dafür, dass er etwas sagte.

»Jeder erwachsene Mensch hat das Recht zu verschwinden.« Tammo machte eine Pause und schluckte. »Wenn jemand allerdings nicht mehr zur Arbeit erscheint, ohne sich abzumelden, wenn eine Putzfrau vor verschlossener Tür steht, wenn jemand nichts gepackt hat, ein wichtiges Bauprojekt führt und alle sagen, derjenige sei sehr zuverlässig … dann kann der Eindruck entstehen, dass die Person nicht freiwillig verschwunden ist. Aber all das ist nicht der Grund, warum ich hier bin.«

Das blau karierte Oberhemd von Moritz Kühn hatte dunkle Flecken unter den Achseln. Tammo registrierte es kurz, dann sprach er weiter. »Warum vermissen Sie Ihre Frau nicht?«

»Wie kommen Sie darauf?«, fragte Moritz Kühn ehrlich irritiert.

»Weil es so wirkt.«

»Woran machen Sie das fest?«

»Ich kenne Ihr Verhältnis zu Ihrer Frau nicht, aber wenn wir von einer intakten Beziehung ausgehen, ist es eher ungewöhnlich, seine Ehefrau eine Woche nicht zu erreichen und nichts zu unternehmen. Vor allem, wenn Sie auch von der Putzfrau die Nachricht erhalten, dass sie vor verschlossener Tür steht, und die Kollegen im Büro Ihrer Frau Ihnen sagen, dass sie auch nicht zur Arbeit erschienen ist.« Er machte eine Pause. »Erklären Sie mir das.«

Kühns Lippen wurden schmaler, seine Finger ließen das nasse Tuch los, er lehnte sich zurück. »Natürlich mache ich mir Gedanken, wo sie sein könnte. So ist es nicht … aber, es … es war nicht so leicht … in den letzten Monaten. Vielleicht wirkt es deshalb so, als wenn … Aber das ist nicht richtig.«

Tammo blieb stehen, wartete. Die zusammengerollten Ausdrucke legte er neben sich auf das Sideboard.

»Es war schwierig.« Kühn fuhr sich mit der Hand über den Mund.

»Wollten Sie sich von ihr trennen?«

»Nein … aber ich … ich hatte das Gefühl, sie war ganz froh, dass ich diese Klassenfahrt hatte und wir uns ein paar Tage nicht sehen würden. Sie hatte sich … irgendwie entfernt.« Sein Blick wanderte in den Garten und blieb dort an etwas haften.

»Oder haben Sie sich von ihr entfernt, und sie hat es herausgefunden?«

Er wartete einen Moment, schien nachzudenken. Aber er ging nicht darauf ein. Ein minimales, fast nicht vorhandenes Zucken war über sein Gesicht gehuscht. Er hatte sich unter Kontrolle, dachte Tammo.

»Als ich sie dann nicht erreichte, da dachte ich, sie geht extra nicht ran, weil sie ihre Ruhe haben wollte oder Abstand oder was auch immer.«

»Es ist also möglich, dass sie ihre Sachen gepackt hat und einfach ein paar Tage weggefahren ist?«, wollte Tammo wissen.

Moritz Kühn sah ihn kurz an, dann wieder in den Garten mit dem viel zu grünen Rasen.

»Nein. Sie hat ja nichts mitgenommen«, sagte er und drehte sich ein Stück um. »Da.« Er zeigte zu dem Kochblock in der Mitte der offenen Küche. »Ihr Portemonnaie, ihr Autoschlüssel, alles liegt da. Nur ihr Handy ist weg. Das wissen Ihre Kollegen ja schon … Katinka hat es immer mit zum Joggen genommen. Sie misst damit ihre Laufstrecke. Seit Kurzem«, erklärte er und senkte seinen Blick, als wäre *seit Kurzem* keine vage, sondern eine sehr exakte Angabe für einen ganz bestimmten Zeitpunkt.

Es würde nicht mehr lange dauern, vielleicht noch ein paar Augenblicke, dann würde er von sich aus erzählen, was vor *Kurzem* war. Es bedrückte ihn, quälte ihn. Er wollte es loswerden, das sah Tammo ihm an und schwieg.

»Katinka hatte sich ein Kind gewünscht«, sagte er schließlich kaum hörbar. »Schon lange.«

Sie, Katinka, hatte sich ein Kind gewünscht. Nicht er, dachte Tammo und ein Wort hallte in seinem Innern nach. Er spürte einen Schmerz, der kurz aus seinem Fokus gerückt war.

»Katinka hat alles Mögliche unternommen … Irgendwann hat es endlich geklappt und … ich war total erleichtert.«

»Wirklich?«, fragte Tammo verwundert.

»Ja.« Kühn sah aus dem Fenster, wo der leichte Wind die Gräser am Teich bewegte, das filigrane Schilf ganz sanft zur Seite drückte und wieder losließ. *Es bricht nicht*, dachte Tammo. *Es beugt sich der Kraft und bleibt doch gerade.*

»Weil ich wusste, sie würde jetzt zur Ruhe kommen. Ich wollte ihr diesen Wunsch erfüllen. Es drehte sich ja alles nur noch um dieses Thema. Seit Monaten. Aber dann …« Er drehte sich wieder zu Tammo um und sah dorthin, wo vielleicht ein Kinderstuhl hätte stehen können, am Kopf des Tisches. »Sie hat es verloren. Relativ spät.«

Moritz Kühn starrte auf die Stelle, wo nichts war. Nichts außer der geballten Erinnerung, die jetzt wieder hochkam. Bei ihm. Bei Tammo.

Moritz Kühn zog einen der Designerstühle vom Tisch und setzte sich, als könne er die Last im Stehen nicht tragen. Das nasse Tuch legte er vor sich auf den Tisch.

Tammo sah ihn an und dachte an Katinka Kühn. Er wusste, wie es war, jemanden zu verlieren. Für immer. Wie es einem das Herz rausriss. Und wie diese Frau, Katinka Kühn, seitdem weiterlebte. Ohne Herz.

»Sie ist vor sich selbst weggelaufen. Vor dem Schmerz. Vor mir. Vor einfach allem.« Moritz Kühn stand auf. »Ich glaube nicht, dass sie einfach abgehauen ist oder …« Er schluckte.

»Sich umgebracht hat«, beendete Tammo den Satz.

»Nein. Auf keinen Fall. Das hätte sie ja auch hier machen können. Warum sollte sie dann laufen gehen?«

»Es ist nicht selten der Fall, dass Suizide nicht zu Hause durchgeführt werden. Dass die Person in den Wald geht oder woanders hin. Sie wollen nicht, …«, er sah sich in dem sterilen Raum um, »dass die Wohnung beschmutzt wird.«

Moritz Kühn schüttelte den Kopf. »Es ging ihr nicht gut, ja. Aber das hätte sie nie getan. Das passt einfach nicht zu ihr.«

Tammo überlegte, ob er ihm etwas von dem Suchverlauf des Rechners sagen sollte, und entschied sich dagegen. Vielleicht hatte er ihn schon längst selbst gesehen.

»Manchmal machen die Menschen, die einem am nächsten sind, von denen man denkt, man würde sie in- und auswendig kennen, etwas, was man für völlig undenkbar gehalten hat. Das passiert leider immer wieder«, erklärte er und dachte nicht an Menschen, die einem nahestanden. Er dachte an sich selbst.

»Weiß Ihre Frau, dass Sie eine Affäre mit einem Mann haben?«

Kühns Mund öffnete sich minimal, seine Augen fingen an zu flackern, suchten etwas und fanden es nicht. Einen Ausweg, irgendetwas. *Ein kleiner Junge, der vor seinem Vater steht und Angst hat, der erwischt worden ist,* schoss es Tammo durch den Kopf. *Seine Frau weiß es nicht, seine Familie darf es nicht wissen. Vielleicht ist es eine bekannte Familie,* überlegte er, *eine konservative. Es geht um den Namen. Das Haus, das Geld, es stammt von ihm, von seiner Familie. Nicht von ihr. Er hat sie nicht wegen des Geldes geheiratet. Sie bietet ihm etwas ganz anderes: Das Bild einer intakten Ehe. Der Preis ist hoch. Und er steigt, wenn jemand das Bild ins Wanken bringt. Durch Fotos, die heimlich in einem Restaurant gemacht wurden. Aber wenn es so heimlich ist, warum geht er dann mit seinem Freund in der Öffentlichkeit essen?*

»Welcher Mann?«, fragte Kühn und riss Tammo aus seinen Gedanken.

»Bitte?«

»Welcher Mann?« wiederholte er.

Tammo ärgerte sich darüber, dass er sich so dumm anstellte beim Lügen. Er hatte mehr von Kühn erwartet.

»Der auf den Fotos, die wir bei Ihrer Frau auf dem Rechner gefunden haben«, sagte er und rollte die Ausdrucke langsam vor ihm auf dem Tisch aus. Er sah Moritz Kühn an, der schwieg. So, wie er es gelernt hatte.

»Das ist ein alter Schulfreund. Wie kommen Sie darauf, dass ich mit … dem eine Affäre habe?« Moritz Kühn versuchte zu lachen, was ihm nicht gelang. Zumindest nicht überzeugend.

Tammo nahm die Hände von den Ausdrucken. Das Papier rollte sich sofort wieder zusammen. Das Foto verschwand. Das Gesicht von Moritz Kühn schien sich für einen sehr kurzen Moment zu entspannen.

»Womit haben Ihre Eltern so viel Geld verdient? Besitzen sie eine Firma? Kühn … hm … sagt mir nichts.«

Moritz Kühn sah ihn erstaunt an. »Mein Vater hat eine Kanzlei an der Elbchaussee. Mein Großvater war Reeder. Warum?«

Tammo nickte langsam.

»Und Sie sind Grundschullehrer geworden. Hm … wie passt das zusammen?«

»Muss es passen?«

»Nein.« Tammo machte eine abwehrende Handbewegung. Es war ihm komplett egal, wer wann mit wem und warum ins Bett ging. Das hatte ihn noch nie interessiert. Solange dabei keine Menschen verschwanden. »Auf keinen Fall. Aber der Rest soll ja auch passen. Ihre Frau, das Haus«, er sah sich im Raum um, »eine ganz normale Familie. Oder?«

Tammo sah Moritz Kühn in die Augen. Er spielte das Spiel: Wer hielt es länger aus, nicht wegzusehen? »Ist das nicht anstrengend? Sich ständig zu verstellen? Eine Rolle zu spielen?«

Moritz Kühns Augen flackerten wieder nervös, sein Atem ging schneller. Er versuchte, es unter Kontrolle zu behalten. Seinen Atem, seine Affäre, alles.

»Ich weiß nicht, was Sie meinen.«

»Doch. Das wissen Sie«, erklärte Tammo und fragte sich, wie oft er diesen Satz schon gehört hatte. Er ließ seinen Blick dabei nicht von ihm ab. Sah ihm seine verzweifelte Suche nach einem Ausweg, einer Lösung an.

»Sie verstehen es nicht«, sagte er kaum hörbar.

»Ich muss es aber verstehen. Sonst kann ich Ihre Frau nicht finden.«

»Es hat nichts damit zu tun.«

»Woher wollen Sie das wissen?«, fragte Tammo und beugte den Oberkörper vor, den Blick stur auf Moritz Kühn gerichtet.

Keine Antwort.

»Wenn Sie sagen, *es* hat nichts damit zu tun, dann könnte ich es auch so deuten, dass Sie wissen, *was* damit zu tun hat.«

Moritz Kühn stand auf, nahm das nasse Tuch, brachte es in die Küche, drückte mit dem Fuß auf das Pedal des Mülleimers, warf es hinein und blieb so stehen. Vor dem geöffneten, runden Mülleimer. Es sah aus, als wollte er sich vergewissern, dass alles noch gut versteckt war, unter all dem Müll. Dann nahm er den Fuß weg, der Metalldeckel fiel runter. Langsam drehte er sich um, kam zurück und lehnte sich gegen die Rückseite des Tresens, der die Küche von dem Wohnbereich trennte.

»Ich kann darüber nicht sprechen.«

Es stimmte.

Tammo ließ seinen Blick von ihm ab, ließ ihn los, für einen Moment. Ihm fiel ein Bild auf – quadratisch, hinter Glas, Passepartout, schwarzer Rahmen –, das er vorher kaum wahrgenommen hatte. Helle Braun- und Beigetöne, Linien. Er konnte nicht erkennen, was es darstellen sollte. Eine Landkarte?

»Ich weiß nicht, wo sie ist«, hörte er Moritz Kühn sagen.

»Das glaube ich Ihnen. Aber ich wiederhole meine Frage: Warum macht es den Eindruck, als wäre es Ihnen völlig egal, wo sie ist und was mit ihr ist.«

»Ist es nicht … Natürlich nicht! Aber soll ich jetzt den verzweifelten Ehemann spielen?«

Er hatte genug gespielt, er wollte nicht mehr.

»Warum haben Sie sie geheiratet?«

Moritz Kühn war zurück an den Tisch gekommen, rollte das Papier wieder auseinander, betrachtete die Bilder. Seine Gesichtszüge entspannten sich. Er hatte nichts mehr zu verlieren. »Ich habe gedacht, es würde gehen. Und … auf eine bestimmte Art … liebe ich sie ja auch, nur eben … anders.« Er nahm die Fotos in die Hand. »Als ich zurück kam und Katinka nicht da war, bin ich an ihren Rechner. Nicht gleich, aber am nächsten Tag. Ich dachte, ich finde da irgendetwas. Keine Ahnung. Irgendwelche Hinweise oder so. Und … da habe ich die Fotos entdeckt. Sie waren ja nicht sonderlich gut versteckt. Das haben Sie ja auch schon festgestellt.«

Tammo zog einen der Stühle zurück, setzte sich und schlug die Beine übereinander. Er dachte kurz an Lena, an sein Nichtstun und daran, ob es besser oder schlechter war als das von dem Mann, dessen Gesicht er gerade zu lesen versuchte.

»Es war auf Amrum. Wir waren dort ein Wochenende … Ich habe nicht damit gerechnet, dass uns jemand sieht in der Nebensaison. Es war ein ganz kleines Restaurant, nur ein paar Tische.« Er sah kopfschüttelnd zu Boden. »Keine Ahnung, wer ihr das geschickt hat. Ich frage mich das die ganze Zeit, seitdem ich die Fotos entdeckt habe.«

»Es muss noch mehr passiert sein, was diese Person gesehen, aber vielleicht nicht fotografiert hat. Weil es schon zu dunkel war oder es in dem Moment nicht ging. Dieses Foto allein ist kein Beweis, dass Sie eine Affäre mit einem anderen Mann haben.« Tammo machte eine kurze Pause. Dann fuhr er fort: »Es sei denn … man sieht das, was ich sehe.«

Moritz Kühn hob den Kopf und sah ihn an. »Was sehen Sie denn?«

»Einen verliebten Mann.« Tammo machte eine kurze Pause. »Sagen Sie mir, wer er ist.«

»Warum? Damit Sie seine Familie kaputtmachen?«

Eine Familie, dachte Tammo. Er rieb sich die Augen, sah Moritz Kühn eindringlich an, der keine Familie vermisste, weil er sie nicht hatte. *Zwei Männer ohne Familie*, dachte er. *Ein Wunsch, der nicht in Erfüllung geht, ein Kind, das nicht lebt, ein Mann, der nicht liebt, eine Frau, die verschwindet.* Er musste darüber nachdenken. In Ruhe. Es war zu viel. Tammo stand wieder auf, griff in seine Jackentasche, wühlte darin, umfasste den Autoschlüssel und suchte in Gedanken weiter. Nach einem Sinn, einer Geschichte, die anders war, als es schien.

Moritz Kühn ging durch den Raum, schloss die riesige Glastür auf und schob sie zur Seite. Frische, kühle Luft kam in den Raum. Es tat gut.

Mit dem Blick in den Garten gewandt, sagte er langsam, stockend, so als wäre es eine fremde Geschichte, die er irgendwo gehört hatte und jetzt versuchte zu rekonstruieren: »Er ist auch verheiratet … Sie haben zwei Kinder … Eine Tochter und einen Sohn. 14 und 16 … Er wollte warten, bis sie aus dem Haus sind, ihr eigenes Leben führen, in ein paar Jahren. Dann …«

Neben dem Tresen stand die Arbeitstasche. Dunkelbraunes abgenutztes Leder. Sie passte hier nicht her, überlegte Tammo. Vermutlich war sie der älteste Gegenstand in dem Haus. Ein Gedanke streifte ihn, er versuchte, ihn zu greifen, aber er ließ sich nicht halten.

Ein drückender Kopfschmerz breitete sich unter seiner Schädeldecke aus. Das Wasserglas stand vor ihm. Er griff danach und trank es in einem Zug leer.

Draußen krächzte ein Rabe. Es klang wie eine Beschwerde.

Moritz Kühn schob die Glastür wieder zu, schloss ab.

»Ich brauche den Namen. Sie behindern sonst die Ermittlungen.«

Kühn schwieg. Die Hände in den Seitentaschen vergraben sah er auf den Betonboden.

»Seit wann …«, versuchte Tammo sich noch einmal zu nähern.

»Dreieinhalb Jahre.«

Tammo bildete sich ein, all die Lügen, das Versteckspiel, die Anstrengung, die Beklemmung in diesen Räumen, diesem Puppenhaus zu spüren. In seinem Kopf braute sich ein Gewitter zusammen.

»Wie geht das?«, sagte er, mehr zu sich selbst, und rieb sich dabei mit der rechten Hand die Stelle zwischen den Augenbrauen.

Moritz Kühn drehte sich zu ihm. Er sah erschöpft aus. »Gar nicht.«

25.

Sie fror.

Die blauen Adern auf ihrem Handrücken waren feine, dünne Linien. Flüsse in einer verlassenen Landschaft. Keine Bäume, keine Tiere, kein Leben. Katinka zog die Finger an, sodass sich die Haut auf dem Handrücken spannte und die Gelenkkuppen ihrer Finger hervortraten. Berge, die der Fluss umschwamm, bis er sich verlor.

Es war nicht kalt.

Was machte Moritz in diesem Moment, überlegte sie. Hatte er sich – auf der Suche nach ihr – ihren Rechner angesehen? Wusste er, dass sie es wusste? Die Lüge … die ganzen Lügen.

Würde Michi, ihre beste Freundin, nach ihr suchen? Während sie sich überlegte, ob etwas in der Zeitung stehen würde, dachte sie plötzlich daran, dass auch der Mann, der sie hier gefangen hielt, diese Zeitungen sehen würde. Wie würde er reagieren? Würde er ruhig bleiben? Oder einen Fehler machen? Und was, wenn er nicht wiederkäme? Wenn …

Katinka stand auf, ging in die Ecke, zog den alten Vorhang beiseite, drehte das Wasser am Waschbecken auf, beugte sich etwas darüber, formte mit den Händen eine Mulde und ließ das Wasser hineinlaufen, fließen. Ein See, ein Wasserfall. Sie sah dem Wasser zu, wie es sich einen Weg suchte, zwischen ihren Fingern.

Das Wasser in dem Neubau. Die fehlende Dichtung. Wann war die nächste Verhandlung vor Gericht? Sie öffnete die Hände, das Wasser verschwand im Abfluss. Katinka stützte sich rechts und links an dem Becken ab. Sie musste hier raus.

Ihr Chef hatte es geschickt gedreht. Natürlich. So geschickt, dass sie keine Chance hatte, ihre Unschuld zu beweisen. Vor keinem Gericht der Welt. Sobald sie ein Wort gegenüber seiner Frau sagen würde, wäre sie raus. Für immer.

Hinter ihr wurde der Schlüssel im Türschloss gedreht. Katinka zuckte zusammen, drehte den Hahn zu und legte intuitiv ihre Hand vors Gesicht und senkte den Kopf.

Etwas war anders. Er sagte nichts. Es war etwas passiert, dachte sie und wartete.

Der Mann schloss hinter sich die Tür ab, kam näher. Katinka drehte sich zum Vorhang, nahm ihre Hand langsam wieder runter. Aus dem Augenwinkel sah sie, dass er ihr etwas hinhielt, etwas Helles.

»Hier. Du musst eine Karte schreiben. Für deine Mutter«, sagte er und nickte ganz langsam. So, als wolle er die Wichtigkeit jedes einzelnen Wortes unterstreichen. Katinka sah auf das, was er ihr entgegenhielt: mehrere unbeschriebene Postkarten mit Fotomotiven und einen Stift.

Sie wischte ihre Hände an der viel zu großen Stoffhose ab und starrte auf seine großen, groben Hände und die Postkarten, die sie niemals gekauft hätte.

Luftaufnahmen der Ostseeküste an einem Tag im Sommer. Grüne Wiesen, Rapsfelder, der Strand, das Meer. Wellen, dazwischen glückliche Kinder, die nichts wussten von alldem hier. Katinka hielt die Karten in der Hand, betrachtete eine nach der anderen. Usedom, Rügen, Lübecker Bucht, Fischland Darß.

Es war ein einziger Satz, der in einer Endlosschleife durch ihren Kopf kreiste.

Ich muss hier raus.

»Bitte«, sagte der Mann und hielt ihr einen grauen Kugelschreiber entgegen. »Sie fragt immer nach dir und … schreib ihr, dass es dir gut geht … dass du nur ein paar Tage an die Ostsee gefahren bist … das machst du doch manchmal.«

Sie fragt immer nach mir. Die Worte hallten nach, taten weh.

Er kennt Mama; er spricht mit ihr. Er weiß zu viel. Und ich zu wenig, dachte sie, nahm den Kugelschreiber und setzte sich auf die Bettkante. Sie betrachtete das Foto auf der Postkarte, sah durch den strahlend hellblauen Himmel über der Ostsee hindurch, stellte sich ihre Mutter vor, die in ihrem Sessel saß und aus dem Fenster des Pflegeheimes sah, in einen anderen Himmel.

Dieses Stück Papier war ihre einzige Chance. Sie musste etwas schreiben, das er nicht verstand, aber ihre Mutter. Oder Moritz, wenn er sie im Pflegeheim besuchen würde. Aber was brachte es? Sie wussten nicht, wo sie war. Wo sollte man sie also suchen? Auf Rügen? Usedom? Oder an der Lübecker Bucht?

Sie fuhren nach Sylt, seit Jahren. Das schien er nicht zu wissen. Ihre Mutter würde sich eventuell darüber wundern, dass sie plötzlich nicht mehr an die Nordsee fuhr – falls sie sich in einem klaren Moment daran erinnerte.

Katinka legte die Karte auf ihre Knie und fing an zu schreiben.

Dann stand sie auf, stellte sich vor ihn, reichte ihm alles mit gesenktem Blick. Er nahm ihr den Stift und die Postkarten ab und las, was sie geschrieben hatte.

»Bitte!«, flehte sie erneut, ohne ihren Blick zu heben. »Lassen Sie mich gehen!«

»Aber … es passt doch alles. Ich habe doch an alles gedacht«, erklärte der Mann. Sie spürte seinen Blick. Es fühlte sich an, als sei sie die Antwort auf alles. Der Teil des Plans, der alles zusammenfügte.

Sie standen sich gegenüber in diesem bedrückenden Raum ohne Tageslicht.

»Was denn? Was soll denn hier …«, sie zeigte mit den Händen nach rechts und links, um sich rum, »passen?!«

»Jemand sucht etwas. Und jemand braucht etwas«, begann er zu erklären.

Langsam, vorsichtig, tastete sie sich mit ihrem Blick Zentimeter für Zentimeter an seiner Jeans, seinen Beinen hoch, bis sie sie sah, seine kräftigen Hände. *Arbeiterhände*, dachte sie, während er sie vor sich hielt, die Handflächen nach oben, als würde er eine Karte lesen.

Dann führte er sie zusammen, ließ seine Finger wie in Zeitlupe ineinandergreifen, bis die Hände gefaltet waren. »Dann macht es doch Sinn. Dann passt es doch. Wenn zwei etwas brauchen … dann …« Er ließ seine Hände wieder los, bis sie rechts und links an seinem Körper herabhingen.

Katinka senkte ihren Blick wieder. *Was brauche ich*, fragte sie sich. *Was will er von mir?*

»Ich brauche nichts«, sagte sie leise. »Ich bin glücklich … Wirklich. Das muss ein Missverständnis sein. Vielleicht …«

»Du willst ein Kind«, unterbrach er sie.

Katinka hatte das Gefühl, ihr Herz würde stehen bleiben. *Alles* würde stehen bleiben, aufhören zu sein.

Das Geräusch des Ventilators war weg. Ein Taubheitsgefühl an ihrem rechten Ohr wich einem hohen Piepton. Sie hörte nur noch diesen Ton, sah den kalten Boden zwischen ihnen, schloss kurz die Augen, öffnete sie wieder, drückte mit dem Zeigefinger ihre Ohrmuschel zu.

Der Ton ließ langsam nach, hörte aber nicht ganz auf. Sie ließ den Finger wieder los, hörte seine Stimme, als hätte jemand die Lautstärke hochgedreht.

»Und ich habe ein Kind. Das … passt doch. Oder nicht? Das ist doch dann gut. Für alle.«

»Ein Kind?«, hörte sie sich fragen.

Sie nahm eine Veränderung in seiner Stimme war. »Ja«, sagte er freundlicher, stolz, und Katinka stellte sich vor, wie sich ein Lächeln über sein Gesicht, das sie nicht kannte, ausbreitete, seine Augen strahlten. »Meine Tochter.«

Obwohl sie es gehört hatte, hatte sie das Gefühl, die Information käme nicht bei ihr an. Würde sich irgendwo zwischen seinem Mund und ihrem Ohr, in dem es immer noch leicht fiepte, im Raum bewegen.

»Aber … warum … brauchen Sie mich dafür?«

»Sie braucht dich.«

Sie braucht mich, hallte es in Katinkas Kopf nach, wie ein Echo.

»Ich verstehe nicht. Warum?«

»Weil sie keine Mutter hat.«

Katinka versuchte, diesen einfachen Satz zu begreifen. Seine Tragweite.

Sie wollte alles sagen. Und nichts.

»Was ist denn … mit ihrer Mutter?« Katinka zog die Schultern an und die Ärmel des Pullovers länger, sodass ihre Hände darin verschwanden.

Er sagte nichts, machte einen Schritt auf Katinka zu. Sie wich aus, ging ein Stück zur Seite, nach rechts. Doch er wollte nichts von ihr, er wollte sich nur setzen. Katinka beobachtete aus dem Augenwinkel, wie er alles von dem Stuhl nahm, auf dem Bett ablegte und den Stuhl ein Stück zu sich ranzog.

»Ist sie gestorben?«, versuchte Katinka es noch einmal. Sie zwang sich, ihn nicht anzusehen, obwohl er es jetzt, aus dieser Position, nicht gemerkt hätte. Vorsichtig, für ein paar Sekunden, huschte ihr Blick an seinen Beinen, seinem Rücken entlang, stoppte abrupt und blieb wieder am Boden haften. *Nicht sein Gesicht*, redete sie auf sich ein, *sieh ihm nicht ins sein Gesicht!* Die Neugierde trieb sie, die Angst hielt sie zurück.

Selbst im Sitzen auf diesem alten Holzstuhl wirkte er groß und korpulent, so wie sie ihn sich vorgestellt hatte, nachdem sie seine Schuhe, die schweren Stiefel, gesehen hatte.

»Sie ist abgehauen. Genau wie …« Er verstummte.

»Wer?«

Mit einem Ruck stand er wieder auf und sagte: »Du bleibst.« Dann drehte er sich um und ging in Richtung der Tür.

»Aber ich kann doch nicht für ein Kind, das …«

»Doch!«, fuhr er sie an und schlug gegen die Wand. »Doch. Du kannst. Du willst doch ein Kind!«

26.

Die Tablette wirkte.

Langsam löste sich der Krampf in seinem Kopf, die Wolken zogen ab, seine Stirn entspannte sich.

Tammo saß in seinem Sessel und sah in den Raum. Er hatte den Sessel vom Fenster weg in die Ecke geschoben. Dorthin, wo früher eine Pflanze gestanden hatte. Man sah noch den runden Kreis, den der Untersetzer auf dem Holzfußboden hinterlassen hatte.

Er betrachtete das Sofa und stellte sich vor, Lenny würde dort sitzen, zwischen den Kissen, sein Holzboot in den Händen halten und ihn anlachen.

Er war seit der Trauerfeier nicht am Grab gewesen. Er wusste einfach nicht, was er dort sollte. Lenny war hier. Nicht zwischen irgendwelchen Bäumen auf einem Friedhof. Auch das hatte Lena nicht verstanden.

Er dachte an die Bäume in Volksdorf, zwischen denen man Merle Jansens Körper gefunden hatte, an die Ruhe und daran, dass der Duft der Kiefern jetzt eine neue Bedeutung für ihn hatte. Er würde dabei nicht mehr an Urlaub in Schweden denken.

Tammo griff nach seinem Handy, suchte im Netz nach der Grundschule, an der Moritz Kühn arbeitete, klickte auf »Das Kollegium« und betrachtete die kleinen Fotos mit Namen und Fächern, die dort erschienen.

Dann wählte er Jens Nummer. Es klingelte nur einmal.

»Ich glaube, ich weiß, wer der Mann auf den Fotos ist, die ihr entdeckt habt«, erklärte er, ohne Jens die Chance zu geben, etwas zu sagen oder zu fragen.

»Tammo, ganz ehrlich, ich …«

»Moritz Kühn ist schwul.«

Jens verstummte. Tammo wusste, dass das Schweigen nicht lange anhalten würde.

»Er will ihn schützen. Deshalb hat er nichts gesagt. Aber ich denke, ich weiß, wo ihr ihn findet.«

»Wie …«

»Sie sind Kollegen.«

Jens atmete hörbar und lange aus.

»Sarah war heute Morgen am Haus der Kühns, aber leider warst du nicht mehr da …«

»Ich habe eine Kastanie gepflanzt.«

Es stimmte zeitlich nicht, aber Tammo musste etwas sagen, etwas, das Jens ausbremste. Ihm war bewusst, wie ungerecht, wie perfide es war, aber es war die einzige Möglichkeit, die Härte aus Jens Stimme zu nehmen, ihn wieder dorthin zu bringen, wo Tammo ihn jetzt brauchte. Auf seiner Seite.

Nachdem er einen freien Parkplatz gefunden hatte, war Tammo durch den Fischers Park gegangen. Er hatte Luft gebraucht, frische Luft. Er hatte nicht aus dem Haus von Moritz Kühn direkt zurück in seine Wohnung gehen können. Es ging nicht.

Tammo war den Elbhang hinuntergegangen, an die Stelle, an der sie im Winter mit dem kleinen Schlitten hinuntergesaust waren, dort, wo Lenny so laut geschrien hatte vor Freude, war er stehen geblieben. Hatte nichts getan außer zu atmen. Irgendwann hatte sich eine tiefe Ruhe in ihm ausgebreitet, eine Zuversicht. Es war nur ein Moment, ein kurzer Augenblick, aber er war da gewesen.

Tammo hatte die Kastanie aus seiner Jacke geholt, mit den Händen ein Loch in die lockere Erde eines Beetes in der Nähe der uralten, großen Bäume gegraben und die Kastanie eingepflanzt. Geschützt von den anderen. Mit Blick über die Baumwipfel und die Elbe bis hin zum Horizont.

»Welche Kastanie?«, fragte Jens und holte ihn zurück in seine Wohnung, seinen Sessel, in dem er saß.

»Ich habe sie im Handschuhfach gefunden, als ich etwas gesucht habe. Lenny hatte sie gesammelt und … ich habe gedacht, dass es gut wäre … sie einzupflanzen.«

Jens sagte nichts – was viel war. Es reichte Tammo, mehr wollte er nicht.

»Ich habe mich gefragt, ob aus einer Kastanie, die ein Jahr alt ist … ob da noch ein Baum …«

»Deshalb hast du mich gefragt«, hörte er Jens sagen.

»Hm.«

»Bestimmt, wenn sie nicht völlig vertrocknet ist.«

Vielleicht war es auch gar nicht wichtig, dachte Tammo und sah zu den Bildern im Regal. Vielleicht war es nur wichtig, dass er sie eingepflanzt hat. Mehr nicht.

»Wie kommst du darauf, dass Moritz Kühn schwul ist?«

Ein schlechtes Gewissen breitete sich in seinem Kopf aus. Er war kein guter Lügner. Und er wollte keiner sein. Aber Jens sollte nicht wissen, dass er die Fotos gesehen hatte, dass er sie alle kannte – auch wenn es sich falsch anfühlte. Noch nicht. Es war eine Frage der Zeit. Er würde es sowieso rausbekommen, aber bis dahin wollte er den Weg noch ein Stück weitergehen, frei, ohne die mahnenden Hinweise seines Chefs. Ohne das, was in der Konsequenz passieren würde. Jetzt, hier, in diesem Moment fühlte es sich okay an.

»Als ich ihn heute gesehen habe … da hatte ich das Gefühl, da wäre etwas, was er unbedingt verbergen will, was er nicht zeigen kann oder darf. Aber er strahlte keine Aufregung aus, da war keine Nervosität, weil ich da war und Fragen stellte. Es waren eher sein Blick, seine Anstrengung, ein bestimmtes Bild abzugeben. Diese Beklemmung in dem Haus.«

»Hm … Wenn dem so sein sollte, was ich mir gerade ehrlich gesagt nicht vorstellen kann, aber mal angenommen, es ist so – meinst du echt, Frau Kühn wusste nichts davon, dass ihr Mann eigentlich auf Männer steht?«, fragte Jens.

»Keine Ahnung. Ich glaube eher, dass er es immer unterdrückt hat.«

»Klingt nicht gesund«, meinte Jens nachdenklich.

»Ne, definitiv nicht. Ich habe ihn gefragt, warum er sie geheiratet hat.«

Einen Augenblick war es still, und Tammo wusste, was Jens dachte.

»Und?«, fragte Jens schließlich.

»Er dachte, es würde irgendwie gehen.«

»Also hat er es … zugegeben?«

»Ja.«

»Hm …«, Jens schwieg wieder. Tammo stellte sich vor, wie er vor ihm saß, nachdachte, die neue Information in sein Bild von Moritz Kühn einbaute. »Und dann schickt ihr irgendjemand diese Fotos. Die Fotos allein zeigen ja nicht, dass er etwas mit dem Mann hat. Wurde sie damit vielleicht erpresst? Hat jemand versucht das heile Familienbild kaputt zu machen?«

Tammo überlegte. »Aber dann gäbe es doch irgendwo ein Erpresserschreiben, eine Mail oder so. Ihr habt euch doch alles angesehen.«

»Ja, haben wir. Mit dem Computer sind wir durch. Da ist nichts weiter, was relevant sein könnte, bis auf die Sachen, von denen ich dir schon erzählt habe. Aber … so ein Schreiben, das kann sie ja auch per Post bekommen und vernichtet haben. Oder gut versteckt«, sagte Jens.

»Und dann? Sie zahlt nicht und wird deshalb entführt? Ergibt das Sinn? Dann müsste Moritz Kühn eine Zahlungsaufforderung bekommen haben. Dafür ist er zu entspannt. Oder es ist ihm egal.« Tammo holte das Bild von Moritz Kühn aus seiner Erinnerung, den hellen Raum, die Gräser am Teich, das zu volle Wasserglas. »Er hat mir gesagt, seine Affäre hätte nichts damit zu tun, dass seine Frau verschwunden ist. Was damit zu tun habe, wusste er aber auch nicht.«

»Glaubst du ihm?«, fragte Jens skeptisch.

»Ja. Ich denke schon. Trotzdem bleiben zu viele Fragen offen.«

»Ich brauche Antworten, keine Fragen. Mir werden die Leute abgezogen«, stöhnte Jens. »Du kennst das Spiel ja.«

»Was ist denn, wenn Katinka Kühn es durch die Fotos erfahren hat und ihren Mann zur Rede gestellt hat?«

»Angst vor dem Coming-out. Ist das ein Mordmotiv?«, fragte Jens skeptisch.

»Die Frage ist, *wer* Angst davor hat. Was ist denn, wenn Moritz Kühn seinem Freund erzählt hat, dass sie es weiß … und der …«

»Hat Angst, dass alles auffliegt«, beendete Jens den Satz.

»Warum sollte sie es auffliegen lassen?«, überlegte Tammo, stand auf und ging zum Fenster. Es dämmerte bereits. Gegenüber brannte in mehreren Wohnungen Licht. An einem langen Esstisch in einer Wohnung im zweiten Stock saß eine junge Frau und las etwas.

Für einen sehr kurzen Augenblick spürte er plötzlich den Wunsch, mit Jens im Besprechungszimmer zu sitzen. Zu zweit. Er stellte sich die Fotos an dem Board vor, die Bilder des Tatorts, der Toten, der Vermissten, die Berichte der Kollegen vor ihnen auf dem runden Tisch.

»Sie hat nicht ihrem Mann gedroht. Sie hat seinem Freund gedroht. Er soll die Finger von ihrem Mann lassen, sonst wird seine Frau davon erfahren. Und die Kinder«, dachte Tammo laut und blieb bei dem Bild. Frau Kühn, die in ihrem Wagen sitzt und wartet. Die den Freund ihres Mannes abpasst, aus dem Wagen steigt, als sie ihn sieht, die Tür hinter sich zuschlägt, auf ihn zugeht. Sich vor ihn stellt und es ihm sagt. Ihm droht.

»Er bekommt Panik, hat Angst, alles zu verlieren und … fährt zu dem Waldweg, von dem er weiß, dass sie ihn regelmäßig entlangläuft.«

»Das wäre auf alle Fälle ein Motiv. Ich werde mich sofort darum kümmern«, hörte er Jens sagen, war aber mit seinen Gedanken ganz woanders.

»Was ist denn eigentlich mit dieser Mail von dem Typen, der schrieb, er würde *es* machen?« Vermutlich stand es längst in einem der Berichte, die Sarah geschrieben hatte. Aber die Zeit war zu kurz gewesen, alles zu lesen. Außerdem würde Jens sich wundern, wenn Tammo nicht nachfragte.

»Da sind wir noch nicht weiter. Wir warten auf die Antwort des Providers. Scheinen nicht die Schnellsten zu sein … Aber sag mal, wie kommst du darauf, dass Moritz Kühn etwas mit einem Kollegen hat?«

»Da stand seine Arbeitstasche. Eine alte, ein bisschen wie die von früher. Sie passte überhaupt nicht in dieses moderne, unbelebte Haus … Ich glaube, sie fiel mir auf, weil sie der einzige Gegenstand war, der Spuren von Leben zeigte. Ich habe mich gefragt, wo er ihn kennengelernt hat, wo sie sich sehen, sich verabreden … Ich weiß es nicht. Es ist nur eine Vermutung.«

Jens hörte zu. »Du bist also noch mal hingefahren.«

»Ja. Er musste ja heute Morgen in die Schule.« Tammo blieb bei dem Gedanken hängen, sah Moritz Kühn zur Schule fahren, das Tor sich schließen. Es war zu verlockend, zu einfach, sich vorzustellen, dass er hinter diesem Tor seine Frau in seinen Wagen gelegt und an einen Ort gefahren hatte, den er nicht kannte. Es gab eine Tür, vermutete er, die vom Wohnhaus in die angrenzende Garage führte. Niemand hätte es mitbekommen.

»Fragt ihn …« Tammo überlegte, was er noch sagen wollte. Gerade hatte er doch noch alles vor Augen! »Ach, habt ihr den Ex-Freund von Merle Jansen kontaktiert?«

»Sarah hat heute mit ihm telefoniert«, sagte Jens und schien sich etwas zu trinken einzuschenken.

»Und?«

Er hörte Jens schlucken. Drei Mal. Es war ihm noch nie aufgefallen, dass er das Geräusch nicht mochte.

»Er ist am Boden zerstört. Und davon abgesehen, war er nachweislich in England. Sein Arbeitgeber hat es inzwischen bestätigt.«

»Hat sich sonst noch etwas ergeben? Irgendetwas Neues?«

»Tammo, wenn du …«

»Wenn ich aufhöre, Katinka Kühn zu suchen«, unterbrach er ihn, »dann fange ich wieder an, Lenny zu suchen, und … im Moment fühlt es sich besser an, jemanden zu suchen, den ich nicht kenne.«

»Das verstehe ich, Mann. Was glaubst du, warum ich dir von den Fällen erzählt habe? Aber du musst zurückkommen. Unterstütz uns hier!«

»Ich … ich kann das noch nicht.«

Tammo stellte sich vor, er würde die alte, schwere Glastür am Haupteingang des Präsidiums aufdrücken, an den Kollegen, die im Foyer standen und sich zu ihm umdrehen würden, vorbeigehen. Er würde kurz grüßen und wissen, sie würden sich nicht mehr über das unterhalten, worüber sie eben gerade gesprochen hatten, während er seine Karte rausholen und gegen den Scanner halten würde, damit sich die Sicherheitstür öffnete. Jemand würde mit ihm in dem engen Fahrstuhl nach oben fahren, sie würden nach einem kurzen Kopfnicken schweigend nebeneinander stehen. Die wenigen Sekunden würden sich wie Stunden anfühlen. Er würde durch den muffigen Flur gehen, vorbei an geöffneten Räumen, in denen Menschen an Schreibtischen saßen, ihre Köpfe hoben und vergaßen, nach einem kurzen »Moin!« weiterzuarbeiten, weil sie erstaunt waren, ihn wiederzusehen. Und er wusste, sie würden nicht ihn sehen. Sie würden an etwas anderes denken. An einen Unfall, der gar nicht so schlimm gewesen war. Wäre das Kind angeschnallt gewesen. Sein Kind. Unausgesprochene Fragen. Erschütterung in den Blicken. Der Versuch, etwas ganz Normales zu sagen, was nicht ging, weil es nicht normal war.

»Ich … Es geht nicht.«

»Du kannst doch eine Mail an alle schreiben, dass du nicht auf den Unfall angesprochen werden willst, und …«

»Nein. Darum geht es gar nicht.«

Jens zog die Nase hoch und stellte etwas ab. Vermutlich das Glas, aus dem er getrunken hatte.

»Egal, was du machst. Es kann vor Gericht nicht verwendet werden, wenn …«

»Ich weiß. Aber ist das wirklich wichtig für den Fall, dass Frau Kühn lebend gefunden wird?«

»Ja. Das ist es.«

Tammo ging durch den Raum zu den Fotos von Lenny, der ihn an einem sonnigen Tag anlachte. Mit Schokokuchenkrümeln im Mundwinkel und Freude in den Augen, die in dem Bruchteil einer nicht endenden Sekunde festgehalten worden war.

»Sie hat sich ein Kind gewünscht«, sagte er gedankenverloren und stellte den Bilderrahmen, auf dem bunt angemalte runde Korkscheiben klebten, zurück in das Regal.

»Wer? Katinka Kühn?«

»Ja. Es hat auch geklappt, aber dann hat sie das Kind verloren. Ihr Mann meinte, sie sei darüber nicht hinweggekommen. Das war auch der Grund, weshalb sie so viel laufen gegangen sei.«

»Hm, er liebt eigentlich einen anderen, und sie versucht, ein Kind zu bekommen. Halleluja. Ich bekomme langsam den Eindruck, mein Leben ist überdurchschnittlich langweilig.«

Tammo sah durch den stillen Raum und dachte, *nicht nur dein Leben.* Er griff nach den bodenlangen Vorhängen und zog sie zu.

»Bewegung ist gut gegen Depressionen«, meinte Jens, und Tammo blockierte den Begriff in seinem Kopf.

Er musste an die rote Schnur denken, über die er nicht gesprungen war. Und nie springen würde.

»Du hast doch den Elbstrand vor der Nase. Tut bestimmt gut.«

»Ja … kann sein. Ich gehe jetzt ins Bett«, erklärte Tammo und zog auch den anderen Vorhang zu.

»Na dann. Gute Nacht!«

»Ach, warte mal kurz. Mir fällt gerade noch etwas ein. Hat einer von euch versucht, mit diesem Jungen, von dem ich dir erzählt hatte … Ben Schwankmann aus Stapelfeld … hat jemand mit ihm gesprochen?«

»Ja, wir waren bei ihm. Seine Mutter war so aufgeregt, dass Sarah dachte, sie bekäme gleich einen Herzinfarkt. Sie dachte wohl, ihr Sohn hätte etwas angestellt. Die musste erst mal dazu gebracht werden, tief Luft zu holen. Aber im Gegensatz zu ihr macht er den Mund leider überhaupt nicht auf. Wenn du mich fragst, hat er nichts gesehen.«

Tammo sah nachdenklich durch das Zimmer und fragte sich, was er noch sah. Und was nicht. Und was er glaubte, gesehen zu haben.

»Ich kümmere mich jetzt erst mal um diese angebliche Affäre«, meinte Jens und raschelte mit irgendetwas zu nah am Hörer.

»Es ist keine angebliche Affäre«, korrigierte Tammo ihn und ärgerte sich über diese Formulierung, die suggerierte, dass er falsch lag.

»Sorry, vielleicht fehlt mir da auch einfach die Fantasie. Aber ich checke das. Und du hörst jetzt auf, Privatdetektiv zu spielen. Alles klar?«

Tammo sagte nichts.

»Wir sehen uns!«, sagte Jens – und es klang wie eine Anordnung.

»Ja«, erwiderte Tammo. »Wir sehen uns.« Dann legte er auf.

27.

Der rote Dosenöffner war das Erste, was er sah, als er die Tür öffnete. Sie hielt ihn Tammo mit ausgestrecktem Arm auf Augenhöhe entgegen. Dann nahm sie ihn ein Stück runter, sagte kurz »Huhu!«, als wäre er ein kleines Kind, mit dem sie Verstecken spielte. »Du warst ja beim Friseur«, stellte sie verwundert fest und ging an ihm vorbei in die Wohnung. »Anders, aber gut!«

Tammo blieb im Türrahmen stehen und sah ihr verdutzt hinterher. »Ähm … Hallo!? Was wird das?!«

»Ich mache uns einen Kaffee. Oder bist du Teetrinker? Auch kein Problem. Hauptsache irgendetwas, das wach macht. Mir egal«, hörte er sie sagen, während sie den Flur entlang in die Küche stapfte.

»Ich … ich will überhaupt keinen …«, stammelte er und sah an sich hinab. Gestreifte, blaue Pyjamahose, grauer Kapuzenpullover, keine Strümpfe.

»Okay«, meinte sie in der Mitte der kleinen Küche, die Arme rechts und links in die Hüften gestemmt, und sah sich mit kritischem Blick um. Der rote Dosenöffner lag auf dem Tisch. »Junggeselle oder frisch geschieden. Gemütlich ist auf alle Fälle anders.«

»Entschuldigung, aber ich habe gerade noch …«

»Kein Problem, ich mach schon«, erklärte sie und fing an, die Schränke zu öffnen.

Geschlafen, dachte Tammo seinen Satz zu Ende. »Machst du das immer so?«

»Was?«

»Dich selbst einladen.«

»Nein. Nur bei besonders schweren Fällen.«

»Ah …«, murmelte er und überlegte, warum er ein besonders schwerer Fall war. Hatte sie ihm wieder eine Karte unter der Tür durchgeschoben, und er hatte sie übersehen?

Sie nahm die kleine silberne Espressomaschine vom Herd, drehte sie auf, nahm den Filter raus und sah sich suchend um.

»Hier.« Tammo machte einen Schritt nach rechts und zeigte auf den Mülleimer hinter sich.

»Ah«, sagte sie, öffnete den Mülleimer und klopfte den alten Espressosatz aus dem Sieb. Dann ging sie zum Spülbecken, säuberte es, füllte Wasser in das untere Teil, ließ das Sieb wieder ein und öffnete die Tür des Hängeschrankes über sich. »Na, immerhin schon mal Becher«, sagte sie, nahm zwei raus und schloss die Tür wieder.

Tammo beobachtete sie, während sie einen Schrank nach dem anderen öffnete, und fragte sich, ob das, was er sah, wirklich passierte. Jemand platzte in sein Leben und übernahm es für ihn. Und es fühlte sich gerade im Moment ganz okay an.

»Alles klar, ich gebe auf. Ist er alle, oder hast du ihn unterm Bett?« Sie sah ihn mit weit aufgerissenen Augen an und wartete.

»Bitte?«

»Der Espresso. Hast du keinen oder …?«

»Doch, doch, hier.« Tammo ging zum Kühlschrank, öffnete ihn und nahm die silberne Dose raus.

»Was macht der denn da?«, wollte sie wissen, während sie die Dose entgegennahm.

Tammo zuckte mit den Schultern.

»Du bist echt ein Kauz, weißt du das?«

»Ein schwieriger Fall oder ein Kauz?«

»Ein schwieriger Fall von Kauz«, erklärte sie lachend und stellte den Herd an, nachdem sie das Pulver eingefüllt und die beiden Teile wieder zusammengedreht hatte.

»Aha.«

»Ich kenne allerhand merkwürdige Leute, glaub mir das, aber so einen wie dich hab ich noch nicht getroffen.«

»Wo hast du denn die anderen getroffen?«, fragte Tammo, obwohl es ihn nicht wirklich interessierte, zog einen Stuhl vom Tisch weg und setzte sich. Er war todmüde. Nachdem er wieder mal um kurz vor vier Uhr aufgewacht und durch die Wohnung geschlichen war, hatte er sich irgendwann doch noch einmal hingelegt.

Draußen war es schon beinahe hell gewesen. Seine Knochen hatten sich angefühlt, als wären sie schwerer als sonst. Sie schmerzten. Genau wie sein Kopf, der ihn daran erinnerte, dass die Wirkung der Tablette nachließ. Kaum hatte er sich die dicke Daunendecke bis zu seinen Ohren gezogen, hatten sich innerhalb von Sekunden Bilder in sein Bewusstsein geschoben, die ihn in eine andere Welt trugen. Das Letzte, was er gespürt hatte, bevor er eingeschlafen war, war eine große Erleichterung gewesen.

Sie verschränkte die Arme, legte ihren Kopf leicht zur Seite und grinste schief. Tatsächlich schaffte sie es, nur den linken Mundwinkel zur Seite zu ziehen. Die andere Seite blieb völlig regungslos. Auf ihrer hohen Stirn lagen drei waagrechte, sanfte Wellen.

»Meine Familie bietet eine große Vielfalt an seltsamen Exemplaren …«, sagte sie. Tammo sah, dass sie etwas anderes hatte sagen wollen, und wartete.

»Na ja, und für meinen Job wäre es vermutlich auch von Vorteil gewesen, wenn ich eine therapeutische Ausbildung absolviert hätte.«

»Hast du aber nicht.« Tammo schlug die Beine übereinander.

Ihr Blick blieb kurz auf den Streifen seiner Pyjamahose haften. »Nein«, sagte sie und sah ihn an.

Bevor er fragen konnte, was sie machte, fing die Espressomaschine ohrenbetäubend an zu pfeifen. Sie drehte sich um, schob die Maschine beiseite, holte die Milch aus dem Kühlschrank und sah sich suchend um.

»Unten rechts«, sagte Tammo und zeigte auf das Fach in der Ecke.

»Ah!« Sie bückte sich, nahm einen kleinen Topf raus, schloss die Tür wieder und stellte den Topf auf die noch warme Platte. »Hast du …« Sie machte eine Handbewegung, die er nicht deuten konnte. »Einen Zauberstab oder so?«

»Einen … was?«

»Etwas zum Milchaufschäumen«, erklärte sie.

Tammo musste überlegen. Hatte er? Oder hatte Lena …? Er stand auf und zog eine der Schubladen auf. Dann noch eine. Dann ein größeres Fach, in dem sich eine Sammlung von Tupperbehältern und Deckeln befand, die alle nicht zueinander passten. »Offenbar nicht.«

»Hmm …«, machte sie nachdenklich. »Du scheinst dich gut auszukennen in deiner Küche. Einen Schneebesen?«

»Ja, der ist … Moment«, Tammo griff noch einmal in die Schublade, »hier!«

»Na denn!«

Während sie die Milch schaumig rührte, fragte Tammo sich, wo sie die Kraft hernahm. Sie war klein und zierlich, aber offensichtlich gut durchtrainiert. Er hätte schon längst einen Krampf im Oberarm bekommen, dachte er, und sah ihr zu, wie sie den warmen Milchschaum in die Becher füllte und anschließend den heißen Espresso darüberlaufen ließ.

»Taraaa!«, sagte sie und stellte seinen Becher vor ihm auf dem Tisch ab. »Zucker?«, fragte sie, als sei er der Gast.

»Nein, danke«, meinte er, und ihn ließ das Gefühl nicht los, dass diese Situation zu skurril war, um wirklich zu sein. Und trotzdem war da noch etwas anderes. Er konnte es nur nicht benennen. So wie sie – ihm fiel ihr Name einfach nicht ein, es gab in seinem Gedächtnis nicht einmal den Ansatz einer Idee. Kein Buchstabe, kein Klang.

Sie setzte sich auf die andere Seite des Tisches, ans Fenster, streifte die Schuhe ab und zog ein Bein an, sodass ihr Fuß auf dem Stuhl stand. Sie sah ihn, während sie ihren Milchschaum trank, so an, als hätte sie eine Frage gestellt und würde auf die Antwort warten.

»Es wird früher oder später auffliegen, also sage ich es lieber gleich«, sagte Tammo kleinlaut und beobachtete, wie ihre Augen größer wurden. »Dein Name. Ich … Er fällt mir einfach nicht ein«, gab er achselzuckend zu.

Sie warf den Kopf nach hinten, und ein helles, lautes Lachen erfüllte die Küche. Tammo konnte nicht anders, als mitzulachen. Was sollte man auch sonst tun?! Es war eh schon viel zu absurd, das alles.

»Lisbeth«, erklärte sie, »oder einfach …«

»Lissy!«

»Na, geht doch! Mann, du bist echt ein komischer Vogel«, sprudelte es aus ihr heraus, und sie strahlte über ihr ganzes schmales Gesicht. »Du kriegst nicht oft Besuch«, stellte sie fest und ließ ihren Blick durch die kleine Küche wandern, hinaus in den Flur, in dem kein Licht brannte, und wieder zurück, zu Tammo.

Während er den Kaffee trank, der definitiv besser schmeckte als der, den er machte, fragte er sich, was sie darauf schließen ließ. Er sah auf ihre Schuhe, die sie mit dem Fuß ein Stück weggeschoben hatte. Schwarze Turnschuhe ohne Schnürsenkel. Solche, in die man einfach reinschlüpfen konnte. Oder raus.

Sie wohnte unter ihm. Und sie hörte nur seine Schritte. Das war es, dachte er.

»Hast du keinen Bock auf Leute, oder haben die Leute keinen Bock auf dich?«, wollte sie wissen, und Tammo überlegte, ob ihre aufdringliche, undiplomatische Art etwas Nerviges hatte oder ob sie gerade deshalb, weil sie im Grunde genommen einfach nur frech war, interessant wirkte. Er war sich nicht sicher, noch nicht, und zuckte mit den Schultern.

»Ist das ausschlaggebend für den weiteren Verlauf des Gespräches?«

»Arbeitest du in einer Behörde?«, wollte sie wissen und stellte ihren Becher ab.

»Kann man so sagen«, meinte er und nahm noch einen Schluck. Wenn sie wirklich vorhatte, sich mit ihm zu unterhalten, musste er dringend wach werden.

»Ah … deshalb.«

»Was?«

»Du redest so … anders«, stellte sie fest und sah ihn nachdenklich an. »Merkwürdig monoton«, fügte sie hinzu.

Tammo wusste, was sie meinte. Es hatte ihn nur lange niemand daran erinnert, an seine Stimme. Die gleichbleibende Betonung dessen, was er sagte. Der Roboter in ihm.

»Das«, er deutete mit der linken Hand in Richtung seines Ohres, »liegt an meinem Gehör. Ich höre anders als du. Deshalb spreche ich auch ein wenig … anders.«

»Was hörst du denn?«, las er von ihren Lippen ab und erinnerte sich an die Zeit, als die Stimmen, die Geräusche, das Leben um ihn weniger geworden waren und die Stille größer geworden war.

Ein Sonnenstrahl traf ihn und er kniff die Augen zusammen. Lissy rückte mit ihrem Stuhl ein Stück zur Seite, sodass der Sonnenstrahl von ihrem Rücken gestoppt wurde.

Tammo erzählte. Von seiner Kindheit, der Mumpserkrankung, dem Beobachten in einem Kokon aus Watte. *Was mache ich hier eigentlich*, fragte er sich, während er weitersprach. Von dem ersten Moment nach der Operation erzählte, als seine Audioprozessoren angepasst worden waren und er viel zu hohe Töne gehört hatte, blechern, wie bei einem Xylofon. Von der Enttäuschung. Von den Wochen, bis er ganze Sätze hatte hören können.

Er erzählte von der Entdeckung der Wahrheiten, die nicht ausgesprochen wurden. Dem Sehen, was andere, die hören konnten, nicht sahen. Von dem Moment, dem ersten, in dem er etwas beobachtete, was niemand sagte. Von der Erkenntnis, der Irritation, der anfänglichen Unsicherheit. Er erzählte von seinem Job, von seiner Aufgabe im Team, von den Herausforderungen, die ihm gestellt wurden, und denen, die er sich suchte.

Von dem Grund, warum sie nur seine Schritte hörte, sagte er nichts.

»Wow!«, sagte sie schließlich.

Tammo sah ihr erstauntes, ehrlich beeindrucktes Gesicht, ihre zarten Hände, die so viel Kraft hatten, die immer noch den Becher umfassten, der eigentlich schon längst leer sein musste. Und er fragte sich, wann er das letzte Mal hier mit Lena gesessen und sich so lange unterhalten hatte. Die Leichtigkeit hatte ihnen gefehlt. Sie war mit Lenny gestorben.

»Und du? Was machst du so, außer Dosenöffner ausleihen«, wollte er wissen.

Ein Lächeln breitete sich auf ihrem Gesicht aus. Sie machte ihren Rücken ein Stück gerader und strich sich mit der Hand durchs Haar. »Ich mache aus Bildern Geschichten.«

Tammo überlegte, kam aber nicht darauf.

»Du bist Fotografin«, tippte er.

»Cutterin. Ich schneide Filme fürs Fernsehen. Reportagen, Sendungen … was gerade gefragt ist.« Sie ließ ihren Fuß runter, stellte ihr Bein auf und stützte ihre verschränkten Arme auf der Tischplatte ab. Dann erzählte sie von Kompositionen aus Bildern und Tönen, der Mischung, dem perfekten Moment, wenn alles zusammenpasst.

Tammo kam der Gedanke, sie zu fragen, ob sie seine Bilder, seinen Film nicht einfach umschneiden könne. Oder zurückspulen, ein Jahr. Er sah einen roten rechteckigen Knopf vor sich, auf dem in schwarzen Buchstaben LÖSCHEN stand und stellte sich vor, sie würde …

»Hallo?« Sie sah ihn mit großen Augen an und wartete offensichtlich auf eine Reaktion von ihm, die Antwort auf eine Frage, die er nicht kannte.

»Ja?«

»Ob du auch noch einen möchtest?« Sie hielt ihren Becher hoch und zeigte mit der freien Hand auf seinen.

Ich muss Katinka Kühn suchen. Es dauert alles zu lange, schoss es ihm durch den Kopf. *Ich* …

»Na?«, riss sie ihn erneut aus seinen Gedanken.

»Ja … ähm … Nein, danke. Ich … sorry. Ich muss los.« Tammo stand auf, nahm seinen Becher und stellte ihn in die Spüle. Einen Moment sah er den Becher an, dann nahm er ihn wieder raus, öffnete den Geschirrspüler, stellte ihn rein und schloss die Tür.

»Hast du einen Termin?«

»Ja.« Er sah auf den Farbeimer auf dem Boden neben der Wand. Himmelblau. Der Himmel, der bis zu Katinka Kühn reichte. »So was Ähnliches.« Er strich sich mit der Hand über seine immer noch ungewohnt kurzen Haare. »Ich muss jemanden suchen. Tut mir leid, aber das ist sehr wichtig!«

Er ging aus der Küche, machte Licht im Flur und verschwand in seinem Schlafzimmer. Es war dunkel. Tammo zog die Vorhänge nach links und rechts und öffnete das Fenster auf Kipp. Die Sonne blendete ihn, und er fragte sich, ob sie auch Katinka Kühn blendete, in diesem Moment.

»Ich kapiere langsam, warum du allein bist«, hörte er sie hinter sich. Sie lehnte mit verschränkten Armen im Türrahmen.

»Nein«, entgegnete er und drehte sich um.

Sie sah ihn erstaunt an.

»Du verstehst es nicht«, sagte er, ging auf seinen Schrank zu, öffnete ihn und zog ein paar frische Klamotten raus. »Du kannst es nicht verstehen.« Tammo schloss die Schranktür und sah in ihr Gesicht, ihre blauen Augen, die Sommersprossen, die dichten Augenbrauen, die glatte, junge Haut. Er roch etwas, das ihn an eine

Massage erinnerte, die Lena ihm irgendwann geschenkt hatte. Zu Weihnachten. Oder zum Geburtstag. Ein ganz bestimmtes Öl.

»Dann erklär es mir«, forderte sie ihn auf.

Die Kleidung in den Händen stand er da und wusste nicht, was er sagen sollte. Es gab seiner Meinung nach nichts, was man dazu hätte sagen können.

»Ich muss jetzt duschen.«

Sie nickte. »Mach das. Du weißt ja, wo ich wohne.«

»Ja.«

»Gut.« Sie löste sich vom Türrahmen. »Dann viel Erfolg!«

28.

Katinka ließ ihren Blick durch den Raum schweifen. Tastete sich mit den Augen vom Bett zum Stuhl, zur Tür, zum Schrank, zum Vorhang in der Ecke, hinter dem sich die Toilette befand. Dort blieb ihr Blick haften, und sie erinnerte sich zurück an den Augenblick, der ihr das Herz gebrochen hatte. Es war schon eine Weile her, doch es fühlte sich an, als wäre es gerade erst gewesen. Der Moment in ihrem Bad, als sie das Blut gesehen hatte. Sie sah sich selbst von der Toilette in ihrem Bad rutschen, auf allen vieren auf den grauen Fliesen im Bad, schreiend, den Kopf an der Glastür der Dusche. Immer wieder. Bis Moritz sie weggezogen hatte. Die Leere in ihr, danach. Der Schrei, der nicht endete, der für immer in ihr nachhallte. Ihre Sehnsucht nach einem Baby. Der Moment, nach der Geburt, das Baby auf ihrem Bauch. Die erste Berührung, obwohl sie sich schon so oft berührt hatten. Immer wieder hatte sie es sich vorgestellt. Und jedes Mal waren Tränen über ihr Gesicht gelaufen, weil es nur ein Bild war in ihrem Kopf. Und jetzt? Jetzt sollte sie Mutter sein. Ausgerechnet sie, die sich nichts mehr wünschte als ein Kind.

Es hatte Tage gegeben, an denen sie gedacht hatte, es gäbe keine größere Ungerechtigkeit als die, nicht schwanger zu werden. Alles dafür zu tun und dann dazusitzen, auf dem Sofa, und lesen zu müssen, dass wieder eine Frau ihr Kind nach der Geburt getötet und irgendwo in einem Wald in einer Tüte abgelegt hatte wie Müll. Auf dem Dachboden, im Garten, in einem Karton, an einer Bushaltestelle. Sie kannte jede einzelne dieser Nachrichten.

Sie hätte jedes Kind genommen, es geliebt, alles dafür getan, Mutter sein zu dürfen.

Was dachte dieser Mann sich dabei, ausgerechnet sie zu entführen? Wie konnte er ihr nur so etwas antun? Nahm er wirklich an, ihr damit zu helfen? War er tatsächlich so dumm zu glauben, er täte ihr einen Gefallen?

Sie hatte gedacht, sie hätte die schlimmste Zeit ihres Lebens hinter sich. Sie hatte sich geirrt.

29.

Tammo, was willst du? Ich habe dir die Aktenzeichen gegeben! Mehr geht nicht.« Sarah klang gereizt. Es nützte nichts. Sie wusste vermutlich Dinge, die noch nicht in den Berichten standen, weil sie noch keine Zeit gehabt hatte, sie zu schreiben. Und er hatte keine Zeit zu warten, bis sie geschrieben waren.

Er hatte unter der Dusche gestanden, sich mit den Händen an den Fliesen abgestützt und dem Wasser zugesehen, das um seine Füße herumgeflossen war, sich in einem Strudel gesammelt hatte, um dann unbemerkt abzufließen. Er brauchte eine Richtung. Etwas, das ihn weiterbrachte.

»Seid ihr mit dem Provider weitergekommen? Ich meine die Mail von diesem Typen, der …«

»Ich weiß, welche Mail du meinst«, unterbrach sie ihn. Tammo hörte, wie sie etwas hin- und herschob, den Schreibtischstuhl, auf dem sie offenbar saß, ein Stück zur Seite rollte. »Frag mich nicht, warum ich dir das jetzt erzähle. Wir sind mehr als quitt.«

»Darum geht es doch gar nicht. Ich muss nur …«

»Du musst hier herkommen und nicht einen auf Schimanski machen. Das ist alles, was du musst.«

»Sarah?«

Ihre Stimme klang weicher, als sie eine lange Weile später »Ja« sagte. Zumindest glaubte er es. Es schwang etwas Bockiges mit, aber er war sich nicht sicher. Dazu hätte er ihr Gesicht sehen müssen.

»Wer ist der Typ? Dieser Ingo?«, drängte Tammo.

»Irgendein armer Student, der sich sein Taschengeld aufbessern wollte, meint die beste Freundin von Katinka Kühn, Michaela Stegener, mit der ich gesprochen habe. Sie macht sich übrigens große Sorgen und ist davon überzeugt, dass etwas passiert sein muss«, erklärte Sarah.

»Womit wollte er sein Taschengeld aufbessern?«

Sarah versuchte, sich ein Lachen zu verkneifen, was nicht klappte und Tammo irritierte.

»Warum lachst du?«

»Na ja. Er hat sich als Samenspender zur Verfügung gestellt.«

»Bitte?«

»SAMENSPENDER«, wiederholte sie etwas lauter, und Tammo fragte sich, ob sie allein im Büro war. »Wobei das Wort Spender in diesem Fall zweckentfremdet wurde und daher nicht als kostenfrei, sondern als gut bezahlt betrachtet werden muss.«

In Tammos Kopf flogen Puzzleteile durcheinander und wollten sich nicht zusammenfügen lassen, egal, wie er es drehte. »Sie wollte ein Kind«, sagte er zu sich selbst, mit dem Hörer in der Hand. »Deshalb ist sie auch in einer Kinderwunschpraxis gewesen ... Es hat sogar geklappt, irgendwann. Aber dann hatte sie eine Fehlgeburt.« Er machte eine Pause, setzte sich auf seine Bettkante, auf der das nasse Handtuch lag, das er eben mit aus dem Bad gebracht hatte, und spürte kurz die Feuchtigkeit durch seine Stoffhose.

Er sah auf den Fußboden, auf dem eine Staubschicht lag und hörte, dass Sarah etwas sagte. Aber er wusste nicht, was es war.

Die Ordnung, seine, die von Merle Jansens Eltern, die von Katinka Kühn, war weg, und Tammo überlegte, ob sie sich wiederherstellen ließ, wenn er Katinka Kühn finden würde. Ein Gleichgewicht, das nur bestand, wenn auf beiden Seiten der Waage ...

»Tammo?«

Er erschrak. »Ja?«

»Willst du jetzt wissen, was mit dem armen Studenten ist?«

»Ja, natürlich. Ich war nur kurz ...«

»Schon klar. Also. Die grundgute Frau Kühn wollte ein Kind. Soweit warst du ja auch schon. Fakt ist: Sie war auf der Suche nach jemandem, der ES macht.«

»Sie schwängern.«

»Bingo! Wobei ... so weit würde ich nicht gehen. Es sollte, wie gesagt, eher eine Art Samenspende sein, für viel Geld. Keine Alimente, dafür aber ein Studium ohne Stress. Cooler Deal, was?«

»Aber dazu kam es nicht.«

»Nein. Leider. Zumindest findet der arme Student das, der sich schon darauf gefreut hatte, seinen Job im Kino an der Popcornmaschine kündigen zu können.«

»Wo findet man so jemanden? Ich meine, einen, der …«

»An der Alster.«

»Bitte?«

»Sie war mit ihrer Freundin sonntags an der Alster. Einmal rum und danach Brunchen. Das Übliche. Jedenfalls hat sie ihn da in einem Café gesehen und angesprochen.«

»Okay«, sagte Tammo ungläubig und stellte sich für einen Moment vor, Moritz Kühn hätte rausbekommen, was seine Frau plante. Vermutlich wäre es ihm sogar egal gewesen. *Sie* wollte ein Kind. Nicht er.

»Ihre Freundin erzählte übrigens auch, dass es nicht der erste Mann war, den sie angesprochen hat. Bisher hatte sich nur keiner gefunden, der es gemacht hätte. Die meisten haben entweder empört oder amüsiert reagiert. Eins hatten sie jedenfalls alle gemeinsam: Sie haben Frau Kühns Anfrage nicht ernst genommen.«

Tammo überlegte, während er zuhörte, wie er selbst reagiert hätte, wenn eine wildfremde Frau ihn gefragt hätte, ob er ihr sein Erbgut gäbe. Gegen Geld.

»Es ging ihr laut Aussage der Freundin vor allem darum, dass der Vater ihres Kindes jung war, gesund, intelligent. Unser Popcornmann dachte auch erst, sie nähme ihn auf den Arm, aber das hat sich nach der ersten Anzahlung schlagartig geändert.«

»Wie viel?«, schoss es aus Tammo heraus.

»1000 Euro. Für ein Gesundheitszeugnis und den Willen zu kommen, wenn sie ihn anruft. Geht doch, oder?«

»Hm … als Anzahlung? Nicht schlecht. Ist ja die Frage, was da noch alles gekommen wäre! Habt ihr ihn überprüft?«

»Natürlich habe ich das. Hübscher Kerl, nicht vorbestraft. Und bevor du weiterfragst: An dem Tag, als Katinka Kühn das letzte Mal gesehen wurde, war er bei seinen Eltern in Stralsund. Seine Mutter wurde fünfzig.«

Tammo stand auf. Seine Hose klebte hinten an den Oberschenkeln. Er nahm das nasse Handtuch, ging ins Bad und hängte es über die Heizung.

»Zu der *Übergabe* kam es übrigens nicht mehr. Er hat ein paarmal versucht sie zu erreichen, dann aber aufgegeben, weil er dachte, sie hätte es sich anders überlegt. Die Telefonverbindung hab ich gecheckt. Es stimmt, was er ausgesagt hat. Ich tippe mal, er steht jetzt wieder an der Popcornmaschine.«

»Warum ist sie denn nicht einfach zu einer Samenbank gegangen? So was gibt es doch, oder?«, fragte er, während er langsam durch den Flur ins Wohnzimmer ging.

»Keine Ahnung! Was fragst du mich das?«

Sarah hatte recht. Er kannte keine Person, die weniger Interesse an Kindern hatte als sie. Ihr Thema war vermutlich eher: Wie bekam man sie nicht?

»Gibt es sonst noch etwas Neues?«, hakte er nach und blieb stehen, den Blick auf das Fenster gerichtet, vor dem eine Taube saß und irgendwohin guckte.

Sarah schwieg.

»Bitte«, flüsterte er, in der Hoffnung, die Taube nicht zu verscheuchen, und hatte plötzlich das Gefühl, Sarah näher zu sein, als er es je gewesen war. Obwohl mehrere Kilometer sie trennten.

»Wie geht es dir?« Sarahs Stimmer klang, als hätte sie »Führerschein und die Wagenpapiere, bitte« gesagt.

»Ich … ich weiß es nicht, ehrlich, ich kann es dir nicht sagen. Hat die Freundin sonst noch irgendetwas erzählt? Etwas, das eine Richtung vorgibt, in die wir ermitteln können.«

»Wir?«

Tammo wollte die erneute Nachfrage, die hinter diesen drei Buchstaben stand, übergehen, aber es ging nicht.

»Ich … ich melde mich wieder«, sagte er schnell.

»Warte«, hörte er Sarah sagen, bevor er auflegen konnte.

»Ja?«

»Ihre Freundin konnte uns leider nicht weiterhelfen. Ich habe nicht mehr erfahren, als dass sie sich wie gesagt große Sorgen macht. Sie meinte, Katinka Kühn sei kein Typ, der einfach verschwindet. Sie hatte in den letzten Wochen leider nicht so viel Kontakt mit ihr, außer hin und wieder mal ein paar WhatsApps, da sie in Kapstadt war. Sie arbeitet in der Werbebranche, und da wird aktuell tatsächlich die neue Sommerkollektion fotografiert.«

Tammo stand vor dem großen Fenster im Wohnzimmer, sah raus, wo schon lange kein Sommer mehr war, und dachte an einen anderen Strand, ein Meer, das näher war.

»Der Mann, mit dem Moritz Kühn eine Affäre hat …«, begann er.

»Hauke Erdmann«, unterbrach Sarah ihn. »Er ist der Schulleiter, sein Vorgesetzter. Daher der Wirbel. Er lebt mit seiner Familie in der Hafencity.« Sie stieß Luft durch die Nase, was wohl einem »Tja, du hattest recht« gleichkam.

Kleine, gelbe Blätter fielen wie Schneeflocken in Zeitlupe nach unten. Es gab keinen Baum mit so kleinen Blättern, wunderte Tammo sich, beugte sich etwas vor und sah ihnen hinterher. Warum Hafencity, fragte er sich, was mehrere Gründe hatte. Einer war, dass er diesen neu erfundenen Stadtteil nicht mochte. Er kam sich wie eine Playmobil-Figur vor, wenn er durch die Straßen mit ihren Neubauten ging, die ihm nichts sagten.

Ein anderer war, dass die Grundschule, an der Moritz Kühn und sein Liebhaber arbeiteten, ganz im Osten der Stadt lag.

»Ich habe über den Punkt auch schon mit Jens kurz gesprochen. Was ist, wenn Frau Kühn ihm gedroht hat? Seid ihr dem mal nachgegangen? Stell dir vor, Frau Kühn hat verlangt, dass er ihren Mann in Ruhe lässt, sonst …«

»Würde sie es seiner Frau sagen«, beendete Sarah seine Überlegung.

»Zum Beispiel.«

»Ja, das haben wir auch schon in Betracht gezogen. Ein Motiv wäre es«, stimmte sie ihm zu und tippte etwas auf ihrer Tastatur. Sie konnte das in einem Tempo, bei dem Tammo schwindelig wurde, wenn er daneben stand. Er selbst hatte nie verstanden, wie das gehen sollte, schreiben ohne runterzusehen.

Sarah war wie eine Maschine. Und obwohl er sie schon so viele Jahre kannte, irritierte es ihn trotzdem noch in manchen Momenten.

»Was ist mit seiner Frau? Frau Erdmann? Könnte sie etwas damit zu tun haben?«, überlegte er laut und versuchte sich ein Bild zu machen, in das die Frau passte. Ein Bild von einer Liebe, die nicht sein durfte. Zwei Frauen, die betrogen wurden und von denen eine verschwand.

»Was für ein Motiv hätte sie?«

»Drei ist einer zu viel. Und ein Vierter beziehungsweise eine Vierte, die droht, etwas auffliegen zu lassen, erst recht«, meinte er, drehte sich vom Fenster weg zum Couchtisch und hob die Akte hoch. »Ich … ich muss mal darüber nachdenken. Danke, Sarah. Ich melde mich wieder.«

»Davon gehe ich aus«, hörte er sie sagen, dann ein leises: »Mach's gut, Tammo!«

»Du auch!«

Mit den Unterlagen in den Händen ging er zum Esstisch, nahm alle Papiere aus dem Ordner und breitete sie vor sich aus.

30.

Es war die Stille, die sie aus ihrem Halbschlaf riss.

Etwas fehlte, dachte sie mit geschlossenen Augen. Dann wurde ihr schlagartig klar, was es war. Sie hörte kein Rattern, kein Surren, nichts.

Die Lüftung war aus.

Sie setzte sich auf. Wie lange konnte man in einem geschlossenen Raum überleben ohne Luftzufuhr, schoss es ihr durch den Kopf.

Katinka stand auf, nahm den Stuhl, schob ihn vor die Wand, an der sich die Lüftung befand, stellte sich darauf und versuchte, das Gitter abzunehmen, in der Hoffnung zu erkennen, wo das Problem lag.

Sie wusste, dass sie keine Chance hatte.

Sie stieg vom Stuhl, setzte sich, stützte den Kopf in ihre Hände, fuhr sich durch die langen, strähnigen Haare, stand wieder auf. Sie jagte hektisch mit ihrem Blick durch den Raum, blieb nirgendwo und war doch überall. Bis sie ihre Augen schloss, die Hände auf die Lider legte und versuchte, ihre Atmung wieder unter Kontrolle zu bekommen. Ihr kam der Gedanke, dass sie zu viel Luft verbrauchte.

Ruckartig stand sie auf, begann die Länge des Raumes abzugehen, auszumessen. Sie rechnete, schätzte, wog ab, versuchte sich an Entführungsfälle zu erinnern, in denen Menschen eingeschlossen gewesen waren. Sie dachte darüber nach, in welchen Zeitabständen der Mann zu ihr gekommen und wie lange es her war, das letzte Mal – ohne eine Uhr, ohne einen Wert, den sie in ihre Berechnungen hätte aufnehmen können. Ihre Augen wurden feucht.

Im nächsten Moment redete sie auf sich selbst ein, versuchte sich selbst zu beruhigen. Der Raum war groß genug, um einige Tage zu überleben. Oder doch nicht?

Nach einer Weile wischte sie die Tränen aus dem Gesicht. Warum funktionierte die verdammte Lüftung nicht mehr? War sie einfach nur defekt oder hatte er sie absichtlich ausgestellt? Nur warum? Sie hatte die Karte an ihre Mutter geschrieben, alles genauso gemacht, wie er es wollte. Was hätte er für einen Grund gehabt? Hatte er sie durchschaut? Hatte er das Zeichen, das ihre Mutter erkennen würde, um zu wissen, dass etwas nicht stimmte, erkannt?

Sie hörte Schritte, stellte sich an die Wand und wartete. Zum ersten Mal, seit sie hier eingeschlossen war, spürte sie Erleichterung, als er aufschloss.

»Gott sei Dank. Gut, dass Sie da sind!«, sagte sie mit gesenktem Blick. »Die Lüftung«, sie zeigte hinter sich an die Decke, »sie ist defekt!«

Er nickte nur kurz, dann sagte er ganz ruhig: »Die brauchst du jetzt eh nicht mehr. Zieh dir deine Schuhe an.«

31.

Der Stadtplan, den er zwischen den Reiseführern ganz unten im Bücherregal gefunden hatte, hing etwas verloren und schief an der Wand. Das Tesafilm wollte nicht halten.

Es war Lenas Plan. Sie hatte ihn in ihrer Umhängetasche mit sich rumgetragen, als sie nach Hamburg gezogen war.

Tammo stand davor, den Kopf leicht schräg zur Seite geneigt, um den schiefen Plan besser betrachten zu können.

Er machte den Kopf wieder gerade und schloss die Augen. *Wo bist du*, fragte er sich, während er an das Foto von Katinka Kühn dachte, das in ihrem Haus stand. Ihre Haarfarbe, die anders war, als er dachte, ihre Wangenknochen, die geschwungenen Lippen, die Klarheit in ihrem Blick.

Es war ein Gedanke, der ihn beunruhigte. Die Überlegung, was ihre Entführung brachte. Und was ihr Tod.

Langsam öffnete er die Augen und sah auf die verknitterte Stadt. Tammo ging auf den Plan zu, löste das Tesafilm und versuchte, ihn gerade aufzuhängen, während er an alte Fälle dachte, die jetzt von einer neuen Abteilung im LKA wieder aufgerollt wurden. Und er fragte sich, ob Katinka Kühn irgendwann auch ein ungelöster Fall wäre, so wie Sabine Wendlich, den man nach Jahrzehnten doch noch einmal aus der Schublade ziehen würde.

Kopfschüttelnd drehte er sich um, so, als würde er Widerspruch einlegen, und griff nach einem der Stifte, die er auf den Tisch neben die Unterlagen gelegt hatte.

Hier wohnst du, sagte er innerlich und machte eine Markierung an der Stelle, an der sich das Haus von Katinka und Moritz Kühn ungefähr befand. Der weiße Würfel.

Hier, er zeichnete mit dem Stift einen Kreis um den Stadtrand und die Feldmark, *warst du laufen. Und hier*, er machte ein Kreuz auf den Volksdorfer Wald, *hat man Merle Jansen gefunden. Keine sichtbare Verbindung, kein Kontakt.*

Einen weiteren Punkt machte er an der Elbe, in der Hafencity, wo sich das Architektur-Büro befand. Und die Wohnung des Schulleiters und seiner Familie.

Einen in Rissen, in der Straße von Sabine Wendlich, deren Schwester er ein Versprechen gegeben hatte, das er nicht hatte einhalten können – bis jetzt.

Tammo ging ein paar Schritte zurück und sah sich alles mit Abstand an.

Natürlich konnte Katinka Kühn auch außerhalb der

Stadt sein, das war ihm bewusst – die Autobahn, die in der Nähe des Stapelfelder Moors entlangführte, die Möglichkeit, dass sie in einem Wagen an einen anderen Ort gebracht worden war.

Er fragte sich, wo Lena gerade war und warum er sie nicht vermisste. Die Liebe war einer Leere gewichen, die er nicht verstand. Nicht richtig.

Sein Handy klingelte irgendwo im Schlafzimmer und holte seine Gedanken zurück ins Esszimmer. Es dauerte nicht lange, bis es wieder still war.

32.

Die Aufregung stand ihr im Weg.

Katinka versuchte, sich zu konzentrieren, sich alles genau zu merken, aufzusaugen, festzuhalten. Jeden Schritt, jeden Meter, den sie ging, zählte sie, speicherte ihn in ihrem Gehirn. Jedes Tapetenmuster, jeden Geruch, jeden noch so kleinen Gegenstand versuchte sie sich zu merken. Sie zeichnete die Lage der Räume in ihrem Kopf auf, um ein Modell davon anfertigen zu können. So, wie sie es schon Hunderte Male getan hatte. Modelle, in denen keine Menschen lebten.

Irgendwann, vor ein paar Monaten, hatte sie eine Reportage über einen jungen Mann gesehen, sie war sich nicht mehr sicher, ob er Franzose gewesen war. Oder Spanier. Er hatte ein fotografisches, eidetisches Gedächtnis gehabt. Jemand hatte ihn in einem Wagen durch eine Stadt, die er nicht kannte, gefahren. Anschließend hatte er mit einem Bleistift auf einer sehr großen, langen Leinwand ganze Straßenzüge, Häuserfassaden, kleinste Details wiedergegeben. Es hatte etwas mit seinem Gehirn zu tun. Mit der Verbindung zwischen den Gehirnhälften. Sie wusste nicht mehr genau, was es war.

Aber sie wusste, sie musste sich alles merken. Für das Modell, das sie in ihrem Kopf bauen würde.

Das Adrenalin legte sich wie ein Filter zwischen ihre Wahrnehmung und die Realität. Es erschwerte ihr angestrengtes Bemühen, sich auf das, was sie speichern wollte, zu konzentrieren.

Der Mann hatte die Tür ihres Gefängnisses geöffnet, deren Holzmaserung sie studiert hatte, wenn die Angst sie wieder überfallen und sie gedacht hatte, verrückt zu werden. Er hatte sie in einen dunklen, schmalen Flur geführt, der das bestätigte, was sie all die endlosen Stunden vermutet hatte. Sie befand sich in einem alten, großen Gebäude. Eventuell auf einem Hof.

Es roch nach Erde, nach abgestandener Luft. Katinka kam der Gedanke, dass sie hier schon einmal gewesen war, es aber nicht mitbekommen hatte. Weil sie bewusstlos gewesen war.

Ihr wurde kalt.

Was hatte er mit ihr vor? Wo wollte er sie hinbringen? Musste sie an einen anderen Ort, weil er Angst hatte, sie würde hier gefunden werden oder wollte er sie … Nein! Sie musste sich konzentrieren. Nicht daran denken.

Zögerlich ging sie weiter, hielt sich an den Enden der viel zu langen Ärmel des Pullovers fest. Nervös klammerte sie sich rechts und links in die graue Wolle, drückte sie mit Daumen und Zeigefingern auf der Suche nach Halt.

Ihr Versuch, einen gewissen Abstand zu halten, misslang. Sobald sie etwas langsamer ging, blieb er stehen, drehte sich um und wartete, bis sie aufschloss.

Der Flur führte in einen breiten Korridor, eine Art Eingangshalle. Von der Seite, rechts neben der dunklen Eingangstür, strömte Tageslicht durch Glasbausteine, die offensichtlich nachträglich eingebaut worden waren. Sie passten nicht zur Bauzeit des Gebäudes. Katinka sah sich so gut es ging alles an, scannte es mit ihrem gesenkten Blick. Gebrochene Fliesen auf dem Boden, Tapeten aus den 1960er-Jahren, die sich langsam von der Wand lösten, mehrere Rehgeweihe, daneben ein senkrechter Riss, eine Holztreppe, die in den zweiten Stock führte. Mehrere kleine, schwarze Bilderrahmen, rund und eckig, in denen Fotos in schwarz-weiß und aus den Anfängen der Farbfotografie zu sehen waren. Eine Garderobe, Jacken und Mäntel, die offensichtlich ihm gehörten. Keine Kinderkleidung, keine Frauenkleidung.

Katinka blieb stehen. Ihr Blick war auf die silbernen, großen Räder, das Gestell fixiert. Der Kinderwagen stand in einer dunklen Nische hinter der Treppe. Sie meinte, das Baby schreien zu hören, sah die Sonnenstrahlen zwischen den Baumkronen auf dem Blätterboden, über den sie langsam auf den Wagen zuging, zu dem Baby, das keins war …

»Komm!«, sagte er und riss sie aus ihrer lückenhaften Erinnerung.

Katinka konnte nicht. Sie wollte sich erinnern. Was war dann? War da nicht ein weißes Kissen, in das sie gefallen ist? Ein Tuch?

Sie spürte etwas am Arm, links, einen leichten Druck. »Komm jetzt!«, forderte er sie erneut auf, und sie versuchte sich zu lösen von dem Wald, der sie verschluckt hatte und in den sie so gern zurückwollte. Einfach weiterlaufen, nach Hause.

Der Mann ging an der Treppe vorbei und blieb vor einer hohen Tür, deren Weiß sich offenbar schon vor vielen Jahren in ein dreckiges Beige verfärbt hatte, stehen. Zumindest der Teil, den sie sehen konnte.

»Du musst mich ansehen, sonst geht es nicht!«, forderte er sie jetzt entschlossen auf.

Reflexartig schloss Katinka die Augen, atmete ein paarmal ein, aus, öffnete sie wieder, suchte auf dem Boden nach einem Ausweg.

»Sieh mich an!«, hörte sie seine tiefe Stimme über sich. »Bitte«, schob er sanfter hinterher.

Der Anspannung, die jede Zelle ihres Körpers beherrschte, seit ungezählten Stunden, Tagen, folgte eine Leere. Es war die Erkenntnis, was sie tun musste.

Katinka ließ die Ärmel des Pullovers los. Sie hatte das Gefühl, leichter zu werden in diesem Augenblick. Mehr als die Pulliärmel loszulassen.

Es war der letzte Gedanke, den sie hatte, bevor sie den Kopf langsam hob.

Seine großen, dunklen Augen sahen sie mit einer Intensität an, die sie erschrak. Er war groß, massig, hatte eine ausgeprägte, hohe Stirn, dunkelbraune, kurze Haare, riesige Hände. Er trug ein altmodisches Sweatshirt von Adidas. *Unsportlich*, *unattraktiv*, *unsicher*, dachte Katinka und beobachtete, wie sein Mund sich langsam öffnete und sich ein Speichelfaden zwischen seiner Ober- und Unterlippe spann, Bläschen bildete. Sie ekelte sich, ließ ihren Blick mit diesem Gefühl wieder sinken und sah, was sie schon kannte: die ausgebeulte, weite Jeans und die Stiefel. Dann sah sie wieder auf.

Sein Mund schloss sich, der Speichelfaden verschwand zwischen den wulstigen Lippen.

Vermutlich war er ein paar Jahre älter als sie, schätzte Katinka. Nicht viele, auch wenn er so wirkte. In seinem ovalen Gesicht waren noch Spuren des Jungen, der er einmal gewesen sein musste.

Ich weiß, wie er aussieht, dachte sie und spürte eine Gleichgültigkeit, die ihr Angst machte.

Er öffnete die alte Tür und zeigte mit der Hand in den Raum, in dem Licht brannte. Sie erkannte einen Tisch, Stühle, Gläser und Teller. Blumen. Nicht irgendwelche. Es waren ihre Lieblingsblumen.

Katinka ging langsam an ihm vorbei in den Raum und blieb stehen. Sie hörte, wie er hinter ihr die Tür abschloss. Der Geruch hatte sich verändert. Es roch nicht mehr modrig, sondern renoviert. Frische Farbe, vermutete sie, und nahm noch etwas wahr: den Geruch nach warmem Essen. Auflauf, Käse, vielleicht auch Gemüsesuppe.

»Setz dich«, sagte er und lächelte sie an. Seine Anspannung war einer Freude gewichen, einer positiven Aufregung. So, als würde gleich etwas passieren, etwas, auf das er lange gewartete hatte. Etwas, von dem nur er wusste, was es war.

Das Licht der weißen Porzellanlampe über dem Esstisch breitete sich kreisförmig über der rot karierten Tischdecke, dem alten Porzellan, den Stoffservietten aus. Über all dem, was nicht zusammenpasste. So wie sie und der Mann, der jetzt näher kam, einen Stuhl vom Tisch wegzog und ihr bedeutete, sich zu setzen.

Es war für drei Personen gedeckt. *Mutter, Vater Kind*, dachte Katinka und suchte auf dem Tisch vergeblich nach Besteck, einer Gabel, einem Messer, irgendetwas, das sie hätte nehmen können …

Unauffällig sah sie sich weiter in dem ansonsten nahezu dunklen Raum um.

Seine Tochter, dachte Katinka, sie war kein Baby mehr, sie konnte schon allein am Tisch sitzen. Sie versuchte das Alter des Mädchens einzuschätzen, dessen Schritte sie vermutlich gehört hatte und das sie auch jetzt nicht sehen konnte.

Es gab lange Vorhänge an der rechten Seite, die zugezogen waren und keinen Lichtstrahl hineinließen, obwohl es draußen hell war. Links befand sich eine geschlossene Tür. Daneben die Umrisse einer alten Kommode. Darüber ein Rahmen, der ein Bild umfasste, ein Gesicht, das sie nicht erkennen konnte.

Eine dunkelgrüne Flasche schob sich von links in ihr Blickfeld. Er hielt sie in der Hand und versuchte, sie umständlich zu öffnen. Während sie seine Versuche beobachtete, kam ihr der Gedanke, ihn zu fragen, ob sie ihm helfen solle. Sie fragte sich, ob sie es schaffen würde, ihm die volle Flasche auf den Kopf zu schlagen. Ob dieser Schlag, ihre Kraft reichen würden, um diesen Koloss von Mann bewusstlos zu schlagen.

Die Überlegung hatte zu lange gedauert. Er schenkte beiden etwas ein, dann hob er das Glas, um ihr zuzuprosten. Prosecco, Sekt, Crémant. Es sprudelte leicht. Katinka sah zu dem Korkenzieher, der jetzt auf der Tischdecke lag, dann schnell wieder zu ihrem Glas, zu ihm.

Doch er hatte ihre Gedanken längst erkannt, nahm den Öffner, klappte ihn zusammen und steckte ihn in seine Hosentasche. Er wirkte gelöst, erleichtert, voller Freude. Etwas von dem kleinen Jungen war geblieben, sie sah es in seinen Augen. Es war nur kurz verschwunden.

»Ich weiß, es ist nicht einfach … das ist mir natürlich klar … für keinen von uns, aber ich … ich glaube, wir schaffen das. Wir … Entschuldigung, ich … ich rede zu viel … das mache ich manchmal … egal.« Er lachte sie an. »Prost! Auf uns!«

Katinka griff zögerlich nach ihrem Glas, während sie mit den Tränen kämpfte.

Nicht auf uns, dachte sie und trank, trank das Glas aus. Er sah sie verwundert an, dann stellte er sein halbvolles neben ihr leeres Glas.

Der Alkohol hatte eine schnelle, beruhigende Wirkung. Sie hatte zu lange nichts gegessen. Die Hose rutschte, sie hatte sie oben am Bündchen umgekrempelt, damit sie hielt. Einen Gürtel hatte es im Schrank nicht gegeben. Natürlich nicht.

Ich könnte das Glas am Tisch aufschlagen und es ihm in den Hals rammen, dachte sie und sah dabei auf ihre Hände, die zitterten.

»Ich hole Evi jetzt«, sagte er feierlich und ging durch den Raum zu der Tür, drehte sich noch einmal kurz zu Katinka um, als wollte er sich vergewissern, dass sie dort wirklich saß, dass es jetzt wirklich so weit war, der Moment, auf den er offenbar so lange gewartet, auf den er hingearbeitet, für den er alles getan hatte. Er lächelte sie noch einmal an, dann drückte er die Türklinke runter, öffnete sie und verschwand hinter der Tür, die er leise hinter sich schloss.

Sie hörte seine Stimme. Er redete in beruhigenden Worten auf jemanden ein. Katinkas Blick fokussierte die Tür. Vorsichtig beugte sie sich mit dem Oberkörper vor, um keine Geräusche zu machen, hob den alten Holzstuhl hoch und setzte ihn ein Stück zurück, um geräuschlos aufstehen zu können. Rechts von ihr, höchstens drei Meter entfernt, befand sich der schwere, dunkle Vorhang. Ohne den Blick auch nur eine Sekunde von der Tür zu lösen, bewegte sie sich zur Seite, blieb kurz stehen, als sie seine Stimme nicht mehr hörte, fasste nach rechts und tastete dahinter nach dem Fenstergriff. Sie spürte keinen Rahmen, kein Glas. Nur rohe, unverputzte kalte Steine. Ihre Hand hob den Vorhang an, und sie sah für den Bruchteil einer Sekunde zur Seite. Es gab kein Fenster. Nicht mehr. Die Stelle, wo es einmal gewesen war, war zugemauert. Genau wie in ihrem Raum.

Ihre Gedanken überschlugen sich, sie hörte, wie er sich wieder näherte, und schaffte es im letzten Moment, sich zu setzen und den Stuhl wieder zurechtzurücken.

Ihr Atem war zu schnell, sie ballte die Hände zu Fäusten, um das Zittern zu unterbinden, doch es setzte sich fort, zog sich durch ihre dünnen Arme, die Schultern, bis in ihren Oberkörper. Sie versuchte, das Gefühl der Gleichgültigkeit wieder hervorzurufen, zu reproduzieren.

Das Mädchen sah sie nicht an. Es ging mit gesenktem Blick schüchtern neben seinem Vater durch den Raum, setzte sich auf den Stuhl rechts von Katinka und bewegte sich nicht. Emotionslos, leblos, dachte Katinka, während sie es betrachtete. Wie eine Puppe.

Trotzdem gab es etwas an ihr, das Katinka an sich selbst erinnerte, in einem anderen Leben, Weihnachten vor vielen Jahren. Sie hatte immer ein Trachtenkleid tragen müssen. Ihr Vater hatte es so gewollt. Hübsch zurechtgemacht und artig am Tisch sitzen. Die Hände gefaltet zum Tischgebet.

»Das ist Evi, meine Tochter«, erklärte der Mann voller Stolz, und Katinka fragte sich, ob seine Stimme wirklich zitterte oder ob sie sich das nur einbildete.

Evi trug kein Trachtenkleid. Es war die Mühe, die sie sich gemacht hatte, hatte machen *müssen*, gut auszusehen, einen ordentlichen Eindruck zu machen, die Katinka an diese andere Zeit in ihrem Leben erinnerte.

Das Mädchen tat ihr leid. Sie spürte das Verlangen, es in den Arm zu nehmen, ihm zu sagen, dass sie es hier rausholen würde. Sie beide. Dass sein Vater krank sei, verrückt, und es ihr – obwohl sie nichts dafür konnte – unendlich leidtat, was hier passierte.

Katinka fragte sich, wie alt die Kleine war. Neun? Zehn? Sie war hübsch. Dunkle, geflochtene Zöpfe hingen über ihre Schultern nach vorn, auf die weiße Bluse mit dem Rüschenrand um die Knopfleiste.

»Evi, das ist Katinka, von der ich dir erzählt habe«, hörte sie ihn sagen.

Von der ich dir erzählt habe. Der Satz bewegte sich in ihrem Innern, und Katinka fragte sich, was er von ihr erzählt hatte. Was war sie für dieses Kind?

»Ich weiß … es … es ist mir natürlich völlig klar, dass es nicht einfach werden wird. Für keinen von uns …«, begann er noch einmal.

Katinka konnte sich ein leichtes Schnauben nicht verkneifen. Für wen war das hier nicht leicht? Für ihn etwa?

Er hörte auf zu reden und sah sie mit schmalen Augen drohend an. Katinka erschrak. Sein Lächeln war wie weggewischt. Sie wich seinem Blick aus und sah das Mädchen an, das immer noch genauso dasaß. Als wäre es nicht echt. So, wie alles hier nicht echt war.

»Ich wollte sagen,«, fuhr er fort, ohne den Blick von Katinka zu nehmen, »dass ich weiß, dass wir langsam zusammenwachsen müssen. So etwas dauert. Aber ich weiß … Ich … ich weiß, es geht. Wir …«, jetzt sah er zu seiner Tochter hinunter, »wir können eine richtige Familie werden.« Ein Lächeln, das tief aus ihm kam, breitete sich über seinem weichen, formlosen Gesicht aus.

Eine richtige Familie, dachte Katinka und schob ihre kalten Finger unter ihre Oberschenkel. Es war weich und warm, was sie fühlte. Sie verlagerte ihr Gewicht etwas zur Seite und betrachtete das Kissen, auf dem sie saß. Es war aus Kaninchenfell. Verschiedene Teile. Weißes, braunes, schwarzes Fell. Und leicht gefleckte.

»Das habe ich selbst gemacht«, hörte sie ihn stolz sagen und zog langsam ihre Hände wieder unter ihren Oberschenkeln hervor.

Ihr wurde schlecht.

33.

Als Tammo sich in den Sessel setzte und alles in Ruhe betrachtete, sah man von der grauen Wand kaum noch etwas. Die weißen DIN-A4-Blätter, die er sich aus dem Drucker im Arbeitszimmer genommen hatte, weil er keine anderen hatte finden können, klebten dicht an dicht neben dem Stadtplan. Das Tesafilm war alle, auch die letzte Rolle aus der Schublade.

Den Esstisch hatte er an die Seite geschoben und dabei kurz an Lissy gedacht, die sich vermutlich fragen würde, was er gerade machte. Anschließend hatte er den Sessel aus der Zimmerecke vor die Wand gezogen und sich hineingesetzt.

Sabine Wendlich, ihr Mann, Katinka Kühn, Moritz Kühn, sein Liebhaber, dessen Frau, das Architektenbüro mit Chef und Kollegen, Gerichtsverfahren, Merle Jansen, ihr Vater, ihre Mutter, Kollegen der Klinik … Jeder hatte ein Blatt bekommen, auf dem sein Name stand, und eins, auf dem in Stichpunkten das wenige festgehalten war, was er wusste. Ein Puzzle, dessen Motiv er nicht kannte. Ein Bild, das sich erst zeigen würde, wenn alle Teile an der richtigen Stelle lagen, ineinanderpassten.

Tammo hatte einen Gedanken, den er nicht greifen konnte. Er kreiste durch seinen Kopf. Eine Ahnung, die nicht in Worte zu fassen war.

Er hatte das Gefühl, dass ein Blatt fehlte.

In Gedanken ging er noch einmal alles durch, was Jens ihm erzählt, was er gelesen hatte, hier und auf dem Revier, was er gesehen hatte, was er von Sarah wusste. Bis er in seinem Kopf eine Liste angelegt hatte mit den Personen, die von ihm noch nicht aufgesucht worden waren, mit denen er noch sprechen wollte. Alles andere würden Jens und die anderen aus dem Team machen. Die Suchhunde waren im Einsatz gewesen, die Kontobewegungen standen unter Beobachtung, genauso wie das Handy, das nicht zu orten war – der ganze Apparat lief.

Tammo musste etwas anderes machen. Etwas, das nur er konnte.

Er stand auf, nahm einen der dicken Textmarker vom Tisch und stellte sich vor den Stadtplan. Das Board, welches sie für solche Fall-Besprechungen im Büro hatten, war definitiv praktischer, dachte er, während er fünf weitere Kreise einzeichnete. Dann drückte er den dicken Verschluss wieder auf den unangenehm riechenden Stift und legte ihn zurück auf den Tisch.

Ein Kreis für den Mann von Sabine Wendlich, einer für Herrn Erdmann, dann der ehemalige Kollege von Merle, der sie gestalkt haben sollte, und ihr Ex- Freund.

Für einen kurzen Moment überlegte er, ob Ingo auch einen Kreis bekommen müsste. Es lag nicht daran, dass er keine Adresse von dem Studenten hatte. Er sah keinen Sinn darin, schließlich war es nicht zu was auch immer gekommen.

»Gut, dann wollen wir mal!«, sagte er zu sich selbst, ging zur Garderobe und zog sich an.

Es gab nicht viele Ecken in Hamburg, die er nicht kannte. Diese war eine. Er suchte nach der Hausnummer sechzehn.

Nach Tammos Schätzung musste der weiß gemauerte, unscheinbare Neubau höchstens ein paar Wochen alt sein. Der Garten existierte noch nicht. Genauso wie eine Hausnummer. Um das Fertighaus herum lag heller Sand. Ein Schild am Straßenrand wies darauf hin, dass es sich um das Modell »Hygge« handelte. Holzpfosten an den Eckpunkten markierten die Grundstücksgrenze zu den Nachbarn rechts und links, deren Häuser sich noch im Bau befanden. Tammo parkte direkt vor der Einfahrt, die es irgendwann hier geben würde. Während er sich durch die Scheibe seines alten Wagens umsah, entdeckte er einen Mann um die vierzig, der mit einer Schaufel und einem Eimer hinter dem Haus hervorkam und mit dem Blick auf den Boden Richtung Haustür ging. Offensichtlich war er dabei, etwas einzusammeln.

Was kostet so ein Neubau hier in dieser Gegend, fragte sich Tammo. Es war nichts Besonderes, aber immerhin ein Haus. Selbst Mittelreihenhäuser, das wusste er von einem Kollegen, konnten inzwischen in mittelmäßig attraktiven Gegenden eine knappe Million kosten. Wo also hatte Peter Buchholz das Geld her? Beziehungsweise den Kredit.

Tammo stieg aus. Mit dem Zuschlagen der schweren Wagentür zog er die Aufmerksamkeit des Mannes, auf den er jetzt zuging, auf sich.

»Hallo. Guten Tag«, grüßte er ihn.

Der Mann stellte den schwarzen Eimer, in dem sich Bauschutt befand, ab und sah ihn an.

»Ist das hier die Nummer sechzehn? Ich bin auf der Suche nach Peter Buchholz.«

»Ja, das bin ich«, sagte der Mann und wartete offensichtlich auf eine Erklärung.

»Ah … sehr schön. Mein Name ist Tammo Berg, ich arbeite für die Polizei. Es geht um Merle Jansen …«

Der Mann sah sich um, obwohl Tammo sicher war, niemanden in der Nähe gesehen zu haben, und fragte beunruhigt: »Ja, was ist denn?« Sein Blick verriet nicht viel. Bis auf die Überraschung über den Besuch und dessen Grund.

»Sie sind ehemalige Kollegen, richtig?«

Der Mann nickte, stellte die Schaufel an die Hauswand und sah ihn fragend an. »Ja, aber das ist schon eine Weile her«, erklärte er und steckte seine Hände in die Jackentasche, wo sie nach etwas suchten.

»Ich verstehe nicht, warum Sie hier sind … Ich hab sie doch in Ruhe gelassen – danach.«

»Frau Jansen ist tot.«

Die Gesichtsmuskulatur des Mannes, der etwas größer war als er selbst, erschlaffte. »Tot«, wiederholte er, als wäre das etwas, das so nicht vereinbart worden war, etwas völlig Absurdes. Als gäbe es die Möglichkeit, Tammo würde bei erneuter Nachfrage seine Aussage ändern. Sein Blick wanderte runter, auf den hellen Sand. »Wie … Was ist denn passiert?«

Tammo antwortete nicht. Noch nicht. Er wartete.

Peter Buchholz hob seinen Kopf wieder. Tammo sah in seinem Gesicht ehrliche Trauer, Bestürzung. Es erinnerte ihn an die Reaktion von Menschen, die ihren Partner verloren hatten. Nicht an die eines Kollegen.

Peter Buchholz schüttelte ungläubig den Kopf. »Nein, das … das ist nicht wahr … das kann nicht sein.«

»Wollen wir uns vielleicht kurz reinsetzen?«, fragte Tammo und deutete auf die weiße Haustür mit dem dreieckigen Milchglas, dessen Design ihn an die 1980er-Jahre erinnerte. Er fragte sich, was für Menschen solche Haustüren leiden mochten, obwohl er die Antwort kannte.

»Ja … natürlich«, stammelte Peter Buchholz, zog einen Schlüsselbund aus seiner rechten Jackentasche und ging voran.

Neben der Haustür lehnte ein grünes Kinderfahrrad an der frisch gemauerten Wand. Daneben stand ein Paar kleine Gummistiefel in dunkelblau.

Der quadratische Flur war größer, als Tammo erwartet hatte. Rechts führte eine Treppe nach oben. Einen Keller schien es nicht zu geben.

Links befand sich an der ansonsten leeren Wand eine provisorische Garderobe, an der allerhand Jacken hingen. Peter Buchholz zog seine dreckigen Arbeitsstiefel aus, und Tammo überlegte, ob er seine Schuhe auch ausziehen sollte.

»Lassen Sie sie ruhig an«, schien Buchholz seine Gedanken zu erraten. »Ich habe nur so viel Sand unter meinen … Kommen Sie. Wir können uns hier«, er ging zu der linken Tür, öffnete sie und trat in eine Wohnküche, »an den Tisch setzen.«

Noch bevor Tammo am Esstisch angekommen war, saß Peter Buchholz bereits. Mit seinen Gedanken weit weg, an einem anderen Ort zu einer anderen Zeit, vermutete Tammo und ließ ihn dort noch einen Moment. Es schien, als blicke der Mann durch die helle, runde Tischplatte hindurch.

Er zog einen der Stühle heran, setzte sich und sah sich in der nahezu leeren Küche um. Der Raum wirkte unbewohnt, unbelebt. In der Ecke standen ein paar wenige Umzugskartons, auf der Arbeitsfläche der neuen, beigen Einbauküche stand lediglich ein Halter mit einer

Küchenrolle. *Noch ein Puppenhaus*, dachte er und sah zu Herrn Buchholz, der wie ein Fremdkörper in seinen eigenen vier Wänden wirkte. Das alles hier, dieses Haus passte nicht zu ihm, fand Tammo.

»Frau Jansen hat Sie angezeigt. Sie hat damals ausgesagt, Sie hätten sie gestalkt.«

Der Mann, der in sich zusammengesackt vor Tammo saß, sah ihn kurz an, dann machte er seinen Rücken etwas gerader, fuhr sich mit der Hand durchs Haar und sah durch das schmale, lange Fenster nach draußen, auf ein Grundstück ohne Jahreszeiten.

»Ich war in sie verliebt, das habe ich ja damals auch Ihren Kollegen gesagt. Und … ja, ich bin ihr mal nach der Arbeit hinterhergegangen, als ich mich nicht getraut hatte, sie zu fragen, ob wir mal … etwas zusammen machen wollen. Aber ich habe ihr nichts getan! Ich wollte nur sehen, ob sie einen Freund hat.«

»Hatte sie.«

Peter Buchholz sah ihn mit zusammengekniffenen, buschigen Augenbrauen misstrauisch an. Er wusste es nicht, dachte Tammo.

»Ja, klar, ich weiß … Aber ich dachte trotzdem … da wäre etwas … zwischen uns.«

Ein Gefühl, ein Lächeln, eine Geste – falsch interpretiert. Sie hatte ihm ihre Aufmerksamkeit geschenkt wie jedem anderen auch. Mehr nicht. Aber für ihn war es mehr als das, überlegte Tammo. Warum hatte er ihre Zuwendung so gebraucht?

»Weiß Ihre Frau davon, dass Sie etwas für Frau Jansen empfunden haben?«

»Meine Frau?« Tammo schien ihn aus seinen Gedanken gerissen zu haben.

»Ja«, bestätigte Tammo und sah sich um, so, als würde sie gleich zu ihnen in die Küche kommen.

»Hat sie etwas davon mitbekommen?«

»Meine Frau ist weg.«

Weg, dachte Tammo und überlegte, was diese drei Buchstaben in diesem Fall bedeuteten.

»Leben Sie getrennt?«, wollte er wissen.

»Sie ist abgehauen«, erklärte er und wischte mit der Hand über die glatte, saubere Tischplatte.

Es wiederholt sich, nur in einer anderen Form, dachte Tammo und folgte Peter Buchholz' Blick, der ihn nach draußen führte in die flach gedrückte Wüste aus Sand. Hinter dem Haus befand sich ein weiteres, noch nicht bebautes Grundstück.

Der Sand erinnerte Tammo an den Gerichtsprozess, die gravierenden Mängel, für die ein Schuldiger gesucht wurde. Katinka Kühns offener, freundlicher Blick schob sich kurz zwischen seine Gedanken.

Eine Richtung, sagte er sich, *ich brauche eine Richtung.*

»Seit wann ist Ihre Frau weg?«, fragte er und sah jetzt wieder Buchholz an, der sich ihm zuwandte.

Er schob die Unterlippe ein Stück vor und hob die Stirn, sodass waagerechte, tiefe Falten entstanden. »Das muss jetzt ungefähr … acht Jahre her sein. Warum?«

»Und wo lebt Ihre Frau jetzt?«

Er hob die Schultern und ließ sie wieder fallen. »Keine Ahnung.«

»Was ist passiert? Hatten Sie beide Streit? Oder was war der Grund? Ich meine … niemand geht einfach so und …«

»Doch«, unterbrach Peter Buchholz ihn und sah ihm dabei direkt in die Augen. »Sie ist gegangen. Einfach so.« Er sah auf seine dreckigen Hände. »Sie war nicht glücklich. Es hat ihr alles nicht gefallen. Wir haben damals noch in einer kleinen Wohnung gelebt, im Haus meiner Eltern. Jelena wollte ein anderes Leben. Sie kommt ursprünglich aus Russland, und … ich dachte, sie ist hier glücklich. Aber das, wovon sie träumte, das konnte ich ihr nicht bieten.« Er machte eine kurze Pause, dann erklärte er: »Eigentlich war es klar.«

»Was?«

»Na, dass sie irgendwann nicht mehr da sein würde. Ich habe es die ganze Zeit gewusst. Von Anfang an.«

»Was war der Anfang?«, wollte Tammo wissen.

»Sie meinen, wie wir uns kennengelernt haben?« Das schien ein Punkt zu sein, über den er nicht gern sprechen wollte. Peter Buchholz rutschte auf dem Stuhl ein Stück nach hinten, schlug die Beine übereinander und kratzte Dreck von einem seiner Finger. »Ist das wichtig?«

»Nein. Haben Sie denn noch Kontakt? Hat sie sich gemeldet?«

Peter Buchholz schüttelte den Kopf. »Nein. Nie wieder.«

Tammo verstand nicht. »Aber Sie haben ein Kind, oder nicht?«

Er nickte stumm und stand so abrupt auf, dass Tammo erschrak. »Wasser?«

»Ähm, ja, gern«, antwortete er. Seine Gedanken kreisten um kleine Gummistiefel, die auch bei ihm standen. Unbenutzt, irgendwo im Schrank. *Sie passen Lenny nicht mehr*, dachte er, und verdrängte die Wahrheit, als sie sich in sein Gedächtnis schlich.

Peter Buchholz stellte zwei Gläser auf den Tisch und füllte aus einer Glasflasche Wasser ein. Dann stellte er die Flasche neben sich auf dem Fliesenboden ab und ließ sich schwerfällig auf den Stuhl zurückfallen.

»Was ist Merle passiert? Warum ist sie denn gestorben?«

Tammo überlegte, was Jens der Presse mitgeteilt hatte und was nicht.

»Frau Jansen wurde ermordet. Man hat sie in einem Waldstück bei Volksdorf gefunden. Ich kann Ihnen keine näheren Details nennen.«

»Merle wurde … ermordet?« Peter Buchholz' Hand suchte nach der Tischkante, umklammerte sie. Seine Gesichtsfarbe verschwand innerhalb von Sekunden. Tammo beobachtete, wie sich seine Brust zu schnell hob und senkte, sein Atem sich beschleunigte. Das Entsetzen in seinen Augen beunruhigte ihn, und er fragte sich, was noch kommen würde und was er, Tammo Berg, dann ausrichten konnte. Ihm fiel nichts ein.

»Aber was … Warum sind Sie bei mir?«, fragte Buchholz nach einem Augenblick, der Tammo unendlich lang vorkam.

»Wir gehen allem nach, was wir finden. Und dazu gehört eben auch die Anzeige gegen Sie«, sagte er in einem beinahe befremdlich ruhigen Ton. Er wollte den Mann nicht noch mehr beunruhigen.

Ein weiteres stummes Nicken. Tammo versuchte, etwas in Buchholz' Gesicht zu lesen, fand aber nichts außer einer großen Traurigkeit, die er zu verbergen versuchte.

»Ich habe Merle wirklich sehr gern gemocht. Sie war etwas ganz Besonderes. So einfühlsam. Sie hat sich Zeit genommen für die Patienten … Sie hat sie nicht abgehakt, wie die anderen … Merle hat es wirklich immer so gemeint, wie sie es gesagt hat, von Herzen. Es war anders mit ihr«, sagte Peter Buchholz leise, und Tammo hatte den Eindruck, als spräche er mit sich selbst. So, als wäre Tammo gar nicht da.

»Es tut mir leid.«

Tammo wartete.

Peter Buchholz nahm das Glas und trank es in einem Zug leer. »Ich wollte das nicht«, sagte er plötzlich, als Tammo gerade dachte, er wäre gedanklich völlig woanders, und stellte das Glas wieder ab.

»Was?«

Der Mann sah durch ihn hindurch. Langsam ließ er seinen Blick sinken, betrachtete seine Hände, die das leere Glas umfassten. »Dass ich sie so verschreckt habe … das tut mir leid, ich habe ihr das auch gesagt, aber … sie ist dann ja nach Kiel gegangen, an diese Privatklinik.«

»Ihretwegen?«

»Nein«, entgegnete er mit fester Stimme. »Ich bin ihr doch nur ein, zwei Mal hinterhergegangen. Wirklich, das müssen Sie mir glauben. Ich verstehe überhaupt nicht, dass sie deswegen gleich zur Polizei gegangen ist.«

Tammo betrachtete die langsam aufsteigenden Sauerstoffblasen in dem Wasser vor sich, die sich an der Oberfläche in Luft auflösten. »Ihre Frau … wo ist sie jetzt?«

Peter Buchholz sah ihn verwundert an. »Ich dachte, Sie wären wegen Merle hier?«

»Ja, bin ich auch, aber ich muss zugeben … ich verstehe es nicht. Wo lebt Ihre Frau oder Ex-Frau denn jetzt?«

»Sind Sie verheiratet?« Peter Buchholz ließ das Glas los und schob es ein Stück von sich weg.

Tammo sah Buchholz an und fragte sich, wo das hinführen würde, wenn er ehrlich blieb. »Wir leben getrennt«, antwortete er ausweichend.

Verständnisvolles Nicken. »Sind Sie … gegangen … oder ist sie?«, wollte Peter Buchholz wissen.

Tammmo überlegte, ob er antworten sollte. Aber er schwieg.

»Wissen Sie, wo sie ist?« Peter Buchholz stützte sich mit den Armen auf der Tischplatte auf und kam ein Stück näher.

»Natürlich«, log Tammo und versuchte völlig regungslos auszusehen.

Peter Buchholz schwieg. Dann holte er tief Luft und fing an zu erzählen. Von dem Tag, an dem seine Frau nicht mehr da gewesen war. Sie hatte das gemeinsame Kind bei seinem Vater abgegeben, mit dem sie damals noch zusammen unter einem Dach lebten. Der Vater hatte nicht gefragt, wo sie hingehe. Er war gar nicht auf die Idee gekommen, sie würde das Haus verlassen. Als Peter Buchholz abends von der Arbeit kam, war sie weg. Kein Zettel, keine Nachricht, kein Anruf. Bis heute.

»Welche Mutter macht so etwas? Was für ein Mensch lässt sein Kind zurück?« Peter Buchholz sah Tammo an, als könnte er ihm die Antwort auf seine Fragen geben. »Wie konnte sie das nur tun?«

»Haben Sie versucht, Kontakt mit ihr aufzunehmen?«

»Nein«, antwortete Buchholz knapp und stand wieder auf. »Sie ist nicht mehr an ihr Handy gegangen.«

Tammo drehte sich auf dem Stuhl ein Stück weiter zu ihm um und fragte sich, wie lange er her war, der letzte Versuch, sie zu erreichen.

Peter Buchholz stand mit dem Rücken an die neue Einbauküche gelehnt, die Hände hinter sich auf der Arbeitsfläche abgestützt. »Warum soll ich jemanden suchen, der nicht gefunden werden will?«

Auf der Rückfahrt dachte Tammo lange über diesen Satz nach.

34.

Er wachte mit einem anderen Satz auf.

»Es tut mir leid.«

Diese vier Worte, diese einfache Aussage hatte etwas in ihm ausgelöst. Etwas, was nichts mit Peter Buchholz und seinem Leben zu tun hatte. Es hatte mit seinem eigenen Leben zu tun. Nur mit seinem. Denn es war sein Satz – einer von denen, die er nie ausgesprochen hatte. Die er in sich trug.

Während Tammo sich einen Kaffee machte und feststellte, dass er keine Milch mehr hatte, drängte sich ihm die Frage auf, ob er es hätte sagen müssen. Zu Lena, zu Lenny, zu sich selbst.

Mit dem vollen Becher Kaffee ging er ins Wohnzimmer, stellte ihn auf dem Couchtisch ab, machte den CD-Player an, nahm sich seinen Rechner und setzte sich auf die Couch. *Jelena Buchholz* gab er in die Suchmaschine ein. Es gab keinen passenden Treffer. Tammo trank etwas, betrachtete den Bildschirm und stellte den Becher wieder zurück auf den Couchtisch. Sie hatte keine Spuren im Internet hinterlassen.

Er stand auf, holte sein Handy und rief Sarah an. Natürlich hätte er auch auf eine Dienststelle fahren können, aber er wollte keine Zeit verlieren. Nicht noch mehr. Und einen anderen aus dem Team wollte er nicht darum bitten.

»Kannst du mal einen Namen für mich ins System eingeben?«, bat er, bevor sie sich melden konnte.

Sarah sagte nichts, und Tammo wusste, was sie dachte. Jede Abfrage brauchte eine Rechtsgrundlage, einen Ermittlungshintergund. Man durfte nicht einfach so nach Personen suchen.

»Jelena Buchholz. Sie ist die Frau von Peter Buchholz, der Merle Jansen gestalkt hat.«

»Sag mir den Grund«, forderte Sarah, und Tammo suchte nach Worten, die seine vagen Gedanken in eine Erklärung umformten. Einer logischen, nachvollziehbaren. Alles andere würde Sarah nicht akzeptieren, das wusste er.

»Sie ist laut seiner Aussage vor ein paar Jahren abgehauen. Er sagt, er weiß nicht, wo sie ist, und habe auch nie nach ihr gesucht. Er hat angeblich immer geahnt, dass sie sich eines Tages von ihm trennen würde. In diesem Fall hat sie aber ihr Kind zurückgelassen.«

»Du warst bei ihm«, stellte Sarah fest.

»Ja.«

»Hm.«

»Ich würde nur gern kurz wissen, wo sie ist. Mehr nicht.«

Er hörte Sarahs schnelle Finger auf der Tastatur, stellte sich ihren Gesichtsausdruck vor. Neugierig, konzentriert, den Blick auf den Bildschirm und das Polizei-Auskunftssystem gerichtet. Die dunklen Haare streng aus dem Gesicht gekämmt, zu einem Zopf gebunden. In seiner Vorstellung trug sie einen schwarzen Pullover. Wie so oft.

»Keine Einträge. Warte mal kurz … Nein, hier auch nicht«, sagte sie nach einer Weile, während Tammo aufgestanden und zum Stadtplan gegangen war.

»Das ist schon eine Leistung.«

»Was?«, wollte Tammo wissen, während er mit dem Finger über die Bundesstraße 5 fuhr. Stadteinwärts, bis zur Autobahn 1, weiter Richtung Norden.

»Keine Spur im Netz zu hinterlassen. Niente. Nada. Zero.«

»Ja …« Tammo stoppte mit dem Zeigefinger kurz vor der Landesgrenze zu Schleswig-Holstein.

»Wenn du mir noch etwas Zeit gibst, gucke ich noch mal weiter.«

»Ja … gerne«, meinte Tammo abwesend.

»Alles klar. Ich melde mich!«

Als er sich bedanken wollte, hatte Sarah schon aufgelegt.

Tammo hing noch einen Moment seinen Gedanken nach, dann ging er zurück zum Couchtisch, nahm sich seinen Becher, setzte sich in den Lesesessel, in dem er nie las, und betrachtete die Wand.

Als er die Wohnung verließ, stolperte Tammo beinahe über ein Tetra Pak Milch, das vor seiner Tür stand. *GRUSS VON UNTEN* stand in Druckbuchstaben auf einem gelben Post-it, der auf der Packung klebte. Er bückte sich, betrachtete kurz den Zettel, brachte die Milch in die Küche und ging.

Auf dem Weg nach unten fragte er sich, warum sie nicht geklingelt hatte, Lisbeth, Lissy, die Neue. Vielleicht war es aber auch einfach sein Wunsch, die Milch früher entdeckt zu haben.

35.

Es roch nach Desinfektionsmittel, Blumen und einem Hauch von Urin. Tammo blieb stehen und betrachtete den langen Gang, die Bilder an der Wand, die grüne Landschaften zeigten, an Tagen, die schöner waren als dieser. Zumindest in der Vorstellung des Malers. Hinter sich hörte er, wie sich die Fahrstuhltür schloss. An einem runden Tisch rechts von ihm vor einer halbkreisförmigen Glasfront, von der aus man auf die Straße sehen konnte, unterhielten sich zwei ältere Damen, die ihre Gehhilfen neben sich geparkt hatten. Die »Neue Residenz« gehörte zu den besseren Altenheimen. Es wirkte wie ein Hotel. Nichts erinnerte daran, dass dies eine letzte Heimat war. Lediglich der Geruch passte nicht in das Bild.

Tammo ging ein paar Meter und sah auf die Namensschilder an den Zimmertüren. In seinem Rücken spürte er den neugierigen Blick der Frauen, die ihre Unterhaltung unterbrochen hatten. Er ging weiter, vorbei an einem Aufenthaltsraum, in dem Karten gespielt wurde und ein Fernseher lief, dessen Programm niemand verfolgte, an einem Schwesternzimmer entlang, in dem sich drei Pflegerinnen in altroséfarbenen Kitteln angeregt unterhielten, und einem Lager für Bettwäsche und Handtücher, das gerade aufgefüllt wurde.

Es war die letzte Tür auf der linken Seite.

HELENE HOLST – ZIMMER 13 stand in schwarzen Druckbuchstaben auf dem Schild neben der breiten weißen Tür.

Tammo klopfte und wartete. Er hörte jemanden etwas sagen, verstand aber nicht, was. Vorsichtig drückte er den Türgriff hinunter, öffnete die Tür und sah in den Raum.

Frau Holst saß in einem Sessel, die Beine mit einer Wolldecke zugedeckt, und blickte aus dem Fenster. Neben ihr stand ein silbernes Gestell, wie man es aus Krankenhäusern kannte. Oben, an einem Haken, hing ein Beutel, dessen durchsichtige Flüssigkeit in einem Schlauch zu ihrem viel zu dünnen Arm führte.

»Guten Tag!«, grüßte Tammo, obwohl sie ihn nicht ansah, trat in den Raum und schloss die Tür hinter sich. Es roch nach Lavendel, stellte er erleichtert fest. An der Wand, links, hing ein Ölgemälde, das einen Dreimaster auf unruhiger See zeigte. Frau Holst wirkte wie ein Gegenpol, dachte Tammo, während er sie freundlich anlächelte und sich näherte. Die antiken Möbel – ein großer Orientteppich, eine goldene Stehlampe und eine schwarze Standuhr – hatte man bestimmt so wieder aufgebaut, wie es vermutlich immer in ihrem Haus gewesen war. Und doch war es mehr als nur das weiße Krankenbett an der Seite rechts, welches die Vorstellung störte, dass dies ihr Zuhause war.

Es passte nicht. Diese Möbel, der Raum, Frau Holst in ihrem Sessel. Es war falsch, dachte Tammo und hatte das Gefühl sich in einer Inszenierung zu befinden. Er musste an Katinka Kühn denken und fragte sich, ob auch sie sich in einer Inszenierung befand. Oder ob sie … Er brach den Gedanken ab und sah Frau Holst an.

Ihr kleines, faltiges Gesicht erhellte sich, als hätte sie erst jetzt bemerkt, dass sie Besuch bekommen hatte.

»Ein hübscher Bub!«, sagte sie und reichte ihm ihre knochige rechte Hand, die von Altersflecken und zwei kreisförmigen Blutergüssen auf der Handoberfläche übersät war. Die linke Hand lag schlaff in ihrem Schoß.

Er umfasste ihre Hand mit seinen und spürte ihre Haut, die dünn wie Pergament war. »Hallo, Frau Holst. Berg ist mein Name …«

»Oh, was für ein hübscher Bub!«

»Danke, ich …« Er ließ ihre Hand vorsichtig los und sah sich um. »Darf ich mich kurz zu Ihnen setzen?«

»Aber sicher. Wenn ich schon einmal Besuch bekomme … Henner, mein Mann müsste auch gleich zurück sein.«

»Ja«, sagte Tammo, obwohl er wusste, dass Herr Holst nicht wiederkommen würde, und holte sich einen der zwei Holzstühle, die an dem quadratischen Tisch standen. Zwei, nicht drei, überlegte er und fragte sich, ob Katinka Kühn ihre Mutter immer nur allein besucht hatte. Ohne ihren Mann. Und ohne Henner, den Frau Holst nicht vergessen hatte. Nicht den Lebenden. Nur den Toten.

»Stufe drei bis vier«, hatte die Pflegerin im Erdgeschoss nach langem Zögern erklärt, als Tammo gefragt hatte, wie weit die Demenz bei Frau Holst fortgeschritten sei. Die Frau hatte ihn von oben bis unten misstrauisch angesehen und gefragt, ob er schon einmal etwas von einer ärztlichen Schweigepflicht gehört hätte. Tammo hatte genickt und in ihrem Gesicht gesehen, dass es hier um etwas ganz anderes ging. Natürlich hatte sie recht. Er hatte keine Befugnis, etwas über den Gesundheitszustand einer Patientin zu erfahren. Nicht ohne einen passenden Bescheid.

Die Pflegerin hatte sich seinen Ausweis zeigen lassen. Hatte ihn in aller Ruhe angesehen, gedreht und gewendet. Hatte ihn betrachtet, das Foto mit seinem Gesicht verglichen. Er hatte ihr die Verwunderung angesehen, während sie ihm den Ausweis wiedergegeben hatte. »Erwarten Sie nicht zu viel«, hatte sie zu ihm gesagt. »Sie hat ihre hellen Momente, aber die sind eher selten.«

»Wie viele Stufen gibt es insgesamt?«, hatte Tammo wissen wollen.

»Sieben«, hatte die knappe Antwort der brünetten Frau gelautet, die sich wieder den Tabletten zuwandte, die sie in kleine Plastikbecher verteilte.

Sieben, hatte Tammo gedacht und sich nicht getraut, noch einmal nachzufragen, was konkret das bedeutete.

»Eins noch. Ihre Tochter, Katinka Kühn – fragt Frau Holst nach ihr?«

»Hm, ja, manchmal kommt das vor. Sie war schon ein paar Tage nicht da. Sicher hat sie zu tun. Oder … ist etwas mit ihr?«, wollte die Frau wissen.

»Sie wird vermisst«, hatte er geantwortet, sich verabschiedet, war zum Fahrstuhl gegangen und hatte auf die 3 gedrückt.

»Wer hat denn nur wieder die Musik ausgestellt?«, ärgerte sich Frau Holst.

Tammo sah sich um. Auf einer Kommode schräg hinter ihrem Sessel stand eine kleine, silberne Anlage. Er stand auf, ging zu dem CD-Player und drückte auf Play. Der Klang eines Streichorchesters erfüllte den Raum … Er überlegte, welches Konzert es war, entdeckte eine offene CD-Hülle und drehte sie um. *Fantasia on a theme of Thomas Tallis.* Einen kurzen Moment blieb er stehen, ließ sich einnehmen von den sanften Klängen der Violinen und spürte den Wunsch, das Stück bis zum letzten Ton zu hören, allein, später irgendwann.

Als er sich wieder setzte, hatte Frau Holst die Augen geschlossen, den Kopf mit den grauen, für ihr Alter vollen Locken zurückgelehnt und die rechte Hand in die Luft gehoben, als würde sie einen Dirigentenstab halten. Was hatte sie früher gemacht, beruflich, fragte sich Tammo, während er sie beobachtete.

Sie öffnete die Augen, und ein zufriedenes Lächeln legte sich über ihr Gesicht. »Schön!«, stellte sie fest.

»Ja, wundervoll! Mag Ihre Tochter auch Klassik?«, begann er das Gespräch, in der Hoffnung, sie würde die Augen nicht gleich wieder schließen und sich wegtragen lassen von der Musik.

»Natürlich! Sie liebt Klassik. Mit … mit … Ich weiß es nicht mehr … Sie war noch ganz klein, da hat sie angefangen, Klavier zu spielen.« Sie beugte den Oberkörper vor und sah sich suchend um. Dann blickte sie enttäuscht zu Boden und lehnte sich wieder zurück. »Sie ist heute nicht da.«

»Nein, heute nicht«, stimmte er ihr zu und empfand eine Erleichterung darüber, dass sie sich offensichtlich nicht erinnerte, wie lange Katinka schon nicht mehr zu Besuch gekommen war. In der nächsten Sekunde wurde ihm bewusst, was das in Bezug auf die Fragen bedeuten würde, die unausgesprochenen, die er ihr noch stellen wollte. Die warteten, ausgesprochen zu werden. Aus der Erleichterung wurde Schwere. Es war die Ungewissheit, die Sorge, nichts zu erfahren, was ihm weiterhelfen könnte auf der Suche nach ihrer Tochter.

»Sie ist … Sie ist noch im Urlaub, glaube ich. Aber ich … ich erinnere mich nicht mehr. Ich kann mich im Moment überhaupt nicht mehr gut erinnern«, stellte sie niedergeschlagen fest. »Es tut mir leid.«

»Das muss Ihnen nicht leidtun«, versuchte Tammo sie zu trösten und strich über ihren rechten Unterarm.

»Wissen Sie vielleicht noch … wohin ist Katinka denn in den Urlaub gefahren?«

Frau Holst schien etwas in seinem Gesicht zu suchen. »Sie kennen sie?«, fragte sie, und ihm fiel ein, dass er sich weder richtig vorgestellt noch ausgewiesen oder den Grund seines Besuches genannt hatte.

»Leider nicht«, sagte Tammo und lehnte sich wieder etwas zurück auf dem harten Holzstuhl. »Ich … ich kenne nur ihren Namen und …«

Die alte Dame griff mit ihrer rechten Hand nach der gelähmten linken, in der die Infusionsnadel mit einem weißen Stück Pflasterrolle befestigt war, kam im Sessel ein Stück vor, bis sie am vorderen Rand saß, und drehte sich zur Seite. »Das ist Katinka«, sagte sie und wies mit ihrem Kinn in Richtung Nachttisch, auf dem ein schmaler, goldener Rahmen stand.

Tammo stand auf und nahm das Bild von dem Nachttisch. Katinka Kühn saß in einem weißen Kleid in einem Strandkorb und hielt mit ihrer Hand einen Sonnenhut fest. Die Aufnahme musste etwas älter sein. Vielleicht zehn Jahre, schätzte er.

»Sie liebt das Meer«, schwärmte Frau Holst und rutschte im Sessel wieder ein Stück zurück.

Während Tammo den Rahmen zurück auf den Nachttisch stellte, fiel sein Blick auf die Ecke einer Postkarte, die unter einer Fernsehzeitschrift und einer Fernbedienung lag. Er sah kurz zu Frau Holst, die sich erneut mit geschlossenen Augen von der Melodie wegtragen ließ, dann zog er die Postkarte unter der Zeitschrift hervor. Das Meer, die Küste, Strand und ein paar Häuser aus der Luft fotografiert. Die Karte machte den Eindruck, als sei sie etwas älter. Die Farben waren verblasst. Die Häuser erinnerten an eine andere Zeit. Nur das Datum des Poststempels verriet, dass sie gerade erst verschickt worden war. Tammo spürte eine Aufregung in sich wachsen. Langsam drehte er die Karte um.

Mamilein, ich bin ein paar Tage am Meer. Rügen ist anders, als ich dachte. Ich glaube, ich werde jetzt öfter mal hierher fahren, obwohl es eine ganz schön lange Anfahrt ist. Moritz wird für dich da sein, solange ich weg bin. Sag ihm, dass es sich lohnt, mal hierher zu fahren. Er soll nicht so skeptisch sein. Sonnige Grüße, Tinka

»Was machen Sie denn da?« Die hohe Stimme von Frau Holst riss ihn aus seinen Gedanken, die sich um die Frage drehten, ob es doch sein konnte, dass sie nur eine Auszeit genommen hatte. Obwohl so viel dagegen sprach. Er verstand nicht, was passierte, und hatte das Gefühl, ein Kartenhaus würde zusammenfallen, von dem er nur den Hauch einer Ahnung gehabt hatte, wie es vielleicht aussehen könnte. Oder war dieser Einsturz eine Chance? Hielt er die erste richtige Spur in den Händen?

Das Lied war zu Ende. Sie sah ihn fragend an. Nicht böse, erstaunt.

»Entschuldigung, ich habe mir gerade das Bild Ihrer Tochter angesehen, und da lag diese Karte …«

»Sie ist nicht von ihr«, erklärte Frau Holst mit sicherer Stimme.

»Wie meinen Sie das?«

»Sie fährt nicht an die Ostsee. Wir fahren immer an die Nordsee. Seit Tinka stehen kann, machen wir in Hörnum Urlaub. Ach …« Sie machte mit der linken Hand eine abwehrende Bewegung. »Was rede ich! Schon davor!«

Tammo wunderte sich über die plötzliche Klarheit, die absolute Sicherheit in der Stimme.

Das nächste Lied hatte längst begonnen, aber Frau Holst blieb bei der Erinnerung an die Insel. Sie musste eine besondere Bedeutung, einen besonderen Platz in ihrem Leben gehabt haben. Oder war es die Irritation, die die Karte in ihr ausgelöst hatte, die sie für diesen Moment hier, bei ihm, bleiben ließ? Tammo sah zu dem Dreimaster, der mit den Wellen kämpfte, und meinte, die Holzbohlen quietschen zu hören. *Was Menschen auf sich nehmen, um an ihr Ziel zu kommen*, dachte er und sah wieder auf die Karte in seinen Händen. Rügen. Jetzt sah er es. Ganz klein stand es in kaum lesbaren Buchstaben senkrecht zwischen Text und Anschrift.

Er ging zurück zu dem Holzstuhl, setzte sich und sah Frau Holst an. »Hat sich Katinka denn von Ihnen verabschiedet? Hat sie gesagt, dass sie vorhat zu verreisen?«

Sie schüttelte stumm den Kopf.

Tammo war sich nicht sicher, ob es die Antwort auf seine Fragen war oder dem Zustand galt, dass ihre Tochter nicht an die Ostsee fahren würde.

»Mamilein«, las er vor, in der Hoffnung, Frau Holsts Erinnerungen zu wecken, doch das war nicht nötig.

»Steht das da?«, unterbrach sie ihn abrupt, als würde sie den Text nicht kennen.

Tammo sah erstaunt hoch. »Ja. Warum?«

Sie schüttelte erneut den Kopf. Dieses Mal energischer. »So hat sie mich nie genannt.«

Tammo sah auf die Buchstaben vor sich. Ein Gefühl formte sich in ihm, eine Vorstellung.

»Helene, Lene …«, zählte sie auf, sah zum Fenster und versuchte, ihre Erinnerung außerhalb der Wände einzusammeln. »Sie hat mich nie Mama genannt. Ich weiß nicht, warum. Verstehen Sie das?« Sie wandte sich Tammo zu und sah ihn fragend an. »Ich habe es mir immer gewünscht, dass sie mal Mami zu mir sagt.«

Ein Wunsch geht in Erfüllung. Ein letzter?, fragte sich Tammo und verdrängte den Gedanken, bevor er sich weiter in ihm ausbreiten konnte.

Frau Holst schüttelte traurig den Kopf von links nach rechts und erinnerte Tammo in diesem Moment an die Schwester von Sabine Wendlich. Der Blick, das Nicht-Verstehen, was passierte, das Absurde, das sich über die Realität legte. Das Gefühl des Entrücktseins. Er kannte es.

»So ein Quatsch!«, schimpfte Frau Holst plötzlich. Ihr Blick hatte sich verändert. Sie sah ihn auffordernd an. »Was soll denn so was?« Sie deutete mit ihrem Kinn zu der Karte in seinen Händen.

»Und die Schrift? Ist das ihre Schrift?« Er hielt ihr die Karte entgegen.

Sie zuckte mit den Schultern. »Ich weiß nicht … Eigentlich schon, doch, so sieht ihre Schrift aus, glaube ich, aber … ich weiß es nicht mehr.« Sie schüttelte den Kopf. »Möchten Sie einen Keks?«

»Ähm … danke. Nein. Ich … ich muss wieder los. Aber es war sehr nett bei Ihnen.«

Frau Holst hob ihre Hand in Tammos Richtung, der sie entgegennahm und ihr lange in die Augen sah. Ein Wille, dachte er, ein wacher Geist, der nur kurz nicht da war. »Darf ich mir die Karte vielleicht ausleihen? Ich könnte sie Ihnen in den nächsten Tagen wiederbringen.«

»Ich muss sie fragen, warum sie mich so nennt. Ich bin ganz sicher, dass … nein, so hat sie mich noch nie genannt. Bestimmt nicht!«

Tammo deutete ihre Antwort als Ja und verabschiedete sich. »Ich bringe sie Ihnen wieder. Versprochen!«, sagte er und fragte sich gleichzeitig, wo er eine Plastiktüte herbekam, um nicht noch mehr Fingerabdrücke zu hinterlassen.

Helene Holst hatte sich schon wieder zurückgelehnt und die Augen geschlossen, als Tammo die Tür zuzog, hinter der die weichen Klänge eines Streichorchesters den Raum fluteten.

»Jens, hör mal zu, es kann sein, dass ich …«

»Sorry, Tammo, es geht gerade überhaupt nicht. Ich melde mich. Wir sind unterwegs … Ich …«, hörte er Jens hektisch sagen. Im Hintergrund erklang eine männliche Stimme, die Fragen stellte. Er war sich nicht sicher, wer es war. Jens schien Auto zu fahren. »Ja, genau, da vorn muss es sein. Halt doch einfach hier. Wir gehen das Stück … Tammo, es ist echt komplett ungünstig. Wir haben eine Wasserleiche in der Hafencity. Ich melde mich nachher.«

Jens hatte aufgelegt.

Tammo sah auf das Handy in seiner einen und die Karte in seiner anderen Hand und fragte sich, wie hoch die Wahrscheinlichkeit war, dass es einen Zusammenhang gab zwischen links und rechts. Zwischen dem, was er gerade von Jens erfahren hatte, und dem, was Frau Holst gesagt hatte. Es war zu unwahrscheinlich, entschied er und verwarf den Gedanken sofort wieder.

Was ihn allerdings interessierte, war der Grund, warum Jens so gestresst war. Sie hatten schon mehr als eine Wasserleiche gehabt.

36.

Katinka hörte, wie sich seine Schritte entfernten, das leise, beruhigende Rattern der Lüftung wieder einsetzte. Sie lehnte sich gegen die Wand, rutschte mit dem Rücken hinunter, bis sie auf dem Boden hockte, und schloss die Augen.

Sie wollte aufwachen, aus diesem Albtraum, öffnete die Augen, riss sich zusammen und stand mit einer Bewegung wieder auf.

Die Wand hinter ihr war kalt. *Eine Außenwand*, dachte sie und zeichnete in Gedanken ein Bild des Hauses, das sie nur von innen kannte, stellte sich vor, auf dem Grundstück zu stehen und es zu betrachten. Bei Tageslicht, die Umrisse, das Dach, die Steinmauern, den Putz, die zugemauerten Fenster, der Eingangsbereich, die Haustür mit den Glasbausteinen an der Seite. Wo konnte ein Haus ohne Fenster stehen, fragte sie sich.

Katinka wünschte sich einen Block, Zettel, Stifte. Sie hätte so gern etwas gezeichnet, geschrieben, getan. Irgendetwas.

Ein Mann, der niemals ihr Mann sein würde, wollte

ihr etwas geben, das sie sich aus tiefstem Herzen wünschte. Und hatte ihr dabei alles genommen.

Während sie ihre Hände betrachtete, ihre viel zu langen Fingernägel, schob sie die Ärmel des Pullovers hoch, betrachtete ihre Arme, die trockene Haut, die dünnen Haare.

Du wirst mich niemals besitzen.

Denn ich gehöre nur mir selbst.

Und ich werde mich dir nehmen.

Ein Plan wuchs in ihrem Kopf, von dem sie nicht wusste, ob sie ihn überleben würde.

37.

Sarah hatte ihm eine Mail geschickt. Offenbar, bevor sie an die Elbe gefahren waren.

Sie hatte nichts über Jelena Buchholz finden können. Weder im POLAS, dem Computer-Fahndungssystem der deutschen Polizei, noch über die Einwohnermeldedaten. Jelena Buchholz sei immer noch an dem ehemaligen Wohnort der Familie gemeldet. Lediglich Peter Buchholz und seine Tochter seien umgemeldet. *Vermutlich ist es die Adresse der Eltern, mit denen sie früher zusammengelebt haben*, überlegte Tammo, während er weiterlas.

Es gäbe nur eine Sache, auf die sie durch Zufall gestoßen sei, als sie länderübergreifend gesucht habe. Vor acht Jahren habe es auf der Flensburger Förde kurz vor Sonderborg einen Unfall mit einem Dampfer gegeben. Der Kapitän hatte einen ärztlichen Notfall erlitten und den Dampfer nicht mehr unter Kontrolle gehabt, sodass dieser ein entgegenkommendes Schiff gerammt hatte. Eine Frau, die sich damals auf dem Deck aufgehalten hatte, sei dabei ins Wasser gefallen und musste reanimiert werden. Durch die lange Zeit, die sie sich unter Wasser befunden und keinen Sauerstoff bekommen hatte, seien große Teile ihres Gehirns in Mitleidenschaft gezogen worden. Sie habe ihr Langzeitgedächtnis verloren und lebe seitdem in einem Heim im Kreis Handewitt. Da der Dampfer aus Dänemark kam, aber auch viele Deutsche an Bord waren, wäre aufgrund der fehlenden Identität der Verletzten nicht klar gewesen, welches Land zuständig sei. Ihre Handtasche wurde nicht mehr gefunden. Sie lag vermutlich irgendwo auf dem Grund der Förde, vermutete Sarah. Aufrufe in der Presse mit Bildern der Frau sowohl in Dänemark als auch hier in Deutschland hatten keinen Erfolg gebracht. Vermisstenmeldungen passten nicht auf die Frau. Irgendwann war die Suche nach Verwandten eingestellt worden.

Tammo löste seinen Blick von den kleinen schwarzen Buchstaben auf weißem Untergrund und sah aus seinem nassen Küchenfenster in den Innenhof. Irgendjemand versuchte verzweifelt, die letzten Blätter der Kastanie mit einem Laubbläser von einer Ecke in eine andere zu treiben. Tammo erinnerte sich, dass es einen Fall gegeben hatte, bei dem ein Mann seinen Nachbarn erschossen hatte. Das Opfer hatte fast täglich den Laubbläser benutzt. Auch im Sommer.

Flensburg, dachte Tammo und überlegte, wie hoch die Wahrscheinlichkeit war, dass die Unbekannte Jelena Buchholz war. Der Ort passte nicht. Eine Fahrt mit dem Dampfer auch nicht, fand Tammo, ohne es begründen zu können. Er schrieb Sarah, dass er ein Foto der Frau brauche, um es Peter Buchholz zeigen zu können. Vielleicht würde er eine andere Familie wieder zusammenführen können. Wenn er schon seine eigene … Tammo stoppte den Gedanken, drehte sich um und ging ins Esszimmer. Er musste an etwas anderes denken.

Während er die Fotos an der Wand betrachtete, die Gesichter der Menschen, deren Schicksal er noch nicht verstand, überkam ihn ein Gedanke, der ihn erschreckte: Er würde sie alle verlieren, wenn er ihr Rätsel lösen würde. Ihr Tod, ihr Verschwinden hatten ihn aus seiner Starre gezogen. Ihr Schicksal verdrängte sein eigenes, füllte sein leeres Leben wieder aus, verschob es auf eine andere Zeitebene, wo es auf ihn wartete. Wenn er morgens aufwachte, ging er als Erstes hierher und sah sie an, versuchte zu verstehen. Was, wenn er den Täter finden würde? Was würde dann passieren mit ihm?

Das Klingeln des Handys unterbrach seine Gedanken. Er erkannte Jens Büronummer auf dem Display.

»Tammo, sorry, dass ich dich eben abgewürgt habe, aber …«, begann Jens.

Die kraftlose Stimme seines Chefs erschreckte ihn. Keine Hektik, kein Stress. Als wäre eine andere Person am Apparat.

»Kein Problem. Was ist passiert?«

»Katinka Kühn … Ich …«

Die Wasserleiche, schoss es ihm durch den Kopf.

Tammo hob seinen Kopf ruckartig, sah auf den Stadtplan, die Elbe, die an der Stadt vorbeizog, breiter wurde, kälter. Er stellte sich den im Wasser treibenden Körper vor.

»Ich dachte sie wäre es, aber … es ist eine andere Frau. Die Haare, die Länge und Farbe … Es sah zuerst so aus, als wäre es Frau Kühn.« Jens hustete kurz.

Dann berichtete er von dem Auffinden der Leiche. Touristen hatten sie entdeckt, als sie gerade Fotos von sich am Elbstrand machten. Nach Berechnung der Strömung musste sie irgendwo auf Höhe des Museumshafens, ins Wasser gefallen sein. Die genaue Todesursache stehe noch nicht fest. Sie sei jetzt bei Bernd.

Bei Bernd. Das klang, als würde die Tote bei ihm Kaffee trinken, fand Tammo und dachte an die weiß gekachelten Räume, die Metalltüren, die grünen Kittel, den Geruch, den es nur dort gab, die weißen Gummistiefel in der Gerichtsmedizin. Und die Tatsache, dass dort zu achtzig Prozent Frauen arbeiteten. Warum auch immer.

»Es gab keine sofort erkennbaren äußeren Verletzungen bis auf Kratzer und Abschürfungen, die sie sich vermutlich durch die Steine am Ufer zugezogen hat. Ich bin zwar total hinüber, aber ich komme nachher mal rum. Schlafen kann ich eh nicht. Keine Ahnung, wann ich es schaffe, aber wenn du schon nicht zu mir willst …« Er machte eine kurze Pause, um festzustellen: »Klingt ja schon wie bei einem alten Liebespaar.«

Jens wollte ihn aufheitern, aber Tammo war zu sehr mit seinen Gedanken beschäftigt, die in alle möglichen, denkbaren Richtungen ausströmten und keinen gemeinsamen Weg fanden. »Alles klar«, sagte er abwesend, obwohl überhaupt nichts klar war, und legte auf.

Er ging auf den Farbausdruck des Fotos von Katinka Kühn zu und stellte sich vor, sie zu finden. Lebend.

»Halleluja!«, platzte es aus Jens heraus, nachdem Tammo ihm ein paar Stunden später die Wohnungstür geöffnet hatte. »Ich dachte in der ersten Sekunde, du hast einen neuen Mitbewohner! Cool!«

Jens lachte ihn zufrieden an und legte ihm die Hand auf die Schulter, wie jemandem, der etwas Großes geschafft hatte.

Tammo brauchte einen Moment, bis ihm einfiel, dass Jens seine neue Frisur noch nicht gesehen hatte.

»Super, Mann! Ganz der Alte!«, sagte er, zwinkerte ihm zu und ging an ihm vorbei ins Wohnzimmer, um dort erneut erstaunt stehen zu bleiben.

Ganz der Alte. Tammo überlegte, wie schön es wäre, wenn Jens recht hätte, und schloss die Tür. Er wusste, wie falsch sein Chef lag.

»Okay«, sagte Jens mit Blick auf die Wand im angrenzenden Esszimmer. In einem Tonfall, den Tammo nicht richtig zu deuten wusste. Ohne hinzusehen, hatte Jens den Arm nach links ausgestreckt und auf den Lichtschalter gedrückt. Er kannte die Wohnung blind, dachte Tammo und beobachtete, wie Jens von Blatt zu Blatt ging, vorbei an dem Stadtplan, seinen Kreisen, den Notizen.

»Warum machen wir das nicht einfach zusammen? Als Team, so wie früher«, fragte Jens und drehte sich kopfschüttelnd zu ihm um.

Einfach. Wie früher, wiederholte Tammo innerlich und sagte nichts.

Als das Gefühl in ihm wuchs, Jens könnte die Frage noch einmal aufgreifen, ging er in den Flur. »Bier?«, rief er fragend zurück, als er schon fast in der Küche war.

»Gern!«

»Wir waren noch mal bei Moritz Kühn. Er hat sich zwar anfangs etwas gewunden, aber nicht abgestritten, ein Verhältnis mit dem Schulleiter zu haben«, fing Jens an zu erzählen, nachdem Tammo ihm eine der beiden kalten Bierflaschen gereicht hatte, und ließ sich schnaufend in den alten Ledersessel fallen. Er sah übermüdet aus, erschöpft. Die dunklen Augenringe und ungewaschenen Haare passten nicht zu ihm. Tammo hoffte innerlich, dass Moritz Kühn im Laufe des Gespräches nicht auf die Foto-Ausdrucke zu sprechen gekommen war … Aber so wie es aussah, schien das nicht der Fall zu sein.

Jens nahm einen großen Schluck, klemmte die Flasche zwischen seine Knie und holte tief Luft. Dann nahm er sein Brillengestell ab und strich sich mit der freien Hand übers Gesicht.

Einen Moment lang sagte keiner etwas. Nur der Nachbar über ihnen war zu hören, der im Stechschritt mit seinen Businessschuhen über den Holzfußboden marschierte. Von unten aus dem zweiten Stock drang Gute-Laune-Musik zu ihnen hoch, Indiepop. Es passte nicht, fand Tammo und fragte sich, warum es ihn störte.

»Wir müssen etwas finden. Abgesehen von Leichen … Ein Motiv, einen Hauch einer Ahnung … was auch immer. Wir kommen einfach nicht weiter. Sarah redet kaum noch mit mir, und du kommst gar nicht mehr ins Büro.« Er sah auf die Flasche in seiner Hand. »Sorry, aber es ist gerade echt … ach, egal.« Er setzte die Flasche noch einmal an, trank und stellte anschließend die leere Flasche neben seine Füße aufs Parkett.

»Wenn Moritz Kühn – was ich nicht glaube – der Mörder seiner Frau sein sollte, haben wir es auf alle Fälle mit mehreren Tätern zu tun. Es gibt keine Verbindung zu Frau Wendlich oder Merle Jansen«, dachte Tammo laut.

Jens reagierte nicht. Tammo war sich nicht sicher, ob er überhaupt richtig anwesend war.

Unten auf der Straße wurde nervös gehupt. Vermutlich war mal wieder jemand eingeparkt worden.

»Ich war im Altenheim«, sagte Tammo nach einer Weile.

»Hm?«

»Bei Frau Holst, der Mutter von Katinka Kühn.«

»Mann, Tammo! Du bringst mich echt an meine Grenzen! Warum fährst du da einfach hin und sagst nichts?«, warf Jens ihm schlecht gelaunt vor. Er blickte Tammo vorwurfsvoll an. »Und?«, fragte er schließlich. Es war nicht zu übersehen, dass er hin- und hergerissen war zwischen einer erneuten Ermahnung und Neugierde.

Tammo ging zum Regal und kam mit der Postkarte, die er in einen kleinen Gefrierbeutel aus der Küche gesteckt hatte, zurück und reichte sie ihm.

Jens stieß laut die Luft aus, ging zur Esszimmertischlampe, hielt die Plastiktüte mit der Karte unters Licht und hörte sich in Ruhe an, was Tammo erfahren hatte.

»Angenommen, Frau Kühn hat die Karte wirklich selbst geschrieben, hieße das …«, er drehte sich wieder zu Tammo um, »dass es eine Chance gibt, dass sie noch lebt! Vielleicht … Zumindest wurde sie nicht gleich umgebracht. Ich muss die Karte sofort der Spurensicherung bringen. Wir müssen die Fingerabdrücke abgleichen. Und wir brauchen ein forensisches Schriftgutachten. Warum hast du mir denn nicht sofort Bescheid gesagt? Das geht echt nicht, Tammo! Wenn …«, wollte Jens gerade wieder anfangen, doch Tammo fiel ihm ins Wort.

»Ich habe sie dir doch jetzt gegeben. Ohne meinen Besuch bei Frau Holst hättet ihr diesen Hinweis nicht. Du kannst dem doch jetzt nachgehen«, versuchte er ihn zu beruhigen und überlegte, wie er selbst reagieren würde. Wenn es andersrum wäre.

»Gesetzt den Fall, Frau Kühn lebt wirklich noch: Was will der Entführer? Es gibt keine Lösegeldforderungen. Nichts! Das macht doch überhaupt keinen Sinn!«

»Ich frage mich, warum ausgerechnet die Mutter eine Postkarte erhält. Warum nicht ihr Mann?«, warf Tammo in den Raum.

»Könnte es sein, dass der Entführer die Mutter kennt und nicht will, dass sie … keine Ahnung … nach ihr suchen lässt? Wobei das ja Quatsch ist, weil wir ja eh schon suchen. Und außerdem … du hast doch gesagt, dass sie dement ist. Oder?«

»Vielleicht weiß er das nicht!«, überlegte Tammo.

»Aber der Entführer muss wissen, dass Frau Holst regelmäßig von ihrer Tochter Besuch bekommt. Das bedeutet wiederum, er müsste sie eigentlich genauer kennen.«

Einen Moment überlegten sie beide, keiner sagte etwas.

»Er will nicht, dass sie sich Sorgen macht«, unterbrach Tammo die Stille.

Jens fing an zu lachen. »Du meinst nicht im Ernst, wir haben es hier mit einem einfühlsamen, rücksichtsvollen Täter zu tun, oder?«

Tammo sah ihn an. »Doch.«

Mit seiner freien Hand strich Jens sich durchs Haar, während er die Karte nachdenklich betrachtete. »Hm. Und Frau Holst meint, die Karte wäre nicht von ihrer Tochter?«

Tammo nickte. »Sie hat sie nie Mamilein genannt.« Dann machte er seinen Rücken gerade, sah Jens an und erklärte: »Ich glaube, es ist alles anders.«

Jens nahm wieder seine Brille ab und sah ihn mit zusammengekniffenen Augenbrauen skeptisch an.

»Mamilein ist der erste Hinweis darauf, dass alles anders ist, als es dort steht. Lies mal vor«, forderte Tammo ihn auf.

Jens setzte die Brille wieder auf und strich mit der Hand die Plastikfolie glatt, um den Text lesen zu können. »Mamilein, ich bin ein paar Tage am Meer …«

Tammo hob die Hand, um ihn zu unterbrechen.

»Warte. Sie hat sie nie so genannt, das wissen wir. Allerdings der Entführer offensichtlich nicht. Und genau deshalb weiß er auch nicht, dass es ein Zeichen sein soll! Katinka Kühn ist nicht am Meer, nicht ein paar Tage. Sie ist irgendwo, wo kein Meer ist, und das schon länger als ein paar Tage«, interpretierte Tammo und gab ein Handzeichen, dass Jens weiterlesen sollte.

»Rügen ist anders, als ich dachte. Ich glaube, ich werde jetzt öfter mal hierher fahren, obwohl es eine ganz schön lange Anfahrt ist«, las Jens vor und wartete ab, was Tammo sagen würde.

»Rügen ist anders, als ich dachte«, wiederholte Tammo nachdenklich. »Der Entführer hat ihr die Karte gegeben. Er hat sie gezwungen, sie zu schreiben. Sie musste Bezug nehmen auf das Foto … aber sie war noch nie dort … deshalb dieser Satz … und … sie ist auch jetzt nicht dort. Was steht da noch? Moritz …«, hakte Tammo nach.

»Moritz wird für dich da sein, solange ich weg bin. Sag ihm, dass …«

»Warte!«, unterbrach Tammo seinen Kumpel. »Herr Kühn ist nicht für seine Schwiegermutter da gewesen. Ich glaube nicht, dass er sich um sie kümmert.«

»Er hat sie nicht besucht. Das ist alles ein Hinweis darauf, dass es nicht stimmt, was dort steht, glaub mir! Und zwar so, dass es derjenige, der Katinka Kühn festhält, nicht merkt. Entweder weil er sie nicht so gut kennt oder nicht so intelligent ist, es zu durchschauen. Sie wusste, er würde die Karte lesen, aber er würde nicht verstehen, dass alles anders gemeint ist.«

»Meinetwegen, spinnen wir den Gedanken einmal weiter. Er zwingt sie also, eine Karte an ihre Mutter zu schreiben. Das heißt, er kennt die Mutter, aber offensichtlich nicht die Tochter. Zumindest nicht gut. Er weiß nicht, wo sie Urlaub macht und wie sie ihre Mutter nennt …«

»Genau.«

Jens hielt die Karte in den Händen und schien darüber nachzudenken.

»Was steht da noch? Der letzte Satz?«

»Dass es sich lohnt, mal hierher zu fahren. Moritz soll nicht so skeptisch sein. Sonnige Grüße, Tinka.« Jens sah Tammo erwartungsvoll an.

»Es lohnt sich nicht, dorthin zu fahren, weil sie nicht dort ist. Ihr Mann soll skeptisch sein, dass sie weg ist, weil ihr etwas zugestoßen ist. Sonnige Grüße … sie muss irgendwo sein, wo keine Sonne ist.«

»Jetzt wirst du aber dramatisch. Sonnige Grüße kann auch einfach eine Verabschiedung sein. Beste Grüße, Tschüss, bis bald … Sie soll doch offenbar so tun, als wäre sie im Urlaub – wenn du richtig liegst mit deiner Vermutung.«

Tammo zuckte mit den Schultern.

Er drehte sich zum Fenster und betrachtete die Spiegelung des Raumes. Alles war anders, als es schien. Nichts stimmte.

»Wir müssen alle Personen überprüfen, die Kontakt zu Frau Holst haben oder hatten. Die Angestellten, die Besucher, alle! Die Frage ist: Wer hat Zugang zu ihr? Vielleicht erinnert sich jemand vom Personal daran, wer sie besucht«, hörte er Jens sagen.

Ein Stern aus einer Lichterkette in einer Wohnung gegenüber fiel ihm auf, der dort gestern noch nicht gehangen hatte. Weihnachten. Kekse backen, Geschenke kaufen …

»Ich weiß nicht, was ich mache, wenn das hier alles zu Ende ist.«

»Wie meinst du das?«

Tammo spürte Jens Blick von der Seite. »Ach, nichts. Ich … Es war nur ein Gedanke.«

»Ich dachte gerade, es würde dir besser gehen.« Jens sah ihn besorgt an. »Muss ich mir Sorgen machen?«

»Nein. Ich weiß es nur nicht. Das ist alles.«

Jens nickte, als würde er verstehen. Aber er verstand nicht. Niemand verstand es.

Er hatte das Gefühl, denkend aufzuwachen.

So, als wäre die Tatsache, aus dem Schlafzustand in den Wachzustand überzugehen, etwas, das mit seinen Gedanken, seinen Überlegungen nichts zu tun hatte. Zwei voneinander unabhängige Funktionen.

Tammo befestigte seine Audioprozessoren mit dem Gefühl, sie gerade eben erst abgenommen zu haben – in der Hoffnung, so endlich einschlafen zu können. Indem er sich von der Welt abkoppelte. In Pyjamahose und Kapuzenpulli ging er rüber ins Esszimmer, machte das Licht an und sah auf sein schwarzes Notizbuch.

Er stellte sich vor, in dem Zimmer von Frau Holst zu stehen. Es war beinahe dunkel. Er sah den Dreimaster im Sturm, jemanden, der an ihm vorbei auf Frau Holst zuging … Er hielt das Bild fest, setzte sich in seinen Sessel und fing an zu zeichnen. Langsam entstand ein Bild. In ihm und vor ihm, auf dem Papier. Mit feinen, schwarzen Linien zeichnete er ihren Sessel, die Seitenansicht von Frau Kühn, eine Hand, die sich auf ihre Schulter legte.

»Wer bist du?«, fragte Tammo, während er auf seine Zeichnung sah. Eine Neugierde wuchs in ihm, die größer wurde. Sie schob alles andere beiseite.

Es war nur ein kurzer Augenblick – aber es war da, das Gefühl, den Gedanken fassen zu können, endlich.

38.

Sie existierte nicht, seit er sie in diesen Raum gebracht hatte, an dem Tag, an dem die Sonnenstrahlen im Wald in Bündeln auf die Blätter gefallen waren. Es gab sie nicht mehr. Also musste sie auch nichts essen.

Nur ihre Rückenschmerzen erinnerten sie daran, dass sie noch lebte.

Und die Übelkeit, seit sie nichts mehr aß. Aber auch die ebbte langsam ab, so wie alles. Das Herz, dachte sie, das Herz würde das Letzte sein, das aufhörte. Wenn sie es nicht schaffte – ihr Plan nicht aufgehen würde.

Sie selber war ihr eigener Fluchtweg. Sie hatte nichts außer sich selbst. Sie würde sich ihm entziehen. Dann musste er sie gehen lassen.

Sie hörte etwas hinter der Tür.

Es waren nicht seine Schritte. Sie waren leicht, zaghaft, langsam. Beinahe nicht wirklich.

Evi, schoss es Katinka durch den Kopf. Sie stand von der alten Matratze auf, die sie von dem metallenen Bettgestell herunter auf den kalten Fußboden gezogen hatte. Neben den Stuhl, auf dem noch immer das Tablett mit dem Essen stand, das sie nicht angerührt hatte.

Katinka legte ihre Handinnenflächen an die abgesplitterte Farbe der alten Holztür, drückte ihr kaltes Ohr dagegen, hielt den Atem an.

Eine alte Holztür trennte sie von dem Kind. Und eine ganze Welt.

»Evi?«, fragte sie vorsichtig, doch es kam keine Antwort.

Katinka ging in die Hocke, legte sich flach auf den Boden, versuchte, unter der Tür etwas zu erkennen. Sie erahnte nur die Umrisse der Schuhe. Mehr nicht.

Es war zu dunkel. Schwarz, hellgrau, dunkelgrau. Die Welt hatte ihre Farbe verloren. Hier drinnen, da draußen.

Dann eine Bewegung. Etwas kam auf sie zu, wurde unter der Tür durchgeschoben. Katinka wich ruckartig zurück. Ein weißer Zettel. Ein paar Sekunden später ein schwarzer Kugelschreiber.

Du willst nicht bleiben, oder?, stand auf dem linierten Papier in Kinderschrift, das jetzt vor ihr lag.

Was sollte sie antworten? Katinka spürte, wie ihre Augen sich mit Tränen füllten, bis sie sich nicht mehr halten konnten und hinunterliefen, über ihre Nase, ihr Gesicht. Sie brauchte das Mädchen, um aus diesem Gefängnis herauszukommen. Es war ihr einziger Weg nach draußen, in ihr Leben. Ihre einzige Chance neben der, sich selbst zu entziehen. Sollte sie Vertrauen mit einer Lüge aufbauen?

Sie nahm den Zettel, kniete sich auf den Boden und sah auf die freie Fläche, die feinen, hellgrauen Linien, die darauf warteten, beschrieben zu werden. Die Buchstaben verschwammen, sie schloss kurz die Augen, atmete ein paarmal ein und aus, öffnete sie wieder.

»Evi?«

Keine Reaktion.

»Ich habe mir immer eine Tochter gewünscht, Evi. Es war mein größter Wunsch, ein Kind zu bekommen. Ich habe alles dafür getan, glaub mir. Wirklich alles … Das weiß … dein Vater. Deshalb hat er mich hier eingesperrt.«

Dann nahm sie den Stift in die Hand, schrieb, betrachtete das, was jetzt dort stand, und schob den Zettel wieder unter der Tür durch. Den Stift umklammerte sie fest mit der Hand. Was, wenn er den Zettel finden würde?

»Bitte, Evi, ich habe nur dich! Bitte, erzähl jemandem von mir! Sag jemandem, dass ich hier bin. Bitte!! Du musst mir helfen, bitte!«, flehte sie hinter der Tür. Sie sah auf ihre Hände, ihren Ring am Finger, zog ihn in ihrer puren Verzweiflung ab, drehte ihn in ihrer Hand und schob ihn unter der Tür hindurch, in die andere dunkle Welt.

»Ich schenke ihn dir. Nicht, damit du mir hilfst … sondern, weil … vielleicht gibt er dir Kraft und … Mut, und du denkst an mich … und erzählst jemandem, dass ich hier eingesperrt bin.«

Die Schritte entfernten sich, sie hörte, wie eine Tür geschlossen wurde, dann war es wieder still.

Hatte Evi den Ring mitgenommen? Hatte sie ihn überhaupt gesehen?

Was habe ich gemacht? Warum habe ich sie nicht einfach angelogen? Ihr gesagt, dass ich natürlich gerne hier bin und … Verdammt! Was, wenn sie ihrem Vater den Ring zeigt? Oder den Zettel?

Die Gedanken überschlugen sich, Tränen liefen über ihr Gesicht, sie wippte mit dem Oberkörper vor und zurück, schrie, so laut sie konnte, bis sie keine Kraft mehr hatte. Ihr Schreien ging in ein Wimmern über, das so elendig klang, dass sie es selbst nicht ertrug und verstummte. Auf allen vieren bewegte sie sich langsam auf die Matratze zu, um sich dort fallen zu lassen, zusammenzurollen wie ein Embryo.

39.

Tammo öffnete die Augen einen schmalen Spalt. Es war hell. Er sah zum Fenster. Diffuses Licht hinter einer Wand aus Nebel.

Sein linker Arm, auf dem er lag, war eingeschlafen, er wollte ihn bewegen, aber es ging nicht. Er fühlte sich taub an, und gleichzeitig schmerzte er.

Er war auf der Couch eingeschlafen. Er hatte einen Gedanken gehabt, eine Vorstellung.

Vor ihm auf dem Couchtisch stand Lennys Holzsegelschiff. Still.

Kein Sturm, dachte Tammo, atmete das Bild ein und schloss die Augen wieder. In Zeitlupe drehte er sich auf den Rücken, das Bild festhaltend, suchte nach Lenny, nach Momenten, die zu dem Bild passten, und er fragte sich, warum er nicht von ihm träumte.

Die letzte Nacht, der Gedanke, den er gehabt hatte, der sich langsam formte, schob sich zwischen die Erinnerungen.

Blut floss in den tauben Arm, pochte, kribbelte, die Finger ließen sich wieder bewegen.

Langsam kam er mit geschlossenen Augen hoch, stützte seinen Kopf, der sich schwerer anfühlte als der Rest, auf seinen Händen ab und kreiste ihn vorsichtig im Uhrzeigersinn, dann richtete er sich auf.

Für einen kurzen Moment war es wieder da, das lähmende Gefühl. Es nicht zu schaffen, nicht jetzt und auch sonst nie mehr aufzustehen. Ein Zentimeter, der ihm so lang vorkam wie ein Albtraum, der nicht enden wollte – so unüberwindbar wie eine rote Schnur.

Er holte tief Luft, öffnete die Augen und stand auf.

Das Handy lag auf der Armlehne des Sofas. Er wählte Sarahs Nummer.

»Hi Tammo, sorry, ich habe es noch nicht geschafft. Das Foto von dieser Frau. Ich kläre das noch. Hier ist gerade so viel los, ich weiß nicht, wann ich es schaffe. Kann ich dich nachher zurückrufen?«

»Jens war gestern Abend bei mir. Ich habe ihm eine Postkarte mitgegeben. Es kann sein, dass sie von Katinka Kühn ist, dass sie noch lebt. Ich glaube …«

»Es gibt keine Verbindung, Tammo. Es ist vermutlich kein Serientäter«, unterbrach Sarah ihn.

Tammo sagte nichts. Er ließ die Information zwischen ihnen unbeachtet und versuchte zu verstehen, was das mit dem, was er herausgefunden hatte, zu tun hatte.

»Okay, pass auf. Du wirst es ja so oder so erfahren. Der Mann von Sabine Wendlich hat gestanden.«

Sabine Wendlich. Das normale Mittelreihenhaus. Die Flugtickets. Das Versprechen.

»Was … was hat er gestanden?« Tammo wurde schwindelig; er hatte das Gefühl, jeden Halt zu verlieren.

»Er hat von dem Mord an Merle Jansen in der Zeitung gelesen und auch die Vermisstensache Katinka Kühn in der Presse verfolgt … das hat offensichtlich etwas in ihm ausgelöst, meint er zumindest. Er konnte nicht mehr mit der Schuld leben.«

»Er … er hat sie umgebracht?«, hörte Tammo sich selbst fragen.

»Kann man so sagen … und … er wollte mit dir sprechen«, gab Sarah zögerlich zu.

»Mit mir.« Tammo überlegte, ob er ein schlechtes Gewissen haben sollte, weil er heute Morgen nicht im Büro gewesen war, als ihn jemand gebraucht hatte. Jemand, von dem er gedacht hatte, er sei kein Mörder. Ob es etwas geändert hätte. Für Herrn Wendlich. Und für ihn.

»Er hat eine umfassende Aussage gemacht. Wir sind gerade auf dem Sprung zu seinem Grundstück. Beziehungsweise ich … Die anderen sind schon los.«

»Warte kurz!«, bat Tammo.

Eine Frage erdrückte ihn. Warum hatte er es nicht gesehen? Die Verzweiflung, der Schock, das Nichtverstehen, die Hilflosigkeit. War es alles falsch, alles anders?

Er musste wissen, was passiert war. »Was hat er ausgesagt?«, drängte er.

»Er behauptet, seine Frau sei die Kellertreppe hinuntergestürzt, als sie einen vollen Wäschekorb zur Waschmaschine tragen wollte. Er hat es gehört, aber nichts gemacht. Unterlassene Hilfeleistung – bis hierhin. Im Fernsehen lief eine Reportage über den Nordpol, und er hat … Warte kurz«, sie schien in etwas zu blättern, etwas zu suchen. »Er hat keinen Impuls gespürt, aufzustehen.« Sie schnaubte hörbar verachtend Luft aus. »Stell dir das doch mal vor! Der sitzt da, hört, wie sie stürzt … und macht nichts. Rührt sich einfach nicht. Guckt fern … Wenn es denn so war.«

Tammo hörte nicht mehr zu. Er sah sich selbst auf dem Ledersessel, mit dem Blick auf seine Füße, die sich direkt an der Grenze befanden zwischen Schatten und Licht. Es wäre so leicht gewesen.

»Herr Wendlich hat außerdem gesagt«, fuhr sie fort während sie blätterte, »… Moment … Er hat ausgesagt, die Reportage zu Ende gesehen zu haben und dann ins Bett gegangen zu sein. Er wusste, er müsse nichts machen, dann wäre alles vorbei.« Sie holte tief Luft. »Tja. Das ist es jetzt wohl auch. Die Spurensicherung ist schon da. Das Gartenhaus wird gerade auseinandergenommen. Sie soll darunter liegen.«

Tammo versuchte, sich an das Gartenhaus zu erinnern, was ihm nicht gelang. Er sah das Gelbklinker-

Mittelreihenhaus mit den braunen Fensterrahmen, der braunen, dunklen Haustür, dem schmalen Flur, dem kleinen Garten. Er sah die Schwester von Frau Wendlich, die in einer gleichmäßigen, langsamen Bewegung den Kopf von links nach rechts bewegte. Die nicht verstand. Herr Wendlich, der wiederholte, er wisse nicht, wo seine Frau sei. Der behauptete, er würde nicht verstehen. Und der doch alles verstanden hatte.

Tammo dachte an eine Verbindung, die nicht existierte, und einen Täter, der existierte. Den er nicht gesehen hatte. Obwohl er vor ihm gestanden hatte.

»Hat sie um Hilfe gerufen?«, fragte er.

»Angeblich nicht. Deshalb wäre es so leicht gewesen, nichts zu tun. Er meinte, er wäre in eine Art Starre verfallen, aus der er sich nicht lösen konnte … genauso wie aus der Ehe, hat er gesagt. Hier steht es … Er hätte sich nicht lösen können. Nicht von ihr, nicht vom Sessel. Der Sturz wäre wie ein Zeichen gewesen, so, als sollte es so kommen. Er musste nichts tun, nur warten. Das hat er immer wieder gesagt. Er hätte sich niemals von ihr trennen können. Es wäre wie ein Geschenk gewesen, Schicksal. In der darauffolgenden Nacht hat er sie dann vergraben. Er hatte angeblich Angst, ihm würde niemand glauben, dass sie allein die Treppe runtergefallen ist … Wahnsinn. Wozu gibt es denn Scheidungsanwälte?! Na ja. Tammo, ich muss … Lass uns nachher noch mal sprechen. Okay?«

Er machte ein zustimmendes Geräusch, legte das Handy zurück auf die Sofalehne und ging zum Fenster. Man konnte kaum etwas sehen. Er öffnete es, atmete die feuchte Luft tief ein, hielt den Atem an, atmete nach einem Moment wieder aus.

Der Nebel ließ alles unwirklich erscheinen. Tammo dachte an den Wald in Volksdorf, an die Kastanie, die er am Elbhang vergraben hatte, und daran, dass er einen Augenblick lang geglaubt hatte, es würde alles passen, sich fügen.

Ihm fiel ein, was Jens gesagt hatte. Sie müssten etwas finden, abgesehen von Leichen. Und jetzt stand er in Rissen und fand schon wieder eine Leiche.

Tammo schloss das Fenster, ging zu dem Stadtplan und betrachtete seine Kreise.

Sabine Wendlich war tot, ihr Mann hatte sich gestellt.

Blieben Merle Jansen und Katinka Kühn. Und die Frage, ob es doch noch eine Verbindung gab.

Er fragte sich, wie es den Eltern von Merle Jansen ging, und widerstand dem Wunsch, zu ihnen zu fahren.

Nach einer Weile holte er sein Telefon, blätterte in den Unterlagen auf dem Tisch, bis er sie gefunden hatte, und wählte die Nummer von Peter Buchholz. Erst die Festnetznummer, dann die Handynummer. Niemand nahm ab. Tammo nahm sich vor, es später noch einmal zu versuchen. Oder einfach zu ihm zu fahren, um ihn nach einem Foto seiner Frau zu fragen.

Es war etwas, was er tun konnte.

Der Gedanke fühlte sich gut an.

Sobald Jens aus Rissen zurück war, wollte er ihn nach dem Liebhaber von Moritz Kühn, Herrn Erdmann, fragen. Und nach dem Obduktionsergebnis. Und nach der Postkarte.

40.

Hinter dem Dreieck aus gewelltem Milchglas in der Haustür nahm Tammo eine Bewegung war. Einen Schatten, der sich von links nach rechts bewegte, schleichend. Fast so, als wäre es nicht geschehen.

Er wartete einen Moment, klingelte noch einmal. Kurz überlegte er, um das Haus herumzugehen, entschied sich dann aber dagegen.

Der Nebel war nicht bis hierher gezogen. Die Luft war kalt und klar. Blätter in unzähligen Gelb-, Rot- und Braunnuancen lagen um die wenigen alten Bäume rechts und links des Sandweges, der eine Straße werden sollte, irgendwann. Die Neubauhäuser gegenüber von Peter Buchholz' Grundstück waren offensichtlich die ersten, die hier gebaut worden waren. Die meisten Auffahrten waren bereits fertig gepflastert; hellgrüner, junger Rasen strahlte zwischen dem tristen Braun der Sandberge, die sich noch an manchen Stellen auftürmten. Gartenzäune gab es nicht.

Aus dem Augenwinkel bewegte sich ein alter, roter Wagen langsam in sein Blickfeld. Vor dem Haus hielt er quietschend an, und ein Mann, der zu groß für diesen

Wagen schien, sah ihn durch die Windschutzscheibe an. Peter Buchholz.

»Hallo«, grüßte Tammo, nachdem der ausgestiegen war, und ging ein paar Schritte auf ihn zu.

»Moin«, sagte Buchholz sichtlich überrascht, hob Einkaufstüten aus dem Wagen, schlug die Tür zu und trug die Sachen zum Haus.

»Wir … beziehungsweise meine Kollegin hat in unserem internen Netz gesucht und ist auf eine Sache gestoßen, über die ich gern mit Ihnen sprechen würde.« Eine Sache. Tammo fragte sich, warum er es so sagte und wie er eine geschickte Überleitung zu seiner Frau hinbekommen konnte. Wenn sie es denn war. Eine Sache und eine Frau, die vielleicht dasselbe waren.

»Aha«, war alles, was Peter Buchholz von sich gab, und Tammo fragte sich, wie er selbst reagieren würde in so einer Situation.

»Um es kurz zu machen«, fuhr er fort, während er ihm zum Haus folgte, » ich bräuchte ein Foto Ihrer Frau.«

Peter Buchholz ließ die Einkaufstüten unsanft vor der Haustür fallen, und Tammo hoffte, dass nichts kaputtgegangen war, obwohl es nicht sein Einkauf war. Nicht seine Sachen, nicht seine Frau, nicht sein Schatten hinter der Tür.

Peter Buchholz sah ihn an, und Tammo hatte das Gefühl, den Gesichtsausdruck zu kennen. Er wusste, wie es sich anfühlte, so auszusehen.

»Warum?«, fragte Buchholz knapp, während er den Schlüssel in die Haustür steckte und sie öffnete.

»Ihre Geschichte, das mit Ihrer Frau ... Es hat mich nicht losgelassen. Deshalb habe ich eine Kollegin beauftragt zu recherchieren ... Sie ist dabei auf etwas gestoßen. Es gab vor acht Jahren einen Vorfall auf der Flensburger Förde. Ein Unfall mit einem Dampfer. Eine Frau musste damals reanimiert werden. Sie konnte gerettet werden, verlor aber ihr Gedächtnis. Niemand kennt sie. Ich würde gern ein Bild Ihrer Frau mit dem der Unbekannten abgleichen. Vielleicht gibt es eine Chance und eine Erklärung, warum sich Ihre Frau nicht mehr gemeldet hat.«

Tammo hatte, während er sprach, das Gefühl zu hören, wie unwahrscheinlich es klingen musste, was er sagte, es sogar körperlich zu spüren. Er kam sich lächerlich vor, während er auf eine Reaktion wartete.

»Hallo, Papa!«, hörte er aus dem Spalt, den die Tür jetzt offen stand, eine Mädchenstimme. Zart, zerbrechlich, jung.

»Na, Evi, warst du artig und hast auch keinen reingelassen?«, fragte Peter Buchholz halb ernst, halb aus Spaß und drückte die Tür mit seiner Schulter weiter auf, um die Tüten ins Haus tragen zu können.

»Nein«, antwortete Tammo hinter ihm.

Peter Buchholz drehte sich zu ihm um und sah ihn fragend an.

»Ich habe geklingelt, eben, bevor Sie kamen. Sie ist nicht an die Tür gegangen.« Er versuchte, Buchholz ein Lächeln zu entlocken, doch es klappte nicht.

Buchholz nickte nur zufrieden. Er war woanders. Bei einer Frau, die keiner kannte, dachte Tammo.

»Ich muss mal schauen, wo ich ein Foto finde. Kommen Sie rein, ich stelle nur eben die Milch in den Kühlschrank.«

Tammo klopfte den hellen Bausand, der sich unter seinen Schuhen befand, an dem Rost vor der Tür ab, betrat das Haus und schloss die Tür hinter sich. Er betrachtete das Milchglas und fragte sich, warum er Dreiecke nicht mochte.

Im Augenwinkel nahm er eine Bewegung war. Rechts oben, auf der letzten Stufe, saß das Mädchen, dessen Schatten er gesehen hatte. Evi. Sie sah ihn mit ihren dunklen Augen neugierig an, stand auf und verschwand, bevor er »Hallo« sagen konnte. So, als wäre sie nie da gewesen, überlegte er, und sah auf die helle Stufe aus Holz, auf der niemand mehr saß.

»Ich weiß nicht, ob ich so schnell ein Foto finde. Ich habe noch nicht alles ausgepackt nach dem Umzug«, hörte er Herrn Buchholz aus der Küche, in der er Einkaufstüten zusammenknüllte und in eine Schublade stopfte. »Sonst ziehen Sie doch kurz die Jacke aus und … kommen Sie rein, ich brauche noch einen Moment.«

Tammo sah sich um, betrachtete die rote Mädchenjacke an der Garderobe. Nicht mehr die provisorische, sondern eine neue, aus hellem Kiefernholz. Vermutlich aus irgendeinem Möbelhaus. Er überlegte, seine Jacke einfach anzulassen, zog sie dann aber doch aus und hängte sie auf, weil er schon im Wagen leicht geschwitzt hatte. Der Norwegerpullover, den er anhatte, war zu warm für diesen Herbsttag. Am liebsten hätte er ihn mit der Jacke zusammen an den Haken gehängt. Bei ihm war es nie so warm.

»Schätzchen, magst du einen Joghurt? Ich habe auch Kekse gekauft, wenn du willst«, rief Peter Buchholz aus der Küche, doch die Frage blieb im Raum stehen. Ohne Antwort.

Tammo näherte sich der Küche, aus der Peter Buchholz jetzt kam, an ihm vorbeiging und rechts im Wohnzimmer verschwand. »Meine Tochter ist ein bisschen schüchtern«, erklärte er, ging an einem weinroten Sofa vorbei und auf drei übereinandergestapelte Umzugskartons zu, die neben einer verspiegelten Glasvitrine standen, die nicht hierher passte. So wie alles andere.

Tammo folgte Buchholz langsam, blieb vor der Vitrine stehen und sah an dem alten Geschirr und den Gläsern vorbei in sein fremdes, neues Gesicht.

Vielleicht hätte ich mich kämmen müssen, dachte er, während er neben sich hörte, wie ein Karton nach dem anderen geöffnet wurde.

»Ich habe echt keine Ahnung, ob ich auf Anhieb etwas finde«, sagte Peter Buchholz entschuldigend und drehte sich zu Tammo um. »Den Schrank habe ich von meinen Eltern, so wie die meisten Sachen hier.«

»Ah«, sagte Tammo und nahm es als Erklärung, warum es hier wie in einem Secondhand-Möbelhaus aussah. Ein neues Haus mit gebrauchten, zusammengewürfelten Möbeln. Tammo fragte sich, wie die Heimat des Mannes, der vor ihm kniete und in einem Karton wühlte, aussehen könnte, in seiner Vorstellung. Eine Heimat, in die er sich einfügen würde. Er fand keine Antwort.

Aus dem Flur hörte man Geräusche, die so leise waren, dass man meinen konnte, sie sich eingebildet zu haben.

Sie lauscht, dachte Tammo, und ein Lächeln legte sich auf sein Gesicht. Stufe für Stufe war sie auf ihren Wollsocken die Treppe runtergeschlichen, stellte er sich vor und erinnerte sich an die Zeit, als er Kind war. Und wie er gelauscht hatte – mit seinen Augen, nicht mit den Ohren. Wie er Gefühle gelesen hatte, in Gesichtern, die sich bewegten, aber deren Laute er kaum noch hören konnte. Die sich von ihm entfernten und die er nur durch sein Beobachten zurückholen konnte. Es hatte nur einen Albtraum gegeben, der ihm Angst gemacht hatte. Es war immer der gleiche gewesen. Er hatte geträumt, er würde aufwachen, und alles wäre dunkel, für immer. Es war die Angst gewesen, nicht mehr sehen zu können, was die anderen sagten.

»Meine Vater ist letzten Winter gestorben. Ich habe ein paar Felder verkauft … an die Stadt.« Peter Buchholz holte Bücher und Papiere hervor, legte sie neben sich auf den gelben Teppichboden und griff noch einmal in den Karton, während er weitererzählte. Tammo hatte den Eindruck, Buchholz würde sich dafür entschuldigen, dass er hier wohnte, sich dieses einfache Haus leisten konnte. »Die planen ein Gewerbegebiet und haben mir halt etwas angeboten … na ja … Was soll ich auch mit den Feldern.« Er schien etwas entdeckt zu haben, hob eine rechteckige, hellblaue Keks-Blechdose hoch, stand auf, ging zum Sofa, setzte sich und öffnete sie.

Tammo folgte ihm.

In der Dose befanden sich auf Fotopapier festgehaltene Augenblicke, die weit entfernt schienen. Momentaufnahmen aus einem anderen Leben. Peter Buchholz nahm einen Stapel Fotos heraus, die sich lose in der Dose befanden, und blätterte sie auf seinem Schoß langsam durch. Tammo sah die Aufnahmen auf dem Kopf und versuchte, sie sich richtig herum vorzustellen.

Ein Brautpaar, das durch einen Schauer aus Reiskörnern die Stufen eines Gebäudes runterschritt, die

Hände schützend vor die Gesichter haltend, lachend. Peter Buchholz und die Frau, von der er in dieser Sekunde schon gewusst haben wollte, dass sie gehen würde.

»Hier erkennt man sie besser«, hörte Tammo ihn sagen und stellte seinen Blick, der sich in den Fotos verloren hatte, wieder scharf. Ihm wurde ein Farbfoto entgegengehalten. Ein Portrait. Er griff danach und wusste in dem Moment, von wem Evi ihre dunklen, großen Augen hatte. Die Frau, die ihn ansah, obwohl sie es nicht tat, hatte braune, glatte Haare, die ihr auf die Schultern fielen, und ein rundliches Gesicht, aus dem Tammo etwas zu lesen versuchte.

Sie hatte es nicht leicht gehabt, etwas ließ sie härter aussehen, als sie war. Hinter ihrem Blick, der vielleicht nur Schutz war, lag vage etwas anderes, das sich nur schwer erahnen ließ.

Dieser Gedanke blieb haften, als Tammo wahrnahm, dass Peter Buchholz plötzlich in der Bewegung innegehalten hatte und ihn ansah. »Die Frau … ist sie denn … Ich meine … ist sie ansonsten gesund?«

Tammo zuckte mit den Schultern. »Wenn ich es richtig verstanden habe, kann sie sich nicht mehr an ihren Namen erinnern oder wo sie herkommt. Der Sauerstoffentzug unter Wasser hat Teile ihres Gehirns beeinträchtigt. Wie ihr Gesundheitszustand ansonsten ist, kann ich Ihnen leider aktuell nicht sagen.«

»Und niemand kennt diese Frau?« Peter Buchholz sah auf die Fotos in seinen Händen, als würde er ihnen die Frage stellen.

»Es gab nach dem Unfall verschiedene Aufrufe in der Presse, aber es hat sich niemand gemeldet, der sie vermisst.«

Peter Buchholz schüttelte den Kopf. »Warum soll Jelena denn in Flensburg gewesen sein? Ich meine … das ist doch völlig …« In seinem Gesicht spiegelte sich die innere Zerrissenheit. Die geringe, kaum messbare Chance, seine Frau wiederzufinden, und die viel größere und realistischer erscheinende Möglichkeit, dass es irgendeine fremde Frau war, die dort lebte und die fremd bleiben würde. Für ihn, für sich selbst, für immer.

»Kann ich das Bild abfotografieren?«, fragte Tammo und tastete nach seinem Handy, bis ihm einfiel, dass es sich in seiner Jackentasche befand.

»Natürlich«, murmelte Peter Buchholz abwesend neben ihm. Tammo ließ ihn mit seinen Erinnerungen allein, ging in den Flur zurück und sah gerade noch, wie sich die Küchentür langsam zuschob.

Tammo lachte leise, während er zur Garderobe ging und sein Handy aus der Jackentasche zog.

Eine Nachricht von Jens. *Wir haben Sabine Wendlich.*

Endlich, dachte Tammo.

Den Blick auf die Nachricht gerichtet, blieb er stehen und dachte an den Moment, als Jens ihn gefragt hatte, wie Sabine Wendlich zu den anderen Fällen passte, und er gesagt hatte: *Gar nicht.*

Später, zu Hause, in seinem Sessel, würde er darüber nachdenken. Er musste darüber nachdenken, dringend.

»Vielen Dank«, sagte er, gab Herrn Buchholz das Foto zurück, nachdem er es abfotografiert und an Sarah gesendet hatte, und dachte, dass er ihn jetzt allein lassen würde. Mit einer Hoffnung, die etwas mit ihm machte, was Tammo nicht einschätzen konnte. Er sah nur, dass etwas in diesem Mann vorging. Der Vater einer Tochter, die ein Schatten war, hatte die Größe eines Basketballspielers und wirkte doch wie ein kleiner Junge, den er allein ließ. In Tammo wuchs ein schlechtes Gewissen. Eine Familie wieder zusammenführen, vielleicht, wenigstens das, hatte er gedacht, und es hatte sich gut angefühlt. Jetzt, hier, fühlte es sich an, als hätte er eine alte Wunde aufgerissen bei jemandem, den er nicht kannte.

»Ich rufe Sie an, sobald meine Kollegin sich bei mir gemeldet hat.«

Peter Buchholz reagierte nicht. »Und wenn ich es völlig falsch … Ich meine, wenn sie gar nicht abgehauen ist … und ich hätte sie nur suchen müssen … dann …«, überlegte er stattdessen laut und blätterte dabei weiter in den alten Fotos.

»Wir müssen erst einmal die Identität der Frau klären, sofern das gelingt, dann rufe ich Sie an. Machen Sie sich keine Vorwürfe, es steht ja noch gar nichts fest.«

Peter Buchholz nickte stumm, und Tammo fragte sich, ob es richtig gewesen war herzukommen.

»Aber … falls die Möglichkeit besteht und sie es sein sollte, dann … könnte ich sie wieder zu uns holen. Dann könnte sie wieder hier … mit uns leben. Oder?«

Tammo sah in ein verunsichertes Gesicht.

»Ich kann da aktuell nichts zu sagen, es tut mir leid. Dafür ist es zu früh. Aber wenn es sich um Ihre Frau handelt, dann spricht meines Erachtens nichts dagegen. Vielleicht erinnert sie sich ja auch an Sie, wenn sie Sie sieht. So etwas passiert manchmal.«

»Ja …«, sagte Peter Buchholz gedankenverloren.

»Ich kläre das und melde mich. Vorher sollten Sie sich keine Gedanken machen. Ich … ich wünsche Ihnen noch einen schönen Tag«, sagte er und hoffte, dass es nicht zynisch klang. »Und ihrer Tochter«, schob er hinterher und wartete noch eine Sekunde, bevor er sich umdrehte.

»Ja, danke«, antwortete Peter Buchholz leicht verzögert, stellte die Blechdose mit den Erinnerungen neben sich auf dem Sofa ab, stand auf und begleitete Tammo zur Tür.

Als Tammo über den hellen Sand zurück zu seinem Volvo ging, wusste er, dass ein kleiner Schatten hinter ihm am Fenster stand und ihm nachsah. Und ein großer Mann wieder nach einer Dose griff, in der sich keine Kekse befanden.

41.

Es war zu leise, zu leer.

Tammo blieb in dem dunklen Flur mit dem Gefühl stehen, nicht weitergehen zu können. Hinter ihm war die Wohnungstür, die er gerade zugezogen hatte. Sein Blick führte ihn nach links, in das Wohnzimmer, in welches schwach das Licht der Straßenlaternen schien. Nur in die obere Hälfte des Raumes. Es teilte ihn in zwei Hälften. Sein Sessel, Lennys Holzboot, allein auf dem Couchtisch zwischen all den Papieren, waren dort, wo kein Licht hinkam.

Tammo drückte auf den Schalter neben sich.

Um weniger zu sehen von dem, was in ihm war.

Der junge hippe Typ in dem Weinladen aus der Hauptstraße hatte gemeint, es wäre das Beste, was er im Moment hatte. Der Winzer war irgendein Fußballstar. Der Typ im Laden hatte etwas von Schokoladennuancen erzählt, einem langen Abgang und anderen Dingen. Tammo hatte nicht zugehört. Er hatte nachdenken wollen, sich in seinen Sessel setzen, Dinge sortieren, Gedanken. Und ein Glas Rotwein trinken. Obwohl er die Gefahr kannte, die Wirkung, die der Wein auf ihn hatte.

Vielleicht geht es ja wieder, hatte er gedacht, als er sich in dem Laden, der bis unter die Decke mit Flaschen gefüllt war, umgesehen hatte.

Das Glas in der Hand, den Blick auf das Holzboot gerichtet, dachte er über Größen nach, messbare und solche, die sich nicht messen ließen. Wirkliche Größen, Größenverhältnisse.

Lenny war so klein gewesen und hatte eine alles umfassende, unermessliche Lücke hinterlassen. Sie zeigte den Raum, den er eingenommen hatte, als er noch hier war.

Ich muss Jens anrufen, dachte er und wunderte sich selbst darüber, denn es gab keine Verbindung zwischen dem Boot und Jens, zwischen dem, was er dachte, und seinem Chef.

Er nahm noch einen Schluck, ließ ihn einige Sekunden im Mund und versuchte etwas anderes als Rotwein zu schmecken, was nicht klappte.

Sein Handy piepte, eine Nachricht. Tammo griff danach und entsperrte es.

Hi Tammo, hier die Aufnahme der Frau aus dem Heim. Ziemlich schlechte Qualität. Bin mir nicht sicher, ob es weiterhilft. Kümmere mich in den nächsten Tagen darum. Bin schon wieder auf dem Sprung. LG, Sarah, las er. Dann betrachtete er das unscharfe Bild.

Eine schmale Frau mit leerem Blick, die an der Kamera vorbei ins Nichts sah. Offensichtlich mit einem alten Handy fotografiert, dessen schlechtes Objektiv dringend gesäubert werden musste. Ihr Kurzhaarschnitt wirkte praktisch, nicht modern. *Du liegst den ganzen Tag im Bett*, dachte Tammo, während er sie ansah und merkte, wie leid sie ihm tat. Sie wirkte völlig hilflos. Auf der linken Seite lagen die Haare platt am Kopf an, so als sei sie gerade erst aufgestanden. Sie trug einen dunklen Pullover, der sie noch blasser aussehen ließ. Tammo suchte in ihrem Gesicht nach einem Zeichen, nach etwas, das eindeutig auf Jelena Buchholz hindeutete. Sie konnte es sein. Oder auch nicht.

Vielleicht erkannte ihr Mann sie, hoffte er und wählte die Nummer von Peter Buchholz.

Er nahm nicht ab.

»Guten Abend, hier ist Tammo Berg«, sprach er ihm schließlich auf die Mailbox. »Ich würde Ihnen gern ein Foto senden. Es ist das Bild der Frau, von der ich Ihnen erzählt habe. Bitte sehen Sie es sich in aller Ruhe an, und melden Sie sich bei mir. Die Aufnahme ist nicht besonders gut, muss ich zugeben. Ich werde morgen früh noch einmal versuchen, eine bessere zu organisieren. Also, melden Sie sich. Ich bin noch den ganzen Abend erreichbar!«

Eine Weile sah er die Frau noch an. Dann sendete er das Bild an Peter Buchholz.

Jens schickte er nur ein Wort.

Rotwein?

Während er auf eine Antwort wartete, sah er wieder auf das kleine Boot und dachte an einen Tag, an den er sich nur lückenhaft erinnerte. Der Tag, an dem sie Lenny beerdigt hatten. Einzelne Bilder, die nicht zusammenpassten, in der falschen Reihenfolge, Blicke, Bruchteile von Sätzen, Worte, die er nicht aufnahm, die an ihm vorbeirauschten, langsam, wie in Zeitlupe sich im Raum bewegten, in der Kapelle, unter freiem Himmel, über bunten Blumen, mitten im Herbst, zwischen weißen Luftballons, die sie alle gemeinsam nach der Rede fliegen ließen, ohne dass Tammo verstand, warum. Denen er nachsah und sich fragte, ob so etwas in der Nähe des Flughafens eigentlich erlaubt sei. Ob es den Flugverkehr beeinträchtigen könnte.

Bis er merkte, dass ihn jemand am Arm berührte.

Als er sich umdrehte, war er allein.

Er ließ seinen Blick über die Wand gleiten, die Fotos, die Notizen, den Stadtplan.

Das Klingeln seines Handys riss ihn aus seinen Gedanken. Tammo sah auf das Display. Jens.

Abwesend griff er danach, in der Hoffnung den Gedanken doch noch zurückziehen, festhalten zu können, der schon so nah war, so wichtig. So fühlte es sich an.

»Ja«, sagte er, ohne den Blick von den Notizen an der Wand zu nehmen.

»Hi, na? Du, das ist nett, aber ich schaffe es nicht. Vielleicht morgen. Wir sind immer noch nicht fertig. Ich weiß nicht, wann ich …«, Tammo hörte, wie er laut gähnte, »eine Pause hatte!«

Tammo ahnte, was seinen Chef beschäftigte. »Du hast nicht falsch gelegen«, sagte er. »Ich glaube, es gibt eine Verbindung zwischen Merle Jansen und Katinka Kühn. Frau Wendlich ist eine andere Geschichte, aber ich habe es damals auch nicht gesehen. Herr Wendlich war so … so sehr von seiner Geschichte überzeugt, dass ich keinen Zweifel hatte. Ich glaube, es lag daran, dass es für ihn so war. Er hat es so erlebt. Ihr Sturz, die Stille danach, das war für ihn ein plötzliches Verschwinden.«

Jens machte lange »Hmmm …«, was nicht so klang, als wäre er von dem überzeugt, was er gerade gehört hatte.

Tammo wusste, wie anstrengend solche Einsätze für das Team waren. Er wusste, wie ihre Tage aussahen, ihre Abende und Nächte.

»Nur kurz. Hast du mit Herrn Erdmann gesprochen?«, wollte er wissen.

»Sarah und ich waren bei ihm zu Hause«, erklärte Jens.

Tammo ging rüber ins Wohnzimmer, blieb vor dem Fenster stehen und sah nach unten, auf die Straße, die parkenden Autos, die wenigen Leute, die an der Häuserzeile vorbeigingen. »Wie hat er reagiert?«, wollte er wissen und beobachtete, während Jens erzählte, wie zwei Hundebesitzer auf dem Fußgängerweg gegenüber stehen blieben, sich unterhielten. Der eine Hund, ein größerer, stellte sich quer vor sein Frauchen und verhinderte, dass diese den viel kleineren, anderen Hund streicheln konnte. Immer wieder zog sie ihn ein Stück beiseite, um an den Kleinen ranzukommen, aber ihr Hund stellte sich immer wieder dazwischen.

Eifersucht, dachte Tammo und wusste jetzt, was es war: Der Gedanke lag klar vor ihm. Er drehte sich um und ging zu den Unterlagen, die unter dem Holzboot verteilt lagen.

»… Aufgelöst, anders kann man es nicht beschreiben«, hörte er Jens sagen. »Er meinte, dass er Frau Kühn bisher nur einmal kurz persönlich getroffen hat. Er könne es sich auch nicht erklären. Das war schon sehr authentisch, wenn du mich fragst. Und bevor du über seine eifersüchtige Frau nachdenkst, kann ich dir gleich den Wind aus den Segeln nehmen«, fuhr Jens fort.

Wind aus den Segeln nehmen, dachte Tammo und fragte sich, ob da Wind war, irgendwo bei ihm.

»Sie weiß seit Jahren von seinen Affären und hat kein Problem damit. Zumindest sagt er das. Sie ist der Meinung, dass die Männer ihr nichts nehmen können … weil … warte kurz … weil sie eine Frau ist und ihm eben ganz andere Dinge bietet als Männer oder so.

Deshalb sei sie nicht eifersüchtig. Keine Ahnung, ich verstehe es nicht. Auf alle Fälle haben sie feste Abmachungen, und daran hält er sich. Behauptet er zumindest.«

»Er lügt«, sagte Tammo.

»Aha, und woraus schließt du das?«

»Moritz Kühn hat mir den Namen seines Freundes nicht sagen wollen. Nicht gleich. Er wollte verhindern, dass wir die Familie von Herrn Erdmann durch eine Befragung zerstören. Seine Frau weiß von gar nichts.«

»Okay«, murmelte Jens, und Tammo wusste, dass er die Information erst einmal verarbeiten musste. »Dann bleibt die Frage, warum er uns eine offene, lockere Ehe präsentiert.«

»Tja … Sag mal, meinst du, die Kinder wissen davon?«

»Wovon? Von der Abmachung, die es offenbar gar nicht gibt? Keine Ahnung. Das haben wir nicht gefragt«, sagte Jens, und Tammo hatte das Gefühl, sie hätten die Rollen getauscht. Er wäre der Chef, Jens sein Mitarbeiter. Rollen tauschen, anders als gedacht. Ein Kind verliert seinen Vater. Nicht an den Tod. Sondern an eine andere Liebe, einen anderen Mann.

»Was ist mit den Kindern? Waren sie zu Hause, als ihr kamt?«

»Er hat dir von ihnen erzählt?«, fragte Jens erstaunt.

Tammo nickte, obwohl Jens es nicht sehen konnte und schob ein »Ja« hinterher.

»Die Tochter war nicht da, aber der Sohn. Warum?«

»Wie alt ist er noch?«

»Sechzehn.«

»Moritz Kühn hat ihm seinen Vater genommen«, überlegte Tammo.

»Und selbst wenn. Wo ist da die Verbindung zu Frau Kühn?«

Tammo ging durch den Raum, den Blick auf den Boden gehaftet, suchend. »Was, wenn die Kinder gesehen haben, wie ihre Mutter leidet?«

»Hmmm …«

»Moritz Kühn hat alles kaputtgemacht. Er hat ihnen den Vater genommen, jetzt nehmen sie ihm seine Frau. Er soll wissen, wie es sich anfühlt«, dachte Tammo laut, setzte sich aufs Sofa und schenkte noch einmal Wein nach.

»Ich geh dem mal nach. Sorry, aber ich muss weitermachen … die Berichte warten … Ach, eins noch, die Postkarte von Katinka Kühn …«

Tammo wartete.

»Das war ein Volltreffer! Es ist ihre Handschrift! Wir sind dran – wer die Mutter besucht und so weiter.«

»Gut«, sagte Tammo und nahm einen Schluck. »Guckt nach jemandem, der nicht möchte, dass sie sich Sorgen macht, einen einfühlsamen Menschen, auf eine gewisse Weise fürsorglich. Jemand, der sich kümmert … vielleicht nicht überdurchschnittlich intelligent, aber mit dem Wunsch nach so etwas wie … Liebe.«

»Ein Täter mit dem Wunsch nach Liebe«, wiederholte Jens, als hätte er nicht verstanden. Oder als wollte er es nicht verstehen. »Okay, ich schau mal, wer da so rumläuft«, meinte er und verabschiedete sich.

Tammo sah aus dem Fenster und beobachtete, wie es draußen langsam dunkler wurde. *Rotwein ohne Schokoladennuancen*, dachte er. *Braut ohne Bräutigam.*

Er erinnerte sich an seinen Gedanken, den ersten, den er gehabt hatte, als er die Aufnahmen vom Fundort der toten Merle Jansen gesehen hatte. Der Täter musste sie geliebt haben, irgendwann einmal. Oder er liebte sie immer noch.

42.

Er war nicht gekommen, um ihr etwas zu bringen.

Katinka erkannte an seinen Schritten, dass etwas passieren würde, gleich, wenn er die Tür öffnen würde. Die Schritte waren schnell, hart, laut, so anders, dass sie kurz überlegte, ob er es überhaupt war.

Die Tür wurde aufgeschlossen.

Peter Buchholz stand, den Türgriff in der Hand, im Türrahmen und sah sie an. Wie ein Tier, schoss es ihr in den Kopf. Sein Blick streifte sie nur flüchtig, dann hasteten seine Augen durch den kleinen Raum. Er ging zwei Schritte und stellte ihr eine Flasche Saft auf das Tablett, neben das Essen, das sie nicht aß.

Er machte ihr Angst. Wie er da stand und nichts tat. Wie alles, was passierte, in ihm passierte, sich bewegte, veränderte. Dort, wo sie nicht hinsehen konnte. Sie dachte an Evi, den Zettel, ihre Antwort. Hatte sie ihm den Zettel gezeigt? War er deshalb so anders? Katinka griff in die Hosentasche, umfasste den Kugelschreiber, den sie behalten und nicht unter der Tür zurück zu Evi geschoben hatte, mit ihrer rechten Hand und hielt ihn fest. Er war ihre einzige Waffe.

»Alles … in Ordnung?«, fragte sie zögerlich, und ihr fiel noch während sie die Worte aussprach auf, wie absurd die Situation war.

»Ich weiß nicht«, sagte er leise und bohrte seinen Blick in den Boden, als suche er etwas.

Langsam stand sie auf und ging beinahe unmerklich einen kleinen Schritt rückwärts. Nur ein Stück. Mehr nicht. Etwas Distanz, dachte sie, obwohl es keine gab. Nicht hier.

Die Matratze lag jetzt zwischen ihnen.

Die Fragen in ihrem Kopf flogen wie Blitze von einer Seite zur anderen, jagten sich und wurden mehr.

»Meine Frau«, begann er sehr langsam, »sie ist gar nicht abgehauen. Sie hat uns …«, er hob seinen Blick und sah Katinka jetzt direkt an, »gar nicht im Stich gelassen hat, sondern … ich sie. Es ist gar nicht ihre Schuld. Es ist meine Schuld. Ich … ich mache alles falsch. Immer wieder. Das … das muss aufhören.«

»Wie meinen Sie das? Ich verstehe nicht, was …?« Katinka sah ihn verwirrt an.

»Sie war weg, einfach so, und ich dachte, sie wäre gegangen und hätte mich verlassen. So wie …«

Katinka nahm eine Veränderung in seinem Gesicht wahr, die sie nicht interpretieren konnte. Er sah anders aus, für einen Moment, der vorbeiflog.

»Wer denn?«, fragte sie vorsichtig und fokussierte ihn wie ein Tier, das man nicht einschätzen konnte, da man es nicht kannte. Ein wildes, fremdes Tier.

Peter Buchholz schüttelte den Kopf, als würde er selbst nicht verstehen, was gerade passierte. Und genau das machte ihr Angst.

»Alle.« Er ging ein paar Schritte, stieg über die Matratze, setzte sich auf das Bettgestell und wurde immer kleiner, während er von einer Zeit erzählte, die offenbar lange her war und doch nicht geendet hatte. »Meine Mutter … Sie … ist auch gegangen und …«

Er hatte abrupt aufgehört zu sprechen, und Katinka überlegte, ob sie warten oder nachhaken sollte.

»Es war warm, ein Sommertag«, erzählte er plötzlich weiter. »Ich kam mit dem Schulbus nach Hause und niemand war da. Ich rief sie und suchte überall, bis mein Vater von der Arbeit kam. Sie war weg, hatte nur ein paar Sachen eingepackt. Nur die Kleidung. Alles andere hat sie dagelassen.«

Auch ihn, dachte Katinka und sah den kleinen Jungen, der seine Mutter suchte, die nicht mehr da war. Die ihn zurückgelassen hatte. Parallel entstand ein anderes Bild in ihr. Sie versuchte zu verstehen, was passiert war mit ihm. Und was passieren würde mit ihr.

»Aber warum denn? Es muss doch irgendeinen Grund geben. Hat sie einen Brief geschrieben?«

Peter Buchholz schüttelte den Kopf. »Sie hatte sich verliebt, in irgend so einen … Versicherungsmenschen, der manchmal bei uns war und ihr mehr bieten konnte. Er hat ihr Blumen mitgebracht. Nelken, Rosen, Pralinen.«

Er schien sich in seinen Erinnerungen zu verlieren, nach einer Erklärung zu suchen für das, was passiert war, was passierte. Etwas, das er selbst nicht verstand.

»Es hört einfach nicht auf, das mit den …«, nuschelte er leise vor sich hin und fuhr sich mit seiner Hand durch das kurze Haar, machte sich etwas gerader und sah Katinka an. »Susanne … aus meiner Klasse … sie hat mich auch nicht … Sie war nicht in mich verliebt. Sie hat nur so getan, als sie sich mit mir verabredet hat. Sie hat mir einen Zettel zugesteckt. Wir haben uns am Dorfteich getroffen. Aber … sie …« Er lachte auf, nur kurz, dann war es wieder still. »Sie hatte nur eine Wette verloren.«

Katinka wartete, sah ihn an. Er war nicht hier bei ihr. Er saß auf einer Holzbank am Dorfteich und wartete auf Susanne.

»Das hat sie sicher nicht böse gemeint … Vielleicht …«

»Doch!« Peter Buchholz sprang von dem Lattenrost auf wie ein Soldat im Einsatz – eine einzige, gerade Bewegung. Kein Schwanken. Er war wieder groß, kein verliebter Teenager mehr, den man veräppelt hatte.

»Und Ihre Frau? Was ist … Was ist mit ihr?«, fragte Katinka zaghaft und hoffte, ihn wieder beruhigen zu können.

Er erzählte ihr von der Frau, die sich selbst verloren hatte, irgendwo auf der Flensburger Förde, zwischen zu hohen Wellen, die sich nicht an sich selbst erinnerte. Von dem Foto, das er auf seinem Handy hatte. Das er sich angesehen hatte, immer wieder. Von dem Unterschied zwischen Jelena, die so viele Jahre weg war, und dieser Frau, die ihr ähnelte, obwohl sie eine ganz andere war – inzwischen. Und von dem Leberfleck am Hals, den Jelena auch hatte. An genau der gleichen Stelle.

Und von der Möglichkeit, dass sie zurückkommen würde. Und seine Tochter endlich ihre Mutter zurückhätte.

Katinka begann, die Stärke der Schritte, die Verzweiflung, die Irritation in seinem Blick zu verstehen.

Er brauchte sie nicht mehr.

43.

Der gleichmäßige Klang des Containerhafens hatte etwas Beruhigendes, stellte er wieder einmal fest, als er zu den hell erleuchteten Kränen auf der anderen Seite der Elbe sah.

Es wurde kälter. Der Atem war sichtbar, für drei, vier Sekunden.

Der Hafen war Heimat, weil er verlässlich war. Weil er Bestand hatte. Vielleicht war das der Grund, weshalb es ihn immer wieder hierher zog, überlegte Tammo, die wenigen Schiffe beobachtend, die elbabwärts fuhren, während er über den weichen Strandsand ging, der ihn zurück nach Hause führte. Dorthin, wo keine Heimat mehr war.

Als es immer dunkler geworden war und er auf dem Weg in die Küche zu lange an Lennys Zimmertür gestanden, den Türgriff in der Hand gehalten und gespürt hatte, wie er fiel, hatte er schnell das Weinglas gegen seinen Mantel getauscht und war rausgegangen, runter zur Elbe. Um etwas zu sehen, was niemals verschwand, was immer da war.

Es war eiskalt.

Tammo steckte seine Hände tief in die Manteltasche.

Er fühlte ein Stück Papier, dicker als ein Kassenbon, zu groß für ein Bonbonpapier. Neugierig zog er es aus der Tasche und betrachtete den Notizzettel, den er nicht kannte.

Ich habe schon eine neue Mutter, stand in Kinderschrift auf dem quadratischen Blatt.

Die schwarzen Buchstaben waren trotz des schwachen Lichtes der Laternen deutlich auf dem weißen Hintergrund zu erkennen, und doch hatte Tammo das Gefühl, eine Wand aus Nebel befände sich zwischen ihm und diesem Satz, zwischen seiner Hand, die etwas gefunden hatte, und seinem Kopf, der etwas suchte. Eine Erinnerung, eine Erklärung.

Evi.

Eine andere Möglichkeit gab es nicht. Sie musste ihm, als er mit ihrem Vater im Wohnzimmer gewesen war, um nach einem Foto zu suchen, den Zettel in die Jacke gesteckt haben.

Ich habe schon eine neue Mutter. Der Satz klang nach, drückte die anderen Sätze in seinem Kopf beiseite.

Tammo fragte sich, warum in dem Haus nichts auf eine neue Freundin hingedeutet hatte. Hatten sich die beiden vielleicht gerade erst kennengelernt? Eine neue Mutter. Vielleicht lebten sie nicht zusammen. Noch nicht. Aber warum hatte Peter Buchholz sie nicht erwähnt? Hätte er es tun müssen? Nein. Es war nicht relevant. Aber ein Satz, ein Wort, ein kurzer Moment der Zuversicht, dass es ihm und seiner Tochter gutgehe, weil sie jetzt wieder eine Familie waren, werden würden … Tammo hatte es nicht gesehen. Die Freundin war nicht spürbar gewesen in dem neuen Haus, nicht sichtbar. Vielleicht deshalb auch die Frage nach dem Gesundheitszustand, überlegte er. Es war die Frage, ob sie zurückkommen würde.

Tammo steckte den Zettel wieder in die Tasche und ging langsam zurück, in Gedanken bei dem Satz, den er mit den Fingerspitzen spürte.

Ich brauche keine Mutter, ich habe schon eine neue Mutter, bitte geh wieder, spann er das Geschriebene weiter und fragte sich, was Evi alles gesagt hatte, ohne es zu schreiben.

Etwas störte ihn daran, er wusste nur nicht, was es war. *Neu*, dachte er. *Nicht alt. So neu wie das Haus?*

Der Name des Modells fiel ihm ein, den er auf dem Schild des Bauträgers gelesen hatte, als er das erste Mal zu Peter Buchholz gefahren war. Er holte sein Handy raus und googelte.

Hygge war dänisch und bedeutete Gemütlichkeit.

Er blieb dabei. Nichts passte. Nicht einmal der Name des Hauses. Er steckte sein Handy wieder ein und ging am Övelgönner Museumshafen vorbei, den Elbpark hoch, durch den Fischerpark, nach Hause, wo auch nichts mehr stimmte.

Das Licht brannte noch. Er hatte es nicht ausgeschaltet, als er rausgelaufen war. Jetzt stand er in seinem Mantel neben dem Esstisch, den er zur Seite geschoben hatte, und blickte auf die Wand voller Zettel.

Mit der Schuld nicht mehr leben können, dachte er, während er Sabine Wendlich an der Wand ansah, die kein Puzzleteil mehr war.

Seine Nachbarin schlug nebenan die alte Wohnungstür zu, unten auf der Straße rief jemand etwas, das nicht gehört wurde, der Mann über ihm lief wieder im Stechschritt über den Holzfußboden. Irgendwann würde er ihm Hausschuhe schenken, hatte er sich vorgenommen. Aber nicht jetzt. Er fragte sich, was Herr Wendlich gesagt hätte, zu ihm, wäre er im Büro gewesen, als dieser nicht mehr mit dem Tod hatte leben können.

Langsam löste er sich aus der Vorstellung, Herrn Wendlich im Verhörraum gegenüberzusitzen, ihm zuzuhören, seinen Worten, seinem Gesicht. Er fragte sich, ob das, was er gesehen hätte, mit dem, was er gehört hätte, auch dieses Mal übereingestimmt hätte. So wie damals, als der Mann gelogen hatte.

Tammo ging auf das Foto zu, das Sabine Wendlich zeigte, lebend, nicht lachend. Er knibbelte den Tesafilm mit dem Zeigefinger ab.

Die Geräusche um ihn wurden mit jeder Notiz, die er abnahm, weniger. Er strich ihren Kreis auf dem Stadtplan durch, legte den Stift weg, ging ein paar Schritte zurück und fokussierte das, was blieb.

Sein Blick blieb an einem Detail hängen, einer Aufnahme, die er schon unzählige Male betrachtet hatte. Er nahm das Foto ab, drehte es langsam im Uhrzeigersinn in der Hand, bis es auf dem Kopf stand.

Vor ihm auf dem Foto verschwammen die Umrisse, während sie in ihm klarer wurden.

Die Verbindung. Er hielt sie in den Händen. Die Verzweiflung, die Sehnsucht, die zum Tod führte. Die aus einem Mann einen Mörder gemacht hatte, der keiner sein wollte. Der etwas anderes wollte.

Er griff nach seinem Telefon, wählte Jens' Nummer, ohne seinen Blick von der Spitze, dem hohen Kragen, den beigen Knöpfen, die an Merle Jansens Handgelenk wie winzige Kugeln aussahen, zu nehmen. Er hörte das Klingeln an seinem Ohr und spürte seinen Herzschlag unter seinem Mantel. Es war nicht synchron.

Jens ging nicht ran. Er wählte Sarahs Nummer, steckte das Foto ein und lief mit dem Telefon am Ohr aus der Wohnung.

Er wusste, wer die neue Mutter war.

44.

Du musst weg«, sagte er mit hängendem Kopf, beiläufig, als hätte er gesagt, die Sonne würde scheinen.

Er hatte ihr von dem frischen Apfelsaft eingeschenkt, von dem er stolz erzählt hatte, es wären seine eigenen Äpfel, die sie in diesem Moment trinken würde. Boskoop. Sie wollte nicht undankbar wirken, wollte ihn besänftigen, in der Hoffnung es würde etwas bringen, irgendetwas, und hatte ihn getrunken. Hatte ihn angelogen, ihm gesagt, wie gut er schmecken würde, um ihm eine Freude zu machen. Ihr Magen hatte sich nach dem ersten Schluck zusammengezogen. Es war, als würde er in Teilen sprechen, die nicht zusammenpassten, Teilen, die nichts miteinander zu tun hatten. Ihr Leben, der Apfelbaum, sein Plan, der vor seinen Augen zusammenzubrechen schien. Und sie, mitten drin in dem Kartenhaus, den Saft trinkend.

Katinka drückte den Kugelschreiber noch fester in ihrer Hand. *Nicht loslassen, auf keinen Fall loslassen*, redete sie innerlich auf sich ein und spürte die Angst davor, keine Kraft zu haben. In dem Moment.

»Es geht nicht anders. Sie kommt vielleicht zurück, und dann …«

»Das steht doch noch nicht fest, oder? Es kann doch sein …«, versuchte sie ihn zu beruhigen.

»Nein«, unterbrach er sie und hob seinen Kopf. »Sie ist es! Ich habe sie erkannt! Und ich habe in dem Heim angerufen, in dem sie lebt. Es war ganz einfach. Es gibt nicht viele in der Gegend, die sich um solche Patienten kümmern. Sie wollten mir natürlich am Telefon nichts sagen, aber ich weiß, dass sie es ist. Sie weiß es nur nicht mehr, aber das macht nichts. Ich … Wir helfen ihr. Jetzt hab ich das Haus, das sie sich immer gewünscht hat! Stell dir das doch mal vor! Sie war da, die ganze Zeit!« Er sah sie kopfschüttelnd an, fassungslos, hin- und hergerissen zwischen Freude und Verzweiflung.

Katinka roch ihre ungewaschenen Haare, die ihr in Strähnen auf die Schultern fielen. Sie sah ihn an und stellte sich vor, den Kugelschreiber oberhalb des runden Ausschnittes in seinen Hals zu rammen, rechts an die Halsschlagader, bevor er reagieren konnte.

Sie hatte nur einen Versuch.

Sobald er sich nähern würde, sagte sie sich immer wieder, sobald er sich nähern würde.

Ihr Essen stand unangerührt auf dem Stuhl zwischen ihnen. Wie ein Zeichen. Sie wollte es nicht. Das Leben, das er ihr aufgezwungen hatte, das Leben, das sie verweigerte.

Er hatte die Teller ausgetauscht, andere Mahlzeiten gebracht. Sie hatte nichts davon angefasst, seit Tagen. Bis auf den Apfelsaft, das Wasser, den Tee.

Das Zittern kam aus ihrer Mitte.

Die physische Kraft, die weniger wurde, stand einer wachsenden Angst gegenüber. Es war die Angst, nicht reagieren zu können.

»Ich hätte sie nur suchen müssen.«

»Lass mich gehen. Ich verspreche, niemandem etwas zu sagen. Es ist ja auch nichts gewesen. Oder? Es war doch nichts. Ich war doch nur ein paar Tage hier. Eine … Auszeit nehmen«, sagte sie und spürte ein Lachen, das rauswollte aus ihr. Weil es so absurd war, so verrückt, so bekloppt, so unmöglich. Sie ließ das Lachen los, raus aus sich, hörte für ein paar Atemzüge auf, sah ihn an, erkannte ein Aufhellen um seine Augen. Er fing das Lachen auf, lachte sie an, löste sich aus seiner Haltung, stand auf, und sie lachten beide. Erst zögerlich, dann lauter, freier, wie Kleinkinder, die vor dem Schlafengehen albern wurden und keinen Halt mehr hatten. So wie sie.

Und dann hörte es auf. Das Lachen verschwamm, entfernte sich, das Bild löste sich vor ihr auf, sie überlegte noch im Fallen, ob es ihr Kreislauf war. Ob sie doch etwas hätte essen müssen.

Noch bevor der letzte Muskel aufgegeben hatte, wusste sie, es war anders. Es war nicht das fehlende Essen. Es war der Saft.

Als sie spürte, dass sie auf dem Boden lag, kam die Nacht.

45.

Die Straßen waren frei.

Dreimal war er geblitzt worden. Unzählige Male hatte die Ampel gerade auf Rot umgeschaltet. Mit der linken Hand wischte Tammo in regelmäßigen Abständen mit einem viel zu nassen Lederschwamm über die beschlagene Scheibe, mit der rechten schaltete er. Die Lüftung war auf Maximum eingestellt. Tammo fluchte, während er noch einmal geblitzt wurde. Das Fluchen galt der Scheibe. Er konnte kaum etwas sehen.

Sein Handy lag noch auf dem Beifahrersitz. Er hatte es auf Lautsprecher gestellt, während er gegen die Lüftung angeschrien und Sarah erklärt hatte, wo er hinfuhr – nachdem sie endlich rangegangen war. Er hatte es abwechselnd bei ihr und bei Jens versucht, immer und immer wieder.

Als Tammo nur noch ein paar Minuten von dem Haus von Peter Buchholz entfernt war, hatte sie abgenommen. Kurz und knapp hatte er ihr von dem Bild, dem Gedanken, den er jetzt endlich hatte greifen können, von der Verbindung erzählt. Und von dem Beweis, den er in seiner Tasche bei sich trug. Von der neuen Mutter. Katinka Kühn.

»Es ist alles anders«, war es aus ihm herausgeplatzt.

»Tammo, wo bist du?«, hatte Sarah wissen wollen.

Im Hintergrund hatte eine tiefe Männerstimme etwas gefragt, was er akustisch nicht verstand. Sie war offensichtlich nicht allein in ihrem Bett gewesen. Oder wo auch immer er sie gerade geweckt hatte.

»Er wusste es nicht«, hatte Tammo erklärt, während er auf der vierspurigen Straße gleich mehrere Autos überholt hatte. »Er wusste nicht, dass Merle Jansen krank war. Sie ist gestorben, es tut ihm leid, er zieht ihr das Kleid an. Und …«

»Ja?«

»Er sucht sich eine andere Frau. Eine neue«, hatte er weiter erklärt.

»Katinka Kühn«, hatte Sarah nachdenklich geschlussfolgert. Sie schien langsam zu sich gekommen zu sein. Im Gegensatz zu Tammo, der das Gefühl gehabt hatte, noch nie so wach gewesen zu sein. »Du meinst … das Motiv ist … der Wunsch nach einer Frau?«

»Ja.«

Als Sarah angefangen hatte, auf ihn einzureden, er solle sofort zurück nach Hause fahren, sie würde jetzt den anderen Bescheid sagen und sich nach dem Einsatz melden, hatte er aufgelegt. Es hatte sich nicht gut angefühlt, aber das war jetzt egal. Um sein schlechtes Gewissen würde er sich später kümmern. Nicht jetzt. Er musste Katinka Kühn retten, sich selbst und vielleicht einen kleinen Schatten hinter der Tür, der nicht verstand, was passierte. Der dachte, er würde endlich das bekommen, was ihm fehlte. Und dem er alles nehmen würde, was er hatte.

Das Haus lag hell erleuchtet im Dunkeln.

Er ist nicht da, war sein erster Gedanke, bevor er registrierte, dass der Wagen fehlte. Es musste kurz vor Mitternacht sein.

Langsam stieg Tammo aus, ging auf das Haus zu und klingelte, obwohl er nicht damit rechnete, dass jemand öffnen würde. Nichts passierte. Er klingelte noch einmal.

Er ging um den Neubau, drückte sich mit dem Rücken an die Steinmauer und sah vorsichtig in die Fenster, hinter denen er niemanden sehen konnte. Langsam schlich er weiter, sah in den nächsten Raum. Leer.

Warum war überall das Licht an, fragte er sich und dachte an Katinka Kühn, die er retten musste. Er war sich sicher, sie lebte. Er wusste nur nicht, wo.

»Kann ich Ihnen irgendwie helfen?«

Tammo zuckte zusammen. Ein paar Meter von ihm entfernt an der Hausecke unter einer Straßenlaterne stand ein älterer Mann mit einem hechelnden Schäferhund an der Leine. Der Speichel des Hundes tropfte auf den Sandboden.

»Ich suche Herrn Buchholz, aber ich glaube, er ist nicht da.«

»Das glaube ich auch. Dann würde ich vorschlagen, Sie gehen jetzt wieder.« Der Mann sah ihn drohend an.

»Mein Name ist …«

»Es ist mir scheißegal, wie Sie heißen, junger Mann. Ich rate Ihnen jetzt hier zu verschwinden. Hier gibt es nichts zu holen!«

Ein wahrer Satz.

»Ich arbeite für die Kripo. Wir suchen eine junge Frau. Ich vermute, dass sie hier ist …«

»Da wohnt keine Frau. Herr Buchholz ist allein mit seiner Tochter.«

Tammo nickte.

»Und Sie arbeiten für die Kriminalpolizei?«

»Ja. Moment.« Er zog den Reißverschluss ein Stück tiefer, griff in die Innentasche seines Mantels und hielt dem Mann seinen Dienstausweis entgegen. »Meine Kollegen sind gleich hier.«

Der Mann sah nicht so aus, als würde er irgendetwas von dem, was Tammo sagte, glauben. Aber er ging weiter, zögerlich.

Während Tammo ihm nachsah, bemerkte er im Augenwinkel eine Bewegung. Ruckartig drehte er sich zur Seite und konnte durchs Fenster gerade noch erkennen, wie das Mädchen hinter der Tür vorkam, wo es sich versteckt haben musste, und aus dem Raum verschwand, in den er sah. Es war eine Art Arbeitszimmer. An der Wand entdeckte Tammo eine eingerahmte Luftaufnahme. Ein Bauernhof war darauf zu sehen, umgeben von grünen Feldern. Er lief nach vorn, klingelte noch einmal, kniete sich vor den Briefschlitz und drückte die Klappe mit den Fingern hoch.

Licht vertreibt Gespenster, dachte er und rief ihren Namen. »Evi. Ich bin es. Tammo Berg. Ich habe deinen Zettel gefunden, danke! Ich muss zugeben, dass ich einen Moment überlegen musste, von wem er ist. Aber dann war es mir plötzlich klar.« Er machte eine kurze Pause. »Du bist eine Geheimnisbewahrerin, oder?«

Stille.

»Ich habe auch jemanden verloren, Evi. Und ich vermisse ihn – jeden Tag. Und weißt du was? Es gibt niemanden, wirklich absolut niemanden, der ihn ersetzen könnte. Man kann einen Menschen nicht gegen einen anderen austauschen. Das funktioniert leider nicht.«

Man hörte im Haus nichts.

Er ließ den Briefschlitz los und sah auf den Rost, auf dem er hockte. »Was hältst du davon, wenn wir einen Tausch machen? Du gibst mir etwas, das ich dringend brauche – um jemandem zu helfen –, und dafür bekommst du etwas von mir. Dann sind wir danach beide glücklich, was denkst du?«

Rechts von ihm, da, wo die Treppe sein musste, nahm er durch das Milchglas neben der Eingangstür eine Bewegung wahr. Es war so plötzlich, so nah, dass er erschrak. Er hatte sie weiter hinten im Flur oder oben vermutet.

»Ich kann nichts mit dir tauschen. Sonst nimmst du meinen Papa mit und …«

Und du hast niemanden mehr.

»Ich glaube, dein Papa ist kein böser Mensch. Er vermisst nur etwas so sehr, dass er es sich einfach genommen hat, ohne zu fragen. Das ist natürlich nicht erlaubt, aber ich glaube, er … er wollte einfach nur etwas haben, was er schon lange nicht mehr hatte. Eine Frau, Familie. Eine Mutter, für dich. Aber Liebe, die kann man nicht erzwingen!«

Er drückte den Briefschlitz wieder auf – und blickte in zwei rehbraune, verunsicherte Kinderaugen.

»Evi. Dein Papa hat doch Felder verkauft. Wo ist der alte Hof deiner Großeltern, wo ihr früher gewohnt habt?«

Ihr Blick ließ ihn los, sank zu den Fliesen, auf denen sie stand. »Ich darf das nicht sagen …«

»Doch, Evi. Mir darfst du es sagen!«, flehte er sie an.

»Wen hast du verloren?«, fragte sie völlig unvermittelt.

Tammo ließ die Frage mehrere Atemzüge lang zwischen ihnen stehen. Es zu hören war wie ein erneutes Begreifen, Realisieren, was nicht zu realisieren war. Es auszusprechen war schwer, es zu hören hatte noch mehr Gewicht.

Er griff nach seinem Handy, klickte auf Fotos und hielt das Bild von Lenny so vor den Briefschlitz, dass Evi es sehen konnte.

Sie waren bei Planten un Blomen, Hamburgs Park, mitten in der Stadt. Als er auf den Auslöser gedrückt hatte, fuhr Lenny mit seinem Laufrad auf Tammo zu. Mit weit aufgerissenem Mund, dessen Lachen sich über das ganze Gesicht ausbreitete, Wellen warf, bis zu ihm.

»Meinen Sohn Lenny. Er war vier.«

Sie sah das Bild durch den schmalen Schlitz an, und Tammo hatte das Gefühl, sie würde es aufsaugen.

Er rieb sich mit der Handfläche über die Augen, die müder waren als sein Wille. »Ich bin schuld an seinem Tod … weil ich nicht aufgepasst habe. Er … könnte noch leben«, sagte er mit Blick auf das mittlerweile schwarze Display und hob dann den Kopf. »Du kannst es anders machen, Evi. Du kannst ein Leben retten.«

Es herrschte Stille im Innern des Hauses.

»Rette sie, Evi. Du kannst das. Du bist die Glücksfee!« *Für Katinka Kühn*, dachte er und hoffte, dass es so sein würde.

»Mein Vater denkt, die Frau … aus diesem Heim … Er denkt, sie ist meine Mutter. Er will sie holen, und … ich mache alles kaputt, wenn ich etwas sage.«

»Nein, Evi. Das stimmt nicht! Ganz im Gegenteil. Du machst etwas wieder heil!«

Sein Handy klingelte. Er sah auf das Display. Sarah.

Seine Beine schmerzten vom Hocken. Das Blut staute sich. Er stand kurz auf und stellte das Handy auf stumm. Vermutlich waren sie sowieso jeden Moment da. Als er sich wieder bückte, um durch den Briefschlitz zu sehen, blickte er auf kalte Fliesen, geschlossene Türen.

Er stellte sich wieder gerade hin und überlegte, Sarah doch zurückzurufen. Sie musste einen Kollegen auf der Dienststelle nach der alten Meldeadresse fragen. Vielleicht erinnerte sie sich auch. Sie hatte schon einmal für ihn danach gesehen, als er sie gebeten hatte, nach der Frau von Peter Buchholz zu suchen. Und sie musste jemanden hierher schicken, zu Evi, der sich um sie kümmerte. Er konnte sie auf keinen Fall mitnehmen. Es war viel zu gefährlich, er wusste nicht, was ihn erwartete. Aber er konnte das Mädchen auch nicht alleinlassen.

»Warte …«, hörte er plötzlich Evis Stimme schwach hinter der Tür. »Hier«, sagte sie nach einem Moment. Aus dem geöffneten Briefschlitz kam ein weißer Notizzettel. Er kannte die Form.

Tammo nahm ihn entgegen und sah auf die Adresse, die dort stand.

Eine Last fiel von ihm, die größer war, als er geahnt hatte. *Gott sei Dank*, *Gott sei Dank*, dachte er und tippte die Adresse in seinen Routenplaner ein.

»Danke, Evi. Du bist eine Heldin! Glaub mir!« Einen sehr kurzen Moment überkam ihn der Drang, Evi doch mitzunehmen. Vielleicht würde ihr Vater so aufgeben. Er schob den Gedanken beiseite. Er würde sie in Gefahr bringen.

»Ich komme wieder, Evi! Hörst du? Versprochen!«, sagte er in gebückter Haltung durch die schmale Öffnung ins Haus. Dann lief er zum Auto.

Das Ziel lag keine vier Kilometer entfernt. Er musste Sarah anrufen, gleich. Er versuchte, sich den Weg zu merken, drückte auf Wahlwiederholung, dann wieder auf den Plan.

»Wo bist du?«, hörte er die angespannte Stimme seiner Kollegin, während er zwischen der immer dunkler werdenden Straße vor sich und dem hell leuchtenden Display in seiner Hand hoch- und hinuntersah. Die letzten Häuser, das gelbe Ortsausgangsschild und eine Bushaltestelle lagen hinter ihm. Mit jedem Kilometer, den er fuhr, fühlte er sich freier, so, als würde er sich von sich selbst entfernen, von dem, was zu schwer war.

»Schick bitte jemanden zu dem Haus von Peter Buchholz, damit sich eine Kollegin um seine Tochter kümmert! Er ist nicht zu Hause. Sie ist allein! Ihr müsst weiterfahren, die Hauptstraße geradeaus, nicht rechts zu der Neubausiedlung abbiegen. Katinka Kühn befindet sich auf dem alten Hof von Buchholz' Eltern, wo er mit Evi bis vor Kurzem gelebt hat. Ich glaube, dass ihn die Nachricht, dass seine Frau ihn eventuell gar nicht verlassen hat, sondern einen Unfall hatte, aus der Bahn geworfen hat. Ich weiß nicht, was er vorhat. Er denkt vielleicht, seine Frau kommt zurück, und dann …« Tammo überlegte am Straßenrand zu parken, um die letzten Meter zu Fuß zu gehen. Das Ziel befand sich auf der linken Seite. Er wollte auf keinen Fall, dass Peter Buchholz ihn bemerkte. »Ich bin gleich da.«

»Du wartest! Hast du mich gehört? Du wartest auf uns …«

»Gib ihn mir mal!«, hörte er Jens im Hintergrund.

»Eichenkrug zwei«, sagte Tammo, legte auf und parkte den Wagen auf einer Feldauffahrt.

Die Umrisse des alten Gebäudes, das sich wie ein Rechteck quer vor ihm hinzog, waren nur vage zu erkennen. Bis auf das Licht des Halbmondes lag es völlig im Dunkeln. Kein Licht im Haus, keins außen.

Ihm fiel die Postkarte ein. Sonnige Grüße.

Zwanzig Meter vom Haus entfernt an der Einfahrt blieb er stehen und beobachtete das, was er nur erahnen konnte. Verlassen, dachte er. Alleingelassen. Peter Buchholz, das Haus, Katinka Kühn.

Das Handy in seiner Manteltasche vibrierte.

Während er dastand, mitten in der Finsternis, überkam ihn die Befürchtung, er könnte sich geirrt haben. Es wäre alles falsch. Evi habe ihn nur ablenken, ihn weglocken wollen vom Haus. Katinka Kühn sei doch im

Haus gewesen, geknebelt, damit man ihre Schreie nicht hören konnte – zusammen mit Evis Vater.

Dann dachte er an Evis Augen, ihr Lachen und Lenny, der jetzt bei ihr war.

Den Blick auf das Haus gerichtet, ging er die Mitte des matschigen Weges entlang, zwischen den Reifenspuren. Er wunderte sich, warum der Boden nicht gefroren war, so kalt, wie es war.

An einem kleineren Schuppen blieb er stehen, wartete, lauschte. Über ihm flog ein Passagierflugzeug eine Kurve, um sich auf die bevorstehende Landung vorzubereiten. Die roten, winzigen Lichter blinkten in der eiskalten, klaren Luft.

Tammo dachte an die Vorschriften, an das, was er gelernt, das, was er jahrelang befolgt hatte. Er stellte sich vor, alles abzulegen, hier an diesem klapprigen Zaun, neben den Haufen Steine, die die Erde freigegeben hatte und die in den letzten Jahrzehnten vermutlich von den angrenzenden Feldern geholt worden waren. Findlinge, Feldsteine.

Er atmete lange ein, sah zum Himmel hoch, an dem sich einzelne Wolken schnell bewegten, blickte zu dem Haus vor sich, das wirkte, als würde es schlafen, und atmete wieder aus. *Sie ist da drin*, dachte er. *Sie ist da drin.*

Schritt für Schritt ging er weiter, stolperte, fiel beinahe. Leise fluchend fragte er sich, ob er die Taschenlampenfunktion seines Handys nutzen sollte, ließ es aber sein. Seine Augen hatten sich an die Abwesenheit des Lichtes gewöhnt. In einer offenen Scheune erahnte er die Umrisse eines alten, kleinen Treckers und eines Pfluges.

Hinter der Scheune, an der Seite, stand der viel zu kleine Wagen des großen, kräftigen Mannes. Mit der Handfläche fasste Tammo auf die Haube. Sie war noch lauwarm. Der Wagen konnte also noch nicht lange hier stehen. Er hatte sich nicht geirrt: Peter Buchholz war hier. Und Tammo kannte den Grund.

Er ging um den Wagen und fragte sich, ob Peter Buchholz Katinka Kühn – nachdem er sie beim Laufen entführt hatte – wirklich damit transportiert hatte.

Der Hauseingang befand sich vorn, in der Mitte des Gebäudes.

Leise schlich er die alten Betonstufen zum Hauseingang hinauf. Die Tür war verschlossen. Er drehte sich um, ging zurück, links um das Haus. Irgendwo musste ein Fenster sein oder ein Kellerabgang. Auf der Rückseite entdeckte er an der Rotklinkermauer eine weiße Fläche auf Schulterhöhe. Kalksandsteine, die eine Fensteröffnung ausfüllten.

Vorsichtig tastete er sich an gestapelten Holzscheiten, die an der Hauswand lagerten, entlang. Ruckartig blieb er stehen, hielt den Atem an.

Auf der anderen Seite, vorn, passierte etwas. Eine Tür wurde zugeschlagen. Sein Handy vibrierte erneut.

Er ignorierte es und schlich vorsichtig zurück bis zur Hausecke, wartete, spürte sein Herz schlagen, horchte. Geräusche, die er nicht einzuordnen wusste, drangen zu ihm, während er mit der Schulter an der Wand langsam weiterging, wieder stehen blieb und vorsichtig um die Ecke sah.

Peter Buchholz redete mit sich selbst, während er einen silbernen Anhänger über den Hof zog. Es war nicht zu verstehen, was er sagte. Es klang verzweifelt und doch ermutigend. Tammo zog seinen Kopf zurück, wartete.

Ein Motor wurde gestartet, der kleine, rote Wagen, tippte Tammo. Gas wurde gedrückt, kurz, dann ließ das Geräusch nach, und der Motor wurde ausgestellt, eine Wagentür zugeschlagen. Tammo kam wieder ein Stück vor und beobachtete, wie Peter Buchholz den Anhänger an der Kupplung befestigte. Dann ging er Richtung Hauseingang. Seine Worte, die man nicht verstand, verhallten und verschwanden mit ihm in dem alten Gebäude.

Peter Buchholz hatte in sich selbst gefangen gewirkt, keine Hektik erkennen lassen.

Ich weiß nicht, ob er bewaffnet ist. Ich weiß nur, ich bin es nicht, dachte Tammo und spürte, dass er keine Zeit verlieren durfte. Wenn Peter Buchholz mit dem Wagen wegfahren würde, wäre es zu spät. Noch einmal sah er für eine Sekunde um die Ecke, konnte den Mann nicht sehen und ging los, an der Hauswand entlang. Sein Herz schlug so schnell, dass er das Gefühl hatte, ihm würde schwindelig werden.

Licht fiel aus der offenen Haustür auf die Betonstufen. Schritt für Schritt ging Tammo weiter, die Treppe hoch. Ein verlassenes Haus, dachte er, suchte mit seinem Blick den breiten Korridor ab, der an eine andere, vergangene Zeit erinnerte, hörte von links, wo ein Flur entlangführte, Geräusche, ging weiter, blieb an der Ecke stehen, den Rücken an der Wand, und wartete. Es war ein unterdrücktes Wimmern, das zu ihm drang.

Er sah zu Boden. Kein quietschendes Parkett, stellte er erleichtert fest. Der Gang führte zu einem Zimmer, das hell erleuchtet war. Tammo versuchte, sich zu orientieren. Es musste das Zimmer mit dem zugemauerten Fenster sein, vermutete er.

Es wurde wärmer, je tiefer er sich in das Haus vortastete, je näher er dem Gefängnis von Katinka Kühn kam, und doch hatte er das Gefühl, stärker zu frieren als draußen. Ein Jammern war zu hören, dann wieder Worte, Sätze, gemurmelt, deren Inhalt nicht zu verstehen war.

Der Geruch wurde unangenehmer. Schweiß, Toilette, abgestandene Luft, der jahrzehntealte Putz der Wände.

Ihre Laufschuhe waren das Erste, was er von ihr sah. Sie lag offensichtlich auf dem Rücken auf dem Fußboden. Tammo erkannte nur ihre Schuhe und ein Stück ihrer dünnen Beine in der engen, schwarzen Laufhose, von der ihr Mann erzählt hatte, dass sie sie getragen hatte an jenem Morgen.

Ihm kam der Gedanke, dass er Moritz Kühn sagen musste, dass er sie gefunden hatte, und er fragte sich parallel, wie der Mann von Katinka reagieren würde.

Tammo näherte sich Zentimeter für Zentimeter.

Dann sah er ihn.

Peter Buchholz kniete mit dem Oberkörper vor und zurück wippend vor ihr. Er stieß ein Wimmern aus, das in diesem Moment für Tammo wie die geballte Verzweiflung klang. Es hatte alles Menschliche verloren.

Sie ist tot. Ich bin zu spät. Ich kann niemanden retten. Ich habe ihm das Foto geschickt. Ich bin schuld. Die Gedanken fügten sich ein in das Klagen, das langsam ruhiger, leiser wurde. *Es passt,* dachte Tammo. *Es passt zusammen.*

»Ich weiß«, fing er an zu sprechen und stoppte augenblicklich das Wehklagen.

Peter Buchholz stand ruckartig auf und sah ihn mit weit aufgerissenen Augen an.

»Ich weiß, was Sie meinten, als Sie sagten, es täte Ihnen leid«, erklärte Tammo. »Sie wollten Merle Jansen nie umbringen.« Er schüttelte, als müsste er seinen eigenen Worten mehr Gewicht geben, den Kopf. »Nein, das war nie Ihr Plan! Sie haben sie geliebt. Dass sie Diabetikerin war, haben Sie nicht gewusst.«

Peter Buchholz machte einen Schritt zurück, setzte sich auf ein uraltes Metall-Bettgestell ohne Matratze.

Tammo nutzte den Moment und sah auf die Frau, die auf einer Matratze auf dem Boden lag, wie er jetzt erkannte. Es war eine andere Frau als die auf den Fotos an seiner Wand: Sie war abgemagert, ihre ungewaschenen Haare lagen kraftlos um ihr knochiges Gesicht und die geschlossenen Augen. Tammo konzentrierte sich auf den Brustkorb. Durch die schwarze Laufjacke konnte er keine Bewegung erkennen.

»Der Raum«, hörte er Peter Buchholz' verstörte Stimme, »der ganze Raum, alles roch nach … nach süßem, altem Apfel, als ich die Tür öffnete und nach ihr sehen wollte. Ich hatte ihr doch Essen gekocht, aber sie … sie lag hier, und … ich dachte, sie würde schlafen.« Peter Buchholz machte eine kurze Pause und schien abzudriften, sich zurückzudenken an den Tag, an dem er nicht mehr er war, sondern ein Mörder.

»Es war der Duft ihres Körpers.« Er hielt sich die Hand vor den Mund, um den Schrei zu unterdrücken, der in ihm steckte. Ein Weinkrampf schüttelte den stämmigen Mann, der vor ihm saß. Es schien, als würde die Trauer jede Faser seines Körpers durchströmen.

»Sie hatte es mir gesagt … nachdem ich sie hierher gebracht hatte, als sie zu sich kam … dass … dass sie Diabetikerin war, aber … ich habe es ihr nicht geglaubt. Ich dachte, es wäre nur ein Trick, damit ich sie wieder gehen lasse.« Er rieb sich mit seinen kräftigen

Fingern über die hohe Stirn, immer wieder, den Kopf gesenkt.

Tammo warf einen schnellen Blick auf Katinka Kühn, die unbeweglich dalag.

Peter Buchholz erkannte seine Gedanken. »Ich wollte sie zurückbringen, in den Wald, dann hätte sie zurücklaufen können. Sie meinte, sie würde dann einfach sagen, dass sie eine Amne… Amne…«

»Amnesie«, half Tammo.

»Ja, dass sie so etwas gehabt hätte … und sich nicht erinnern könne … So etwas gäbe es, hat sie …«

»Hände hoch!«, schrie eine Männerstimme hinter Tammo, viel zu laut für diesen Moment. Völlig unpassend, dachte Tammo noch, als er seine leeren Hände hob, um zu zeigen, dass er keine Waffe bei sich trug, und sich umdrehen wollte, um zu sehen, von wem das Kommando kam.

Er wollte seinen Namen nennen und die Einschätzung der Situation abgeben. Sagen, dass keine Gefahr von Peter Buchholz ausging, dass er selbst noch nicht nach Katinka Kühn hatte sehen können, es aber gerade vorhatte.

Das SEK diskutierte nicht. Es führte Befehle aus. Er hatte es nur vergessen, in diesem Augenblick, der viel zu schnell kam.

Der Schlag ins Gesicht war hart.

Sein Kopf wurde von hinten zur Seite gedreht, sein Körper zu Boden gebracht, die Arme auf den Rücken gelegt, Handschellen umschlossen seine Handgelenke. Aber das spürte er kaum. Der Schmerz saß im Gesicht. Und in der Brust.

Jemand packte ihn am Arm und zerrte ihn mit gesenktem Kopf raus.

Als er die Augen langsam öffnete, saß er auf der Rampe eines Rettungswagens. Sarah sah ihn mit hochgezogenen Augenbrauen an.

Sie ist älter geworden, fiel ihm auf. Aber vielleicht war es auch nur die Anspannung um ihre Augen und Mundwinkel. Sie trug keinen Zopf mehr. Die glatten, glänzend dunklen Haare reichten nur noch knapp bis zur Schulter. Sie hatte sie hinter die Ohren geschoben.

Er schloss seine Augen wieder und spürte, wie froh er war, sie wiederzusehen, obwohl das völlig absurd war in diesem Moment.

»Das ist unser Kollege Tammo Berg, LKA. Sie können ihm die Handschellen abnehmen«, hörte er sie sagen.

»Alles klar«, antwortete jemand und öffnete die Handschellen hinter ihm.

Tammo zog seine Hände nach vorn, legte die Handinnenflächen auf sein kaltes Gesicht, tastete es ab und rieb die letzten Minuten weg, den Schmerz, der von seiner Nase ausging. Die Bilder, die so abrupt endeten.

Das Gefühl, zu spät gewesen zu sein, blieb.

Er hörte Jens' Stimme und öffnete wieder die Augen.

»Alter Schwede. Mach das nie wieder!« Jens sah kopfschüttelnd zu ihm runter. Er sah gestresst und übermüdet aus. Aber auch erleichtert.

Sarah hatte ihre dunkle Dienstjacke an, die Arme vor ihrem Oberkörper verschränkt, und betrachtete ihn wie einen Jungen, der beim S-Bahn-Surfen erwischt worden war. »Eigentlich tut es mir nicht leid, dass deine Nase aussieht wie die von Klitschko. Warum hast du denn nicht gewartet? Weißt du eigentlich, dass du …«, sagte sie streng, aber mit zittriger Stimme, die erahnen ließ, wie viel er ihr bedeutete.

Jens fasste sie von der Seite an den Arm. »Lass. Wir klären das später.«

»Was heißt hier *lass*?! Er hätte tot sein können!« Sarah drehte sich um. »Ihr spinnt doch … beide!«, hörte man sie im Weggehen schimpfen.

»Sie ist fast gestorben vor Sorge«, erklärte Jens.

»Du nicht«, sagte Tammo, und es klang nicht wie eine Frage.

»Nö«, antwortete sein Chef und zwinkerte ihm zu. Dann beugte er sich ein Stück vor. »Alter, nie wieder! Versprich mir das! Okay? Wenn du dich unbedingt umbringen willst, dann mach das irgendwie anders. Meinetwegen in deinem Lesesessel. Aber nicht so!« Er holte tief Luft und drehte sich zur Seite. Tammo folgte seinem Blick. Rechts neben dem Wagen, in dem er saß, stand ein weiterer Rettungswagen.

»Darf ich mal sehen?«, fragte ein junger Mann in weißer Hose und roter Jacke, der sich von links ins Bild schob und Tammo über den dunklen Rand seiner Brille mit prüfendem Blick ansah. Er kam einen Schritt vor, legte seine Hände, die in dünnen Gummihandschuhen steckten, rechts und links an seinen Kopf und tastete Jochbein, Stirn und Nase ab. Tammo ließ seine schweren Augenlider zufallen und stellte sich vor, Katinka Kühn würde noch in dem Haus liegen. Unter einer Plane, mit der die Kollegen sie abgedeckt hatten.

»Was ist mit … Katinka Kühn?«, fragte er zögerlich und war sich in der Sekunde nicht sicher, ob er die Antwort hören wollte. Die Worte, die ihn treffen, sich eingraben würden in sein Gehör, sein Gehirn, seine Erinnerungen. Sein Herz.

Die Wahrheit, für die es keinen Rückweg mehr geben würde.

Es waren zwei Worte, die jeden Schmerz von ihm nahmen.

»Sie lebt.«

Tammo schob die Gummihände, die ihn immer noch abtasteten, aus seinem Gesicht und sah Jens an, der ihn anstrahlte. Erleichtert, verschmitzt.

»Sie war ohne Bewusstsein. Es ist auch nicht ganz unkritisch, um ehrlich zu sein, aber …« Er deutete nach rechts. »Sie wird es schaffen!«

Tammo sah zu dem anderen Rettungswagen. Als sein Blick wieder zurück zu Jens wanderte, blieb er an einer Person hängen, die mitten in dem hell erleuchteten Hof stand. Allein. Es schien, als würde niemand in dem Trubel der umhereilenden Kollegen, des SEK, der Rettungssanitäter, der Kollegen vom LKA das Mädchen sehen, das dort im grellen Licht der aufgestellten Scheinwerfer stand. Sein Fahrrad festhaltend. Ohne Schatten.

Sie sah genau in seine Richtung.

»Entschuldigung«, sagte Tammo zu dem Sanitäter, rappelte sich auf, drängte sich an ihm und Jens vorbei und ging wie in Trance auf Evi zu, die auf ihn zu warten schien.

Er wollte verhindern, dass sie ihren Vater sah, in Handschellen, dass sie Katinka Kühn sah, das Gefängnis, das alles hier. Er wollte es von ihr wegschieben. Sie wegschieben aus diesem Bild, diesem Film, den er hatte stoppen können und der doch weiterlief. Für ihn, für Evi, für alle. Es war nur eine Pause, eine Wende in der Geschichte.

Nicht das Ende.

Ich muss sie anschnallen, dachte er. *Ich muss sie unbedingt anschnallen, wenn wir ins Auto steigen.*

DANKEN MÖCHTE ICH …

Von Herzen Céline Meiner von der Agentur Brauer, ohne die es dieses Buch nicht gäbe. Sie ist weit mehr als meine Agentin.

Anke Opp, die mir all meine Fragen zu den Vorgehensweisen der Kripo engagiert beantwortet und mich mit ihrem Wissen, ihrer Begeisterungsfähigkeit und ihrem schnellen Geist angespornt und beeindruckt hat.

Holger Chmielewski, dem ich es zu verdanken habe, dass ich Anke Opp kennenlernen durfte, und der mir meine Fragen bezüglich der Polizeiarbeit immer gern beantwortet hat.

Prof. Dr. med. K. Püschel, Direktor des Instituts für Rechtsmedizin, der mir viel Zeit geschenkt, mir alle Fragen beantwortet und mein Manuskript vorab gelesen hat.

Dr. med. Jan Philipp Meister, der mir meine medizinischen (HNO) Fragen voller Leidenschaft beantwortet hat.

Der Ärztin Ulrike Witt und ihrem Mann, Universitätsprofessor Dr. med. Karsten Witt, die mir wertvolle Freizeit geschenkt und mich mit ihrem Fachwissen unterstützt haben. Genauso wie Universitätsprofessor Dr. med. Andreas Radeloff, dem auch mein großer Dank gilt.

Jutta, meiner Lektorin der ersten Stunde und der besten Schwiegermutter der Welt.

Hauke Harder, meinem Lieblingsbuchhändler, der nicht nur vielbelesen, sondern auch ein wertvoller Kritiker ist.

Jessica Michalowski, die mir meine Fragen rund um das Thema Diabetes beantwortet hat.

Enno, der mir den Rücken freihält.

Hannah Weber für die musikalische Unterstützung und Inspiration.

Und natürlich möchte ich von Herzen Anke Göbel und Duygu Maus von HEYNE sowie Steffi Korda für die sehr gute, wertvolle Zusammenarbeit danken!